KB003355

가치 있게 돈을 쓰는
최악의 방법

가치 있게 돈을 쓰는
최악의 방법

초판 1쇄 인쇄 2019년 12월 12일
초판 1쇄 발행 2019년 12월 19일

지은이 아른핀 콜레루드 **옮긴이** 손화수

펴낸이 이상순 **주간** 서인찬 **편집장** 박윤주 **제작이사** 이상광
기획편집 이세원 박월 김한솔 최은정 이주미 **디자인** 유영준 이민정
마케팅홍보 이병구 신희용 김경민 **경영지원** 고은정

펴낸곳 (주)도서출판 아름다운사람들
주소 (10881) 경기도 파주시 회동길 103
대표전화 (031) 8074-0082 **팩스** (031) 955-1083
이메일 books777@naver.com **홈페이지** www.books114.net

리듬문고는 (주)도서출판 아름다운사람들의 청소년 브랜드입니다.

ISBN 978-89-6513-571-5 43850

Snillionen
Copyright ©CAPPELEN DAMM AS 2017

Korean language edition © 2019 by BeautifulPeople
Korean translation rights arranged with Cappelen Damm Agency
through EntersKorea Co., Ltd., Seoul, Korea.

이 도서의 국립중앙도서관 출판예정도서목록(CIP)은 서지정보유통지원시스템(http://seoji.nl.go.kr)과
국가자료종합목록구축시스템(http://kolis-net.nl.go.kr)에서 이용하실 수 있습니다. (CIP제어번호 : CIP2019048876)

파본은 구입하신 서점에서 교환해 드립니다.

가치 있게 돈을 쓰는
최악의 방법

아른핀 콜레루드 지음
손화수 옮김

리듬문고

- 차례 -

· 1장 ·

마을

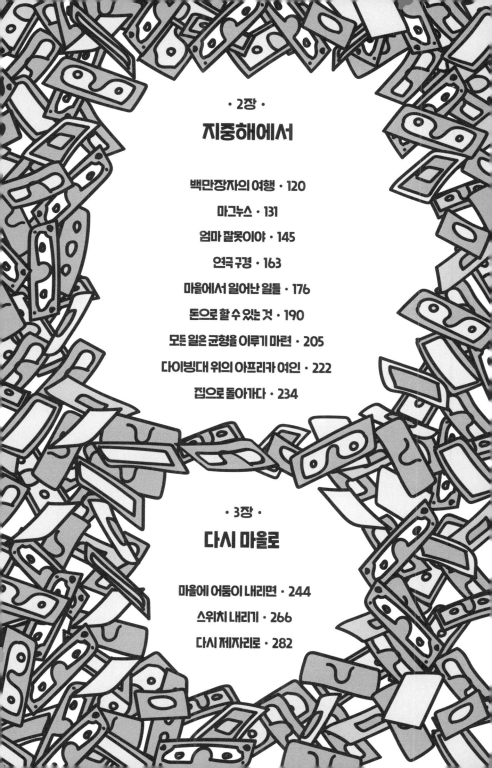

마을

로또에 당첨되다

평범한 어느 날 저녁, 프랑크와 엄마는 로또에 당첨되었다. 두 사람은 각각 소파 양쪽 끝에 앉아 있었다. 텔레비전에서는 예쁜 옷을 입은 아름다운 여인이 미소를 짓고 있었다. 분명, 예쁜 옷을 입고 있어 만족했기에 미소를 지었을 것이다.

프랑크는 잡지를 뒤적거렸다. 갑자기 엄마가 마치 잠수라도 하는 듯 숨을 크게 들이쉬었다. 그러곤 나직이 속삭였다.

"프랑크……."

프랑크는 잡지에서 눈을 들었다. 엄마는 로또 쿠폰을 들여다보고 있었다. 엄마의 팔에는 소름이 쫙 돋아 있었다.

"프랑크……."

엄마가 다시 한번 나직이 말하며 손으로 입을 가렸다.

텔레비전 화면에는 프랑크가 난생 처음 보는 큰 숫자가 떠 있었다. 프랑크와 엄마가 당첨된 숫자는 다음과 같았다.

2 - 프랑크와 엄마를 더한 숫자

3 - 엄마(Mor)라는 글자의 알파벳 숫자

5 - 프랑크(Frank)라는 글자의 알파벳 숫자

7 - 일주일을 이루는 날의 숫자

8 - 로또를 샀던 날 프랑크와 엄마가 함께 만들었던 눈사람의 모양

11 - 욕실 컵에 나란히 담겨 있는 칫솔의 모습

18 - 눈사람이 빗자루를 들고 있는 모습

엄마는 그것이 당첨되기 불가능한 숫자라고 말했다. 하지만 이미 숫자 체크를 끝낸 후였기에 어쩔 수가 없었다.

엄마와 프랑크는 텔레비전 화면에 보이는 숫자를 다시 한번 확인했다. 잠시 후, 엄마의 핸드폰이 울렸다. 프랑크는 전화를 건 사람이 여자라는 것은 알 수 있었지만 여자가 무슨 말을 하는지는 정확하게 알아들을 수 없었다. 단지 엄마가 하는 말만 똑똑히 들릴 뿐이었다.

"너무 큰 금액이에요."

"지금까지 로또에서 제일 많이 당첨된 금액은 89크로네에 불과했어요."

"일도 하지 않고 이렇게 큰돈을 받아도 되는지 모르겠어요. 그냥 반만 받으면 안 될까요?"

"엄마!"

프랑크가 벌떡 일어서서 엄마를 향해 고개를 세게 흔들었다.

"쉿! 지금 전화기 앞에 앉아 있잖아!"

듣고 보니 이상하기 짝이 없는 말이었다. 아마도 구식 표현인 것 같았다. 공중전화 부스 안의 조그마한 의자에 앉아 전화를 할 때처럼 어른들이 옛날에 자주 했던 말이 틀림없었다.

"너무 큰돈이라 이성을 잃어버릴까 봐 겁나요."

엄마가 전화기에 대고 말했다.

엄마는 전화를 끊고 화장실에 들어갔다. 손바닥만 한 화장실 안에서 커다란 웃음소리가 들려왔다. 그다지 듣기 좋은 소리는 아니었다. 어쩌면 엄마는 화장실의 휴지가 너무 싸구려라서 웃었는지도 모른다.

프랑크는 거실 창을 내다보았다. 창밖의 풍경은 변함없이 그대로였다. 잔디밭 위의 건물, 건물 앞의 잔디, 여기저기 보이는 양들, 파도치는 피오르[1]의 물결, 물 위에 떠 있는 보트, 불 켜진 가게, 그리고 학교.

프랑크는 학교 건물만 보면 항상 숙제 생각이 났다. 하지만 엄마가 화장실에서 홀로 소리 내어 웃고 있는 지금, 프랑크는 창

---

[1] 빙하가 침식되며 만들어진 만灣. 노르웨이에 주로 분포한다.

너머 평소보다 더 많은 것을 볼 수 있었다. 선착장 근처 푸른색 물이 가득한 수영장, 언덕 위 빨갛고 파란 게이트가 자리한 알파인 스키장, 울타리 안에 붉은색 흙이 깔린 테니스장과 롤러코스터가 있는 놀이동산도 눈에 아른거렸다.

화장실에서 나온 엄마의 얼굴은 발갛게 상기되어 있었다. 머리카락은 마치 모기들에게 겁을 주어 쫓아내기라도 하려는 듯 사방팔방으로 뻗쳐 있었다.

"이젠 우리가 원하는 건 무엇이든 손에 넣을 수 있어."

엄마가 떨리는 목소리로 말을 이었다.

"베란다가 빙 둘러진 새 집, 새 차, 차고도 지을 수 있어. 산 위에 여름 별장도 마련할 수 있단다."

"내 생각과 엄마 생각은 많이 다르네요."

프랑크와 엄마는 로또에 당첨된 것을 축하하기 위해 레스토랑에 갔다. 여름이었지만 비바람이 불고 으슬으슬 추웠다.

"그렇게 바보같이 웃지 마."

엄마가 프랑크에게 말했다. 하지만 엄마도 입을 헤벌리고 웃고 있기는 마찬가지였다.

옆 테이블에는 중학생으로 보이는 아이들 세 명이 재킷을 입은 채 앉아 있었다. 레스토랑 안은 서늘했기 때문에 사람들은 주문한 음식이 나올 때까지 외투를 벗지 않고 기다렸다.

"만약 내가 아는 사람이 로또에 당첨되면 기분이 어떨까?"

옆 테이블에 앉아 있던 학생 중 한 여자아이가 말했다. 그녀의 코에는 촛조각처럼 딱딱해 보이는 여드름이 솟아올라 있었다.

"우리 동네에 사는 사람이 아닐지도 몰라. 다른 지역 사람이 로또 쿠폰을 우리 동네 지점에 전달했을지도 모르잖아."

한 남자아이가 말했다.

"모르긴 해도 돈이 넉넉한 할머니가 당첨되었을 거야."

세 번째 학생이 말했다.

"아마 필요한 건 새 실내화밖에 없을걸. 나머지 돈은 다 멀리 사는 자식들에게 나누어 줄 것 같아."

그들에게 등을 돌리고 앉아 있던 엄마가 의미심장한 미소를 지으며 메뉴를 읽었다.

"2천4백만 크로네[2]라니! 상상할 수 없을 정도로 큰돈이야!"

여자아이가 말했다.

그들이 레스토랑 안에 다 들리도록 큰 소리로 대화를 나누었던 것은 아마 재킷을 입고 있었기 때문일 것이다. 재킷을 입고 길에서 걸을 때면 모두들 평소보다 큰 소리로 말을 한다. 그러다 실내로 들어오면 재킷을 벗을 때까지도 말소리를 죽이는 것을 깜박 잊을 때가 많다.

---

2 노르웨이의 화폐단위. 1크로네는 약 125원, 2천4백만 크로네는 한화 약 30억 원.

프랑크와 엄마는 평범한 음식을 주문했다.

"엄마, 치즈를 추가로 주문해도 되나요?"

"치즈를 추가로 주세요."

엄마는 웨이터에게 작은 목소리로 말했다. 마치 치즈를 추가로 주문하면 그들이 얼마나 부자인지 들키기라도 하듯 말이다.

프랑크가 음식이 나오기를 기다리며 말문을 열었다.

"아주 돈이 많은 외국 축구 선수에 대한 이야기를 들은 적이 있어요. 그 사람은 속옷을 한 번만 입고 버린대요. 그래서 빨래를 한 번도 해 본 적이 없다고 했어요."

"난 그런 사람들을 보면 속이 부글부글 끓어."

프랑크는 속옷을 열두 벌 정도 가지고 있다. 빨래 걸이에 속옷이 많이 걸려 있는 날이면, 집 안에 아이들이 여러 명 살고 있는 것처럼 보이기도 했다. 때마침 웨이터가 유리컵과 음료수를 가져왔다. 엄마는 음료수를 유리컵에 따르며 말했다.

"유리컵 좀 봐. 여기저기 금이 가 있어. 언뜻 보기엔 유리보다 금이 더 많은 자리를 차지하는 것 같지 않니? 이런 유리컵은 좀 바꿔도 될 텐데."

프랑크와 엄마는 음식을 먹으며 옆 테이블의 학생들이 나누는 말에 귀를 기울였다. 그 중 한 명이 말을 시작했다.

"난 영국의 한 환경미화원에 대한 이야기를 읽은 적이 있어. 그 사람은 로또에 당첨되어 아주 큰돈을 손에 넣게 되었지. 그 돈으로 자동차와 전용기를 사고 여자들에게 흥청망청 낭비했대. 결국 얼마 못 가서 빈털터리가 되었어. 환경미화원 일을 다시 하려고 회사에 갔더니, 회사에서 받아 주지 않아 결국 비스킷 공장 밖에는 갈 곳이 없었대."

이야기를 듣던 나머지 두 명이 소리 내어 웃었다. 프랑크와 엄마는 아무 말도 하지 않고 음식을 먹었다. 옆 테이블의 아이들은 돈을 흥청망청 쓰는 사람들을 주제로 계속 대화를 나누었다. 엄마의 이마에 생긴 주름살이 조금씩 깊어지기 시작했다.

프랑크는 추가로 치즈를 먹을 수 있어서 기분이 좋았다. 게다가 그의 접시 위에는 파인애플 반 조각도 함께 있었다. 파인애플 조각은 그가 초등학교 1학년 때 도화지 모퉁이에 그렸던 짧고 굵직한 햇살을 닮았다.

엄마와 프랑크는 주문한 음식을 다 먹지 못했다. 엄마는 옆 테이블에 앉은 아이들에게 음식이 좀 남았는데 먹겠냐고 물었다. 전혀 생각지도 못했던 호의에 그들의 얼굴이 환하게 밝아졌다.

"감사합니다. 아줌마는 참 친절하시군요."

첫조각 같은 여드름을 코에 달고 있던 여자아이가 말했다.

엄마는 팁을 주기 위해 지갑을 뒤졌다. 50크로네 지폐 한 장과 5크로네 동전 하나를 두고 고민하다가, 결국 5크로네 동전을 테이블 위에 내려놓았다. 엄마가 말했다.

"이번이 마지막이야."

"뭐가 마지막이라는 말이에요?"

"팁을 이렇게 조금 주는 거 말이야."

집으로 가는 차 안에서 엄마가 말문을 열었다.

"난 우리가 예전과 다름없이 살아야 한다고 생각해."

프랑크가 고개를 돌려 엄마를 바라보았다.

"예전과 다름없이 산다고요?"

"응. 돈을 낭비하지 않고."

"돈을 낭비하지 않을 건가요?"

"우린 큰 집도 필요 없어. 새 자동차도 필요 없고, 보석이나 값비싼 시계도 필요 없잖아."

프랑크는 엄마의 말이 마치 성경에 나오는 십계명 같다고 생각했다. 아니, 엄마의 말은 열한 번째 계명일지도 몰랐다.

"하지만 우리에겐 2천4백만 크로네나 있잖아요."

프랑크가 반발했다. 엄마는 주먹 쥔 손으로 핸들을 꾹 잡았다. 주먹을 쥐고 있는 사람들에게 말을 걸기란 쉽지 않다.

"다른 사람들에겐 그런 말을 할 필요가 없어. 우리만 아는 비밀로 해 두자. 네 몫은 은행에 넣어 두고 네가 열여덟 살이 되면 찾는 거로 하고."

"열여덟 살이요?"

프랑크는 저도 모르게 소리를 쳤다. 그것은 다른 행성에서 돈을 찾아야 한다는 말과 다름이 없었다.

"너는 어차피 학교를 계속 다녀야 하잖아. 게다가 난 너를 돈 많고 무례하고 버릇없는 아이로 키우고 싶진 않아."

"왜요?"

같은 반의 다른 아이들은 할머니 할아버지를 만날 때마다 용돈을 받는다. 하지만 프랑크의 할머니와 할아버지는 너무나 먼 곳에 살고 있어 자주 만날 수조차 없다.

"난 일을 계속할 거야. 집 안에서 하루 종일 나이트가운이나 입고 돌아다니진 않을 거라고."

"엄마는 직장에서 바닥을 청소하잖아요."

"테이블과 의자와 계단도 닦아. 그리고 사람들과 만나 이야기도 한단 말이야!"

집으로 돌아온 프랑크는 현관에서 신발을 힘껏 벗어던졌다. 신발 한 짝은 생각했던 것보다 더 세게 날아가 벽에 부딪쳤다. 마치 신발이 화를 내고 있는 것만 같았다. 프랑크는 신발에 전염이 된 것처럼 화를 내며 방으로 들어가 문을 쾅 닫고 침대에 털썩 드러누웠다.

"넌 방해받지 않고 화낼 수 있는 네 방이 있다는 것만으로도 행복한 줄 알아야 해! 아시아에 있는 몇몇 나라에선 생각할 수도 없는 일이야!"

엄마가 현관에서 소리를 질렀다.

프랑크는 아시아에 있는 나라를 생각하고 싶지 않았다. 만화책을 펼쳤지만 읽을 생각도 없어서 건성으로 책장만 뒤적였다. 책장이 빠르게 넘어가면서 획획 소리를 냈다. 그 소리는 알파인스키 선수가 게이트를 통과할 때 나는 소리와 비슷했다. 프랑크는 만화책을 내려놓고 시무룩하게 누워 있었다. 시무룩한 기운이 온 방 안을 가득 채웠다.

프랑크는 아침 식사를 하며 빵 위에 평소보다 더 많은 햄을 얹어 먹었다. 첫 입을 베어 물며 햄을 하나 더 가져와서 빵 위에 얹었다.

"햄만 먹으면 안 돼."

엄마가 등을 돌리지도 않고 말했다.

"2천4백만 크로네!"

"달라진 건 없어. 여느 때처럼 먹어."

엄마는 조리대 위에서 손을 놀렸지만 프랑크는 엄마의 등을 보고 앉아 있었기에 엄마가 뭘 하는지 볼 수가 없었다. 잠시 후, 엄마가 빵 한 조각과 커피 한 잔을 들고 식탁 앞에 앉았다. 창밖의 풍경은 여느 때와 다름이 없었다. 어둑어둑한 하늘에는 하얀 구름이 경쟁하듯 모습을 드러내고 있었다. 보슬비가 내리는 것 같았다.

조리대 위에는 가위 하나가 놓여 있었다. 프랑크는 엄마가 입으로 가져가는 빵을 바라보았다.

"마요네즈! 마요네즈가 평소보다 훨씬 굵어요. 마요네즈가 더 많이 나오도록 가위로 끝을 잘랐어요?"

엄마는 빵을 씹으며 고개를 절레절레 저었다. 엄마의 입술과 손가락 끝에 마요네즈가 묻어 있었다. 엄마는 평소 마요네즈를 실오라기처럼 가늘게 짜 먹었다. 그런데 그날 아침에는 마요네즈가 램프에 이어져 있는 전깃줄처럼 굵었다.

"평소보다 굵지 않아. 예전에는 가늘게 해서 여러 번 돌려 짰지만, 오늘은 조금 더 굵은 대신 짧게 한 줄만 짰잖아. 엄밀히 따지자면 오늘 마요네즈 양은 예전보다 훨씬 적어."

부자가 된다면

아침 식사를 마친 프랑크는 마을 중앙에 자리한 갈색 학교 건물로 발을 옮겼다. 학교 건물에 갈색 페인트칠을 하자고 제안했던 사람은 갈색이 초콜릿을 연상시킨다고 생각했을 것이다. 하지만 프랑크는 갈색 페인트가 황소나 황소 엉덩이에서 나오는 그 무엇과 비슷하다고 생각했다.

학교 앞 웅덩이에 폴이라는 소년이 서 있었다. 그는 누가 가까이 다가오면 발을 굴러 웅덩이의 물을 튀겼다. 프랑크를 비롯한 다른 아이들은 폴을 피해 멀찍이 돌아갔다. 다른 아이에게 물을 뿌리려고 웅덩이 속에 들어가 있으면 자기 발도 젖는다는 것을 폴은 모르는 모양이었다.

"술주정뱅이 리타! 배불뚝이 이다, 난쟁이 페터, 멍청이 프랑크, 여드름쟁이 리세!"

폴이 소리쳤다.

"어휴, 유치해! 네가 어른이 되면, 아니 어른이 될 수 있을지도 모르겠지만, 어쨌든 넌 가로등 밑에 서서 지나가는 사람들에게 욕을 내뱉는 부랑배가 될 게 틀림없어."

비베케가 지나가며 폴에게 소리쳤다.

"똥구멍 비베케!"

폴이 소리쳤다.

"자살골 폴!"

비베케도 지지 않고 소리쳤다. 하지만 그 말은 폴을 약 올리기엔 부족했다. 폴은 웅덩이에 고인 물이 거의 다 비워지자 그제야 학교 안으로 들어갔다.

첫 시간은 사회 시간이었다. 하지만 아이들은 저마다 전날의 로또 당첨에 대해 이야기하고 싶어 했다. 그때 선생님이 말했다.

"우리 반에서 2천4백만 크로네에 당첨된 사람이 있으면 손 들어 보세요."

프랑크는 손가락 하나를 슬쩍 올려 보고 싶었다. 자원해서 우유 당번이 되겠다고 손을 들 때처럼 말이다. 하지만 금방 마음을 고쳐먹었다.

"없어요? 하긴 로또에 당첨되는 사람은 항상 다른 곳에 있더라고."

선생님이 한숨을 푹 내쉬며 말했다. 하지만 선생님은 책을 펼치지 않았다. 로또에 대해 더 이야기할 생각인 것 같았다.

"그렇게 큰돈이 생긴다면 여러분은 어디에 쓰고 싶은가요?"

"굴착기요!"

오스카가 손을 들지도 않은 채 대답했다.

오스카는 모래 놀이터에서 노란색 삽과 함께 자랐다고 해도 과언이 아니다. 하지만 지금은 동네의 모래 놀이터에 꼬맹이들밖에 없다. 오스카는 지금도 가끔 그들이 조언을 부탁해 올지도 모른다며 모래 놀이터 주변을 어슬렁거릴 때가 있다.

"굴착기가 있으면 집을 짓기 위해서 땅을 팔 수 있겠구나."

선생님이 말했다.

"아니에요. 단지 땅을 파기 위해서예요. 굴착기에 램프가 장착되어 있으면 좋아요. 그러면 저녁에도 땅을 팔 수 있거든요."

오스카의 아버지는 굴착기를 가지고 있다. 교회 묘지에 관을 안치하기 위해 땅을 파는 사람도 그의 아버지다. 가끔 오스카는 관 위에 흙을 덮는 일을 하며 아버지를 도와드리기도 했다.

"저는 팝스타가 될 거예요."

에델이 말했다.

그건 선생님의 질문에 대한 답이라고 할 수 없었다. 하지만 에델은 그 어떤 질문에도 같은 대답을 하는 아이다. 최근에는 바람 기계를 산다며 돈을 모으고 있다. 무대에서 노래를 부를 때 바람 기계를 작동시키면 머리카락이 나풀거리는 효과를 얻을 수 있고, 그러면 노래도 훨씬 생기 있게 들릴 것이기 때문이다.

에델은 커다란 스타디움에서 1만 명의 관중을 모아 그 앞에서 노래를 부를 것이라고 했다. 관중석의 사람들은 자기의 노래를 듣고 너무 감동을 받아 서로 머리를 쥐어뜯으며 의자를 집어던 질 것이라고 말했다.

남자아이들은 그런 일은 일어나지 않을 것이라 말했다. 에델 이 노래를 못 부르는 것은 아니지만, 그렇다고 매우 잘 부르는 것도 아니었기 때문이다. 만약 사람들이 에델의 노래에 환호하 며 머리카락을 쥐어뜯기를 바란다면, 그 애는 돈을 주고 그런 일 을 하는 사람들을 고용해야 할 것이다.

"데니사?"

선생님이 데니사를 지목했다.

데니사는 프랑크의 앞줄에 앉아 있는 여자아이다. 그 애는 반 으로 토막 난 자를 쥔 손을 허공에 치켜들고 몸을 들썩거렸다.

"저는 화성으로 가는 우주 비행선을 살 거예요."

데니사는 마치 우주 비행선이 가는 방향을 가리키기라도 하 듯 자를 쥔 손을 내리지도 않고 대답했다. 선생님은 미소를 지으 며 한동안 눈을 지그시 감았다. 화성으로 가는 데니사를 떠올렸 던 것이 아니라면, 화성처럼 먼 곳에 데니사를 보내고 싶어서였 을 것이다.

"프랑크?"

"네……?"

프랑크는 깜짝 놀라 대답했다.

"로또에 당첨되면 그 돈으로 뭘 하고 싶니?"

"저요?"

프랑크는 얼굴이 화끈 달아오르는 것을 느꼈다. 무언가 얼른 대답할 말을 찾아야 했지만, 아무 생각도 나지 않았다. 그래서 아무 말이나 입에서 나오는 대로 내뱉었다.

"치즈 추가요."

아이들이 큰 소리로 웃었다.

"그게 전부니?"

"아뇨……."

프랑크는 이를 꾹 깨물었다.

"화장실에 가고 싶니?"

아이들이 다시 웃음을 터뜨렸다.

"아니에요."

"좋아. 알렉산드라는 어때?"

"커다란 수영장이 있었으면 좋겠어요. 수영장 벽에는 물줄기가 세차게 뻗어 나오게 하고, 다이빙대도 설치할 거예요. 수영장 옆에는 공짜 아이스크림을 주는 가게랑, 야외용 파라솔과 의자도 있었으면 해요. 옆에 커다란 야자수를 심으면 더 좋고요."

"야자수?"

데니사가 비꼬았다. 마치 야자수가 화성으로 가는 우주 비행선보다 훨씬 허황된 것이라도 되는 듯.

반 아이들이 모두 돌아가며 대답했다. 선생님은 프랑크에게 눈길을 한 번 슬쩍 던진 후 사회 교과서를 펼쳤다.

"선생님은요?"

오스카가 손을 들고 질문을 던졌다.

선생님이 교과서를 내려놓았다. 입가에는 미소가 피어났다.

"난 여행을 가고 싶어."

"화성으로요?"

데니사가 물었다.

"아니, 화성은 아니지만 그처럼 아주 먼 곳으로."

프랑크는 한마디도 하지 않았다. 말을 퍼뜨린 건 엄마였다. 엄마는 두 시간 정도 떨어진 곳에 사는 외할머니에게 전화해서 로또에 당첨된 소식을 알렸다. 외할머니는 반드시 비밀을 지키겠다고 약속했지만 미용실에 가선 그만 참지 못하고 다 털어놓아 버렸다. 그것을 들은 미용사는 청소를 하는 아르바이트 학생에게 말했을 것이고, 그 학생은 집에 돌아와 이야기했을 것이다.

그날 저녁, 누가 갑자기 프랑크와 엄마가 사는 집의 초인종을 눌렀다. 밖엔 비가 내리고 있었다. 옆집 여인이 고무장화를 신고 우산도 쓰지 않은 채 대문 앞에 서 있었다.

"그게 정말이에요?"

그때부터, 엄마는 전화기를 손에서 뗄 수가 없었다. 엄마는 '고맙다'는 말과 '아니'라는 말을 연거푸 되풀이했다. 프랑크는 사람들이 엄마에게 일을 그만둘 것인지 묻고 있다고 짐작했다.

요양원에서 청소 일을 하는 엄마는 최소 일주일에 한 번씩 더는 못 참겠다며 일을 그만두겠다고 집에 와서 화를 내곤 했다. 잔이 넘칠 정도로 커피를 따르고 한 방울도 흘리지 않은 채 방으로 가져갈 수 있다고 생각하는 사람들 때문에 화가 난다고 했다. 사람들이 요양원 식당 바닥에 흘린 음식만으로도 커다란 동물이 배불리 먹고 살 수 있을 정도라고도 했다. 화장실에서 손을 씻은 후에는 물기를 닦은 화장지를 휴지통에 제대로 집어넣는 사람이 없다고도 했다. 그들은 젖은 손을 화장지에 한두 번 톡톡 치고는 마치 통신 비둘기를 날리는 것처럼 화장지를 허공에 휙 던져 버린다고 했다. 프랑크는 최소 일주일에 한 번씩 엄마에게 다른 일을 찾아보라고 말했다.

프랑크는 엄마의 목소리에 미소가 섞여 있다는 것을 느꼈다. 그는 창밖을 내다보았다. 풍경은 그대로였다.

다음날 아침 1교시가 시작되기 전, 아이들이 프랑크를 둘러쌌다. 모두들 그의 머리를 한 번씩 쓰다듬고 어깨를 툭툭 치기도 했다. 프랑크에게 사인을 해달라는 저학년 아이들도 있었다. 한 7학년 여학생은 프랑크에게 사귀자고 말하기도 했다. 프랑크의 귓전에는 '페라리'와 '공기부양선', '에스컬레이터'와 '바르셀로나'라는 단어들이 쏟아졌다.

종이 쳤지만 교실 안으로 들어가는 아이는 아무도 없었다. 결국 선생님이 다가와 아이들에게 엄한 목소리로 주의를 주어야만 했다. 교실 안이 조용해지기까지는 꽤 오랜 시간이 걸렸다. 모두들 프랑크를 바라보았다. 선생님은 의미심장한 표정을 짓고 있었다. 1교시는 수학 시간이었다. 선생님이 칠판에 무언가를 적기 시작했다.

프랑크는 10살이며, 로또에 당첨되어
2천4백만 크로네를 받았습니다.
프랑크는 80살이 될 때까지 매일 얼마씩 쓸 수 있을까요?

아이들은 평균 수치를 구하는 방법을 배운 적이 있었다. 공부를 좀 잘하는 아이들은 계산기에 얼굴을 파묻었고, 공부를 좀 못하는 아이들은 마치 프랑크의 얼굴에 답이 적혀 있기라도 하듯 프랑크의 얼굴만 바라보았다. 프랑크는 답을 구하는 방법을 알고 있었지만, 계산을 하지 않았다. 단지 공책만 내려다보고 있을 뿐이었다.

학생 한 명이 손을 들고 1백만이라는 숫자에는 0이 몇 개나 들어가는지 물어보았다. 선생님은 칠판에 1백만을 숫자로 적어 주었다. 소피에는 칠판에 적힌 숫자를 보고 손을 번쩍 들었다. 소피에는 학급에서 가장 키가 작았고 좀 이상한 아이이기도 했다.

"0 안에 스마일리를 그리면 안 되나요?"

"안 돼."

"왜 안 되나요?"

소피에는 항상 알파벳 O와 숫자 0 안에 스마일리를 그려 넣었다. 선생님은 이제 그런 짓을 하지 말라고 몇 번이나 당부했다. 만약 소피에가 커서 편지를 쓰고 계산을 하는 사무를 보게 된다면, O과 0에 스마일리를 그려 넣느라 시간을 모두 허비할 것이 틀림없을 것이고, 결국엔 회사에서 쫓겨날지도 모른다.

외르겐이 손을 번쩍 들었다. 그의 아버지는 은행원이었다.

"하루에 939크로네를 쓸 수 있어요."

"939크로네 33외레."

한 여자아이가 더 자세히 대답했다.

"만약 네가 40살까지만 살 거라면 하루에 저 돈의 두 배를 쓸 수 있어."

오스카가 말했다.

"어…… 그건 아냐. 프랑크는 지금 0살이 아니거든."

외르겐이 아는 척했다.

선생님은 칠판의 질문 아래에 답을 적고 밑줄을 두 개 그었다.

939

교실 안이 조용해졌다. 학생들은 칠판에 적힌 답과 프랑크를 번갈아가며 쳐다보았다. 아이들의 미소에 놀라움과 감탄이 스며들기 시작했다. 프랑크와 그들 사이에 조금씩 거리감이 생겨나는 것 같기도 했다. 프랑크는 미소를 짓지 않고 무뚝뚝한 표정으로 앉아 있었다.

939크로네. 아이들은 모두 구구단을 외울 수 있었다. 5 곱하기 5는 25. 6 곱하기 7은 42. 프랑크는 아이들의 눈에 비친 자신의 모습을 떠올렸다. 갑자기 프랑크는 자기가 아이들이 감당할 수 없는 너무나 큰 숫자로 변해 버린 것 같았다.

"흠……."

선생님은 갑자기 조용해진 아이들이 낯선지 아무 말도 하지 않고, 칠판에 적힌 질문과 답을 지웠다. 선생님이 수학책을 펼치자 아이들도 따라서 책을 펼쳤다.

"29쪽."

그것은 너무나 작은 숫자였다. 그럼에도 그 페이지에 있는 숫자들 중에선 가장 큰 숫자였다.

쉬는 시간이 되자 아이들이 프랑크를 에워쌌다. 아이들의 손이 프랑크에게 다가왔다. 그 손은 마치 친한 친구들의 손처럼 프랑크의 어깨를 툭툭 치기도 했고, 살짝 밀치기도 했다. 여기저기서 '스케이트 파크', '당구대', '자전거 길'이라는 말이 들려왔다. 너무나 많은 손 때문에 프랑크는 어떻게 해야 할지 갈피를 잡을 수가 없었다. 다음 쉬는 시간에는 조그만 여자아이 두 명이 프랑크를 찾아왔다.

"오빠 이름이 프랑크야?"

"응."

"우리한테 살색 색연필을 사 주면 안 돼?"

1학년 교실에 비치된 색연필 중에는 유독 살색만 동이 났다. 아이들은 하나 남은 작은 몽당 살색 색연필을 돌아가며 사용했다. 그 때문에 아이들 사이에서 말다툼이 생기기도 했다. 아이들이 자꾸만 싸우니까 선생님도 짜증을 냈다. 아이들은 몽당 색연필이 너무 작아 손에 쥐기도 어렵다고 불평했다. 그럼에도 선생님은 살색 색연필만 따로 사 주지 않겠다며, 대신 주황색 색연필을 사용하라고 말했다. 하지만 아이들은 주황색으로 살색을 대신할 수는 없다고 말했다.

"우린 귤이 아니라 사람이거든."

여자아이들이 이구동성으로 말했다.

"좀 기다려 봐."

프랑크가 말했다.

희망 리스트

프랑크는 데니사, 오스카와 자주 함께 다녔다. 데니사는 빨간색 티셔츠를 입고 있었다. 데니사의 꿈은 화성에 가는 것이었다. 그 애는 화성은 빨간색 행성으로도 알려져 있기 때문에 빨간색에 적응해야 한다고 했다. 몇 년 후엔 화성으로 가는 우주 비행선이 개발될 것이다. 비행선이라는 말을 들으면 언뜻 이곳과 저곳을 왕복하는 탈것으로 생각하기 마련이지만, 화성으로 가는 비행선은 버스나 페리처럼 30분에 한 번씩 정시에 사람을 태우지 않는다. 화성행 비행선은 한 번 가면 다시는 돌아오지 않을 것이다. 그 비행선을 탄 사람들은 죽을 때까지 가족이나 친구를 만날 수 없을 것이다. 화면을 통해서 볼 수 있을지는 몰라도 서로 악수하거나 포옹하는 건 불가능하다.

데니사는 자기 가족들은 평소에도 서로의 몸에 손을 잘 대지 않기 때문에 그런 건 별문제가 아니라고 말했다. 그러면서 그 애는 자기가 부모님에게서 거의 매일 야단만 맞는다고 덧붙였다.

놀다가 집에 늦게 들어오거나 방을 치우지 않고, 음식 통의 뚜껑을 닫지 않은 채 냉장고에 넣어 두기 때문이라고 했다.

프랑크와 오스카는 평생을 기다려도 데니사가 화성에 갈 수 없을 것이라고 생각했다. 둘은 데니사의 마음을 바꾸려 애를 썼다. 새로운 행성에서 살 사람들은 정부 기관에서 엄격한 심사를 거쳐 가장 똑똑한 사람들로 뽑을 것이다. 알파벳 b와 d도 구별 못하고, 틈만 나면 자를 부러뜨리고, 매번 까먹고 콜라병을 흔들어 거품이 흐르게 만드는 사람이라면 처음부터 제외될 것이다.

데니사는 그들의 말을 듣지 않았다. 그 애는 새로운 행성에 가서 살 사람들은 이전에 살던 행성의 잘못된 점을 개선할 수 있는 사람이 적격이라고 말했다. 그리고 자기가 화성에 가면 b와 d처럼 서로 비슷하게 생긴 알파벳이 아니라 아예 새로운 알파벳을 만들 것이라는 말도 덧붙였다.

데니사는 오스카에게 화성에 함께 가자고 졸랐다. 화성에 굴착기를 가져가도 된다며 꼬드기기도 했다. 먼저 집을 지을 기초 공사를 하기 위해 땅을 파고, 사람들이 하나씩 세상을 떠나면 그들의 무덤을 만들기 위해 땅을 파면 된다고 했다. 오스카는 지구에서도 충분히 많은 사람들의 무덤을 팔 수 있는 데다 화성에는 어떤 흙이 있는지 알 수 없어 무턱대고 갈 수 없다는 이유로 거절했다. 사진으로 본 화성의 흙은 마치 고양이 배변용 모래 같다는 말도 잊지 않았다.

오스카는 커서 무엇이 될지 이미 결정했다. 세상을 떠난 사람들의 무덤을 만들기 위해 땅을 파고, 관 위에 흙을 덮는 일을 하는 것이 그 애의 장래희망이었다. 그것은 땅에 씨를 뿌리는 것과도 비슷하지만 생각해 보면 완전히 반대라고 할 수도 있었다. 어떤 사람들은 시신을 땅에 묻으면 영혼이 자란다고 믿는다. 말하자면 살아 있는 시체인 셈이다. 오스카는 그것이 터무니없는 말이라고 했다. 그 애는 땅에 묻힌 시체는 온갖 벌레와 짐승들이 갉아먹어 결국 없어질 것이라 확신했다. 하긴, 오스카는 아주 어렸을 때부터 아버지와 함께 땅을 파는 일을 해 왔다.

학교 운동장에서는 아이들이 모래로 길과 터널, 댐을 만들었다. 오스카는 오직 땅을 파고 물건을 묻은 후 그 위에 모래를 덮는 일만 했다. 가끔 저학년 아이들이 장갑 한 짝을 잃어버렸다고 울 때도 있었다. 오스카가 장갑을 땅에 묻었기 때문이었다. 한 번은 오스카가 절대 자기가 한 짓이 아니라며 딱 잡아뗐다. 선생님이 운동장으로 나가 모래 놀이터의 거의 반을 파 올리자, 그 속에서 잃어버렸던 장갑 한 짝, 6학년 여학생의 도시락 하나, 오스카가 집으로 가져가야 했던 가정통신문 한 장, 그리고 작은 삽이 하나 나왔다. 땅을 파고 삽을 묻다니!

며칠이 지난 후, 아이들은 과학 시간에 겨울 동안 먹을 음식을 땅에 파묻는 쥐에 대한 영화를 보았다. 그것을 본 아이들은 누가 먼저라고 할 것도 없이 일제히 오스카를 쳐다보았다. 오스카가 삽을 땅에 묻었던 것은 나중에 자기 혼자만 사용하기 위해서라고 생각했던 것이다.

데니사는 오스카가 고기를 먹기 위해 아버지와 함께 교회 묘지의 땅을 판다고 농담을 했다. 몇 명이 웃음을 터뜨렸다. 그러자 선생님은 교탁을 손으로 탕 치면서 그건 매우 끔찍한 말이라고 했다. 적어도 교실 안에서는 그런 말을 하면 안 된다고 야단을 쳤다. 선생님의 말에 교실 안은 조용해졌다. 데니사는 토막 난 자를 들어 올리며 선생님께 잘못했다고 말했다. 어쩌면 그 애는 자를 부러뜨려서 잘못했다고 말한 것일 수도 있다.

프랑크는 오스카가 자라면 때가 되기도 전에 사람들을 땅에 파묻을지도 모른다고 생각했다. 그들의 숨이 끊어지기도 전에. 특별히 나쁜 뜻이 있어서가 아니라 오스카는 땅을 파는 일을 필요 이상으로 너무 좋아했기 때문이다.

프랑크의 학급 친구들은 희망 리스트를 작성해서 프랑크에게 집에 가져가라고 말했다. 그들은 엄마가 기분이 좋을 때 그 쪽지를 전해 달라고 프랑크에게 신신당부했다. 프랑크의 엄마가 냉동실에서 무언가를 열심히 찾고 있을 때나, 거울을 보며 자신의 몸매에 불평을 늘어놓을 때는 피해야 한다고 말했다.

프랑크는 저녁때까지 기다렸다. 식사를 한 후에는 접시를 식기세척기에 넣었고, 식탁과 조리대를 닦고, 환기를 시키기 위해 창문을 열어 놓기까지 했다.

"웬일이니? 참 착하구나!"

소파에 앉아 있던 엄마가 말했다. 엄마는 감자와 미트볼을 먹은 후 잠시 쉬고 있던 참이었다.

"이제 들어가서 숙제할게요."

숙제는 많지 않았다. 작은 숫자 몇 개를 계산하기만 하면 됐다. 프랑크의 수학책에는 아이들의 희망 리스트가 책갈피처럼 자리 잡고 있었다. 서로 다른 필체로 갖가지 소망을 적은 쪽지, 그것은 학급 아이들이 갖고 싶은 것들과 하고 싶은 일들이 적힌 리스트였다. 가만히 보니, 거기에는 갖고 싶은 것보다 하고 싶은 것들이 더 많았다.

충분히 휴식을 취한 엄마가 말했다.

"빵을 좀 구울까? 특별히 먹고 싶은 게 있니?"

"계피빵이요."

엄마는 가게에서 파는 것처럼 크고 딱딱한 계피빵이 아니라, 한 입에 쏙 들어가는 작고 말랑말랑한 계피빵을 만들었다.

엄마는 콧노래를 흥얼거리며 밀가루 반죽을 커다랗게 폈다. 프랑크는 아이들의 희망 리스트를 꺼냈다.

"이건 우리 반 아이들이 제안한 거예요. 몇 개는 굉장히 좋은 아이디어라고 생각해요."

"어디 한번 큰 소리로 읽어 보렴."

엄마의 등에 대고 희망 리스트를 읽는 건 그다지 현명하지 않았다. 엄마는 항상 사람들과 대화를 할 때 얼굴을 마주보고 해야 한다고 말했다. 텔레비전이나 핸드폰 화면만 들여다보는 것도 좋지 않다고 말했다. 하지만 프랑크는 지금 엄마의 꽁지머리 아래 드러난 뒷목과 밀가루 반죽만 보며 말을 할 수밖에 없었다.

"런던으로 수학여행 가기."

"그건 매우 큰 책임이 따르는 일이야. 다음!"

"학급 전체가 비행기에서 낙하산을 타고 뛰어내리기."

"위험해. 죽을 수도 있어."

"알파인 스키장. 게이트까지 설치된 진짜 스키장……."

"여긴 스키장을 만들 만큼 눈이 많지 않아."

"……그리고 인공 눈을 제조할 수 있는 기계."

"안 돼."

엄마는 반죽 위에 설탕과 계피가루를 뿌렸다.

"스키점프 언덕."

"안 돼, 안 돼."

"그다지 높지 않아도 돼요. 20미터 정도면 충분할 것 같아요. 스키점프 언덕은 눈이 없어도 되잖아요."

"다음!"

프랑크는 엄마가 쪽지를 직접 보는 게 더 나을 것이라 생각했다. 쪽지에 적혀 있는 글자들 중에는 반짝이 색연필로 적은 것도 있었고, 여자아이들이 정성 들여 쓴 예쁜 글자도 있었다. 프랑크는 쪽지를 읽는 목소리에 반짝이를 담을 수 있으면 좋겠다고 생각했다.

"하얀색 모래가 깔린 해안."

"그런 모래는 어디서 구할 수 있다고 생각하니?"

"사하라 사막에서 배로 가져오면 돼요. 주문하면 된다고 어디서 읽은 기억이 나요."

"미쳤니? 다음!"

프랑크는 한숨을 푹 내쉬었다.

"전부 안 된다고 하실 거예요?"

"엄마는 좀 합리적인 희망 사항이 나오길 바라고 있어."

엄마는 커다란 사각형 반죽을 소시지처럼 돌돌 말았다.

"아홉 개의 홀이 있는 미니 골프장."

"세상에…… 프랑크!"

"저는 여기 적혀 있는 걸 읽었을 뿐이에요."

"넌 내가 국토부 장관이라도 되는 줄 아니?"

"그런 건 아니지만……."

"아직 희망 사항이 더 남아 있니?"

엄마는 소시지처럼 돌돌 만 반죽을 날카로운 칼로 썰어 황산지 위에 올려놓았다.

"굴착기 한 대. 미니 골프장을 만들기 위해 오스카가 땅을 파려면 굴착기가 있어야 돼요. 골프공이 들어갈 작은 구멍이 아니라, 커다란 자갈 구멍 말이에요. 공이 들어가면 안 되는 곳……."

"그건 장애구역이라고 해."

엄마는 자신의 스포츠 지식에 만족하는 듯 자랑스럽게 말했다.

"아니에요. 그건 벙커라고 해요."

여러 개의 조그마한 계피빵이 모습을 갖추기 시작했다. 프랑크와 엄마는 그것을 오븐에 구워 살짝 식힌 다음 먹을 것이고, 배가 불러 더 먹을 수 없으면 남은 계피빵을 네 개씩 나누어 비닐봉지에 넣은 후 냉동실에 보관할 것이다.

"붉은 흙이 깔린 테니스장. 울타리도 있고 하얀 선도 그어져 있고, 팽팽한 네트도 있는 테니스장."

"프랑크, 도대체 그게 다 뭐니? 골프장, 테니스장, 게다가 스키 점프장까지? 우리 집에는 그런 걸 설치할 공간도 없어."

"땅을 사면 되잖아요. 농부한테서요. 농부들은 땅을 많이 가지고 있잖아요."

엄마는 냉장고에서 달걀 한 개를 꺼냈다.

"농부들이 그 넓은 땅을 왜 가지고 있는 줄 아니? 소와 양을 먹일 풀을 기르기 위해서란다."

"저 같으면 소와 양보다는 테니스장을 선택하겠어요."

프랑크는 말을 뱉자마자 생각 없는 어린아이처럼 유치한 말을 했다고 후회했다.

"너는 매일같이 햄과 소시지를 먹으면서 잘도 그런 말을 하는

구나."

엄마는 오목한 접시에 달걀을 풀어 넣고 포크로 세차게 젓기 시작했다. 프랑크는 엄마의 재빠른 손놀림을 바라보았다.

"달걀 푼 물을 빵에 칠할래?"

"싫어요."

프랑크는 평소 엄마가 빵을 구울 때면 항상 달걀 푼 물을 반죽 위에 매끈하게 바르는 일을 맡아서 했다. 하지만 이젠 그런 일은 어린아이나 하는 것이라는 생각이 스쳤다.

"쪽지에 뭔가 더 적혀 있니?"

프랑크는 종이를 내려다보았다. 마지막 희망 사항은 테니스장이었다.

"네."

"뭐지?"

"핵폭탄이요!"

엄마는 프랑크의 얼굴을 보기 위해 고개를 돌렸지만, 프랑크의 등밖에 볼 수 없었다.

두 사람은 소파에 앉아 함께 계피빵을 먹었다. 따스한 코코아도 있었다. 텔레비전에서 재미있는 프로그램을 찾아보려 했지만, 돌리는 채널마다 테니스 경기를 중계하거나 골프를 치는 여인들만 화면을 채웠다. 비행기에서 낙하산을 타고 뛰어내리는 사람, 정원에 수영장을 짓는 사람, 런던을 소개하는 여행 프로그램이 그 뒤를 이었다. 화면에 보이는 사람들은 하나같이 기분이 좋아 보였고 자신이 하는 일에 집중하며 긴장을 놓지 않았다.

싫증이 났는지 엄마가 다시 채널을 돌렸다.

"저것 보세요!"

프랑크가 말했다. 입안 가득히 계피빵을 물고 있어서 화를 낼 수는 없었지만 '저것 보세요!'라는 말쯤은 충분히 할 수 있었다.

"세상에!"

제2차 세계대전 당시 일본에 떨어진 핵폭탄에 대한 프로그램이 방송되고 있었다.

"저것 좀 보라니까요!"

엄마는 한숨을 쉬며 텔레비전을 껐다.

"프랑크. 엄마 말 좀 들어 봐."

엄마가 프랑크에게 고개를 돌렸다. 프랑크는 캄캄한 텔레비전 화면에서 눈을 떼지 않았다.

"만약 네가 네 마음대로 결정할 수 있다면, 그 돈을 한 번에 다 써 버릴 수 있겠니? 그러고 싶어? 넌 마치 화분 속의 식물 같아!"

"화분 속의 식물이라고요?"

"응. 식물들은 항상 햇빛을 향해 몸을 뻗잖아. 자기가 뿌리를 내리고 있는 화분은 생각지도 않고 말이야. 꽃이 피면 화분 밖으로 무겁게 몸을 늘어뜨리게 돼. 주인은 식물이 골고루 햇빛을 받을 수 있도록 가끔 화분을 돌려 줘야 한단다. 안네 외할머니도 마찬가지야. 집에 초콜릿이 있으면 그냥 놔두시질 못했거든. 너도 똑같아, 프랑크. 넌 지금 네 손에 1천2백만 크로네가 있다는 사실에 이성을 잃어버린 것만 같아.”

“저는 화분 속에서 살고 있지 않아요.”

프랑크는 적절한 대답을 했다고 생각을 했다. 엄마라면 전혀 생각지도 못할 만큼 기발하고 합리적인 대답이라는 생각도 했다. 엄마는 마침 걸려 온 전화를 받느라 더는 아무 말도 하지 않았다. 엄마는 꽤 오래 통화를 했다. 프랑크는 전화를 건 사람이 누구인지 짐작할 수 없었다. 평소엔 엄마가 대답하는 말투로 미루어 보아 누가 전화를 걸었는지 짐작할 수 있었는데, 그날은 예외였다.

엄마가 통화를 마치자, 프랑크는 리모컨을 들어 텔레비전을 켰다. 런던의 이층버스가 화면에 나타났다. 엄마는 한 손에 핸드폰을 들고 허공만 멍하니 바라보았다.

“내 사촌, 오게가 전화했어. 등에 있는 털을 머리로 옮겨 심고 싶다고 하는구나.”

“네?”

“거의 대머리가 되었거든. 머리가 빠지기 시작하니까 갑자기 더 늙어 버린 것 같대. 이젠 여자들을 만나도 말을 걸 용기를 낼 수가 없다고 하는구나.”

"어떻게 털을 옮기나요?"

"이식 수술을 하는 거지. 그 수술을 하는 데 적어도 5만 크로네가 든다고 했어."

"우리에게 그 돈을 지불해 달라고 하던가요?"

"직접적으로 그런 말은 하지 않았어. 하지만 우리가 오게를 도와주면, 오펠리아 숙모도 도와드려야 해."

프랑크는 엄마를 가만히 바라보았다.

"제게 오펠리아라는 숙모도 있었나요?"

"네 숙모가 아니라 내 숙모. 거의 왕래를 하지 않았어. 레이저로 안과 수술을 해야 한다고 하더구나. 게다가 마리에 할머니도 있지. 우울증에 걸려서 요즘은 거실에서 창밖의 바다도 바라보지 않으신대. 창밖에 서 있는 가문비나무만 멍하니 보신대. 우울증 약도 드신다고 했어."

"가문비나무 때문에 약을 먹나요?"

"아냐, 어…… 어떤 면에서 보자면 그렇다고 할 수도 있겠지."

"약을 먹으면 도움이 되나요?"

"글쎄…… 어쨌든 한 사람을 도와주면 온 친척의 친척까지 다 도와줘야 해. 우린 그들을 전부 다 도와줄 수는 없단다. 온 세상을 다 도와줄 수도 없어, 프랑크."

우리는
모두를 도와줄 수 없어

"자, 지금부터 하는 말을 집중해서 들으세요."

선생님이 각 학년 학생들을 차례차례 둘러보며 말했다. 선생님은 1학년 학생들이 책상 위를 정리하고, 코를 후비던 손가락을 빼고 마치 먹이를 기다리는 악어처럼 조용히 앞만 바라볼 때까지 참을성 있게 기다렸다.

"여러분들이 프랑크가 자유롭게 학교생활을 할 수 있도록 도와줘야 한다고 생각해요. 프랑크는 우리가 알고 있는 예전의 프랑크와 똑같아요. 교무실에서 보니, 쉬는 시간만 되면 여러분들은 프랑크를 에워싸고 가만히 놓아두지 않더군요. 마치 수백 마리의 벌이 꽃 한 송이에 달려드는 것 같아요."

프랑크는 수업 시간도 쉬는 시간과 비슷하다고 생각했다. 그날의 마지막 수업 시간에는 토론 연습을 했다. 일주일에 한 번 있는 이 시간에는 토론하는 방법을 배웠고, 매주 다른 주제로 토론을 했다.

그날의 주제는 욕이었다. 선생님은 쉬는 시간에 운동장을 돌아보니 욕을 하는 아이들이 많다고 말했다. 어떤 아이들은 한 번도 욕을 하지 않지만, 몇몇 아이들은 자주 욕을 했다. 그건 어른들도 마찬가지다. 예를 들어, 비가 오면 대부분의 사람들은 "어휴, 또 비가 오네!"라고 말하는 반면, 어떤 남자 어른들은 '빌어먹을'이라거나 '씨팔'이라는 욕을 내뱉는다. 그들은 '세상에' 또는 '어이쿠'라는 말도 있는데, 항상 '젠장' 같이 듣기 거북한 욕을 한다. 축구공이 사이드라인을 벗어났을 때, 얼음 위에서 미끄러졌을 때, 핸드폰의 배터리가 바닥을 보일 때도 마찬가지다.

외르겐이 손을 들었다. 언젠가 가게에서 마주쳤던 한 남자가 과일 진열대 앞에 서서 하는 말을 들었다고 했다.

"빌어먹을 포도알 몇 개에 40크로네나 내야 하다니, 젠장!"

아이들이 웃음을 터뜨렸다.

수업 시간에 아이들이 욕을 하는데도 선생님이 화를 내지 않으니 기분이 이상했다. 선생님이 아이들에게 질문을 던졌다.

"고작 포도 가격 때문에 욕을 한다면, 화재가 나서 집이 다 타버렸을 때는 어떤 말을 해야 할까요?"

대답하기 쉽지 않은 질문이었다. 데니사는 적절한 말을 찾으려 애를 썼지만 아무것도 생각해 낼 수 없었다. 아이들은 누가 새로운 욕을 예로 들 때마다 웃음을 터뜨렸다. 선생님은 평생 욕을 단 한마디도 하지 않는 사람도 있다고 말했다.

"어떤 상황에서는 욕을 하는 게 오히려 자연스럽게 여겨질 때도 있지 않을까요?"

아이들은 저마다 고개를 끄덕였다. 예를 들어, 누군가가 사타구니를 힘껏 찼을 때나 트럭에 치였을 때는 욕이 절로 나올 것 같았다. 적어도 "아니, 이게 무슨 짓이야? 젠장!" 정도의 말은 할 수 있을 것이다. 컴퓨터 게임에서 최고 기록을 세우기 직전에 게임 오버되었을 때, 또는 무려 3백 미터나 되는 가파른 언덕길에서 자전거를 타고 내려올 때면, "에잇! 제기랄!" 정도의 말을 할 수 있을 것이다.

선생님은 욕을 하는 것이 일종의 습관이라고 말했다. 한번 욕을 하기 시작하면, 다음엔 욕을 하는 게 더 쉬워진다는 것이다. 프랑크네 반 아이들 중에선 집에 갈 때 버스를 타고 가는 아이가 세 명 있었다. 그들은 정류장에 서서 버스를 기다릴 때면 욕을 하는 아이들을 더러 만날 수 있다고 말했다. 욕을 하면 안 된다고 말하는 아이도 없지 않지만, 아이들은 욕으로 말 잇기 놀이라도 하듯 금방 다른 욕을 내뱉는다고 했다. 그건 결코 바람직한 일이라 할 수 없었다. 왜냐하면 정류장에는 1, 2학년 학생들도 있기 때문이다. 그들은 이제 막 읽고 쓰는 것을 배운 아이들이다. 그런데 버스를 기다리면서 끔찍한 욕을 듣고 배우게 되면 참으로 난감한 일이 아닐 수 없다. 정류장 팻말에는 '똥 처먹고 싶으면 교장 선생님에게 ㄱㄱ!'라는 글도 적혀 있다. 그런 말은 칠판이나, 가게, 또는 신문에서는 볼 수 없는 말이다. 모르는 아이들이 본다면 이 세상의 모든 끔찍한 말은 모두 버스 정류장에서 생겨난다고 믿을지도 몰랐다.

"그렇다면 듣기 좋은 예쁜 말은 어떤 말일까요?"

"듣기 좋은 예쁜 말은 연인들의 입속에 사는 말이에요. 케이크 조리법 속에도 있고, 액자에 넣어져 벽에 걸려 있기도 해요."

수업 시간이 끝날 때가 되자 아이들이 조용해졌다. 선생님은 이런 주제에 대해 가끔 토론해 보는 것이 바람직하냐고 묻자, 아이들은 소리 높여 그렇다고 대답했다. 미소를 띤 아이들도 있었고, 심각한 표정으로 대답하는 아이들도 있었다.

"좋아요. 이건 여러분들이 평생 해야 할 숙제랍니다."

선생님이 칠판에 무언가를 적으며 말했다.

욕을 할 때는 항상 먼저 생각한 후에 욕을 할 것!

퇴근해서 집에 돌아온 엄마는 화를 내며 장을 봐 온 음식을 냉장고에 집어넣었다. 버터 통이 거꾸로 뒤집어졌는데도 개의치 않았다.

"무슨 일이라도 있었어요?"

프랑크는 조용히 앉아 숙제를 하다 엄마에게 물어보았다.

"껌 포장지에 적힌 글을 읽어 본 적이 있니?"

"아뇨."

엄마는 발을 쿵쿵 구르며 걸어가 빈 비닐봉지를 서랍 속에 찔러 넣었다. 봉지가 삐죽 솟아올라 서랍을 닫기가 어려워지자 엄마가 욕을 했다.

프랑크는 엄마가 무슨 말을 할지 차분하게 기다렸다.

"오늘 장을 보려고 퇴근길에 슈퍼마켓에 들렀어. 돈을 지불하려고 계산대 앞에서 줄을 서 있었지. 내 앞에선 어떤 할머니가 오렌지 값을 지불하려고 지갑을 열었단다."

"그래서요?"

"점원이 1크로네가 부족하다고 했어. 할머니는 지갑을 다시 뒤져 보았지만 돈을 더 찾을 수 없었단다. 점원은 계속 1크로네가 부족하다고 할머니를 재촉했지."

"그런데 그게 껌 포장지랑 무슨 상관인가요?"

"그런데 계산대 뒤에 있던 점원과 오렌지를 사려던 할머니가 동시에 나를 쳐다보는 거야. 내가 거기 서 있는 걸 본 거지. 로또로 백만장자가 된 사람. 할머니는 점원에게 모자라는 1크로네는 내일 가져다주면 안 되냐고 물었단다. 그 할머니는 거기 거의 매일 장을 보러 오는 사람이야! 그런데도 점원은 안 된다고 거절했어. 일일 정산을 할 때 계산이 맞아야 한다나 뭐라나."

"그랬더니요?"

"할머니는 핸드백을 열어서 계산대 위에 쏟아부었단다. 화장품과 헤어롤러, 곰팡이 핀 치즈 조각이 우르르 쏟아졌어. 할머니는 1크로네 때문에 이렇게 법석을 피워야 한다고 불평하면서 나를 자꾸 쳐다보더라고. 애원하는 눈빛으로 말이야. 그러다 마침내 동전 두 개를 찾았어. 하지만 하나는 50외레짜리였기 때문에 점원이 받지 않으려고 했어. 다른 하나는 휴가 때 크로아티아에 가서 쓰고 남은 동전이었어. 1크로네보다 훨씬 가치가 큰 동전이라고 하더군. 하지만 점원은 외국 돈은 받지 않는다고 또 거절했어. 그러자 할머니는 곧 손자 네 명이 오면 오렌지를 각각 한 개씩 줘야 하기 때문에 꼭 오렌지를 사야 한다고 말하면서 점원에게 다시 오렌지 무게를 달아 보라고 부탁했단다. 하지만 그런다고 해서 오렌지 무게가 갑자기 변할 리는 없잖아.”

“그래서요?”

“그들이 다시 나를 쳐다보면서 이구동성으로 이렇게 말하더구나. ‘이 불쌍한 사람을 위해 1크로네를 그냥 주면 안 될까요?’라고 말이야.”

“정말 그들이 그렇게 말했나요?”

“아냐, 사실은 아무 말도 하지 않았어. 하지만 난 그들의 표정이 그렇게 말하고 있다는 걸 확실히 느낄 수 있었어.”

“그래서 어떻게 되었나요?”

엄마는 양팔을 활짝 벌리며 말을 이었다.

“너 같으면 어떻게 했겠니?”

프랑크는 1초도 망설이지 않고 대답했다.

"그 할머니에게 1크로네를 줬을 것 같아요."

"만약 2크로네가 부족했다 하더라도 돈을 줬을 것 같니? 아니, 10크로네나 100크로네가 부족했다 하더라도? 난 모른 척하면서 껌을 한 통 집어 들고 포장지에 적힌 글을 읽기 시작했어."

"왜요?"

"그들과 눈을 마주치지 않으려고 그랬지."

프랑크는 생각에 잠겼다.

"엄마는 구두쇠가 된 것 같아요. 예전에는 안 그랬잖아요. 예전 같으면 그 할머니에게 필요한 돈을 줬을 것 같아요."

엄마는 아무 말도 하지 않았다. 단지 짜증이 섞인 한숨을 내쉬며 옷을 갈아입기 위해 화장실로 들어갔을 뿐이었다.

"엄마는 부자가 된 후에 한숨을 더 많이 쉬는 것 같아요."

프랑크는 엄마의 등에 대고 말했다.

"난 내가 원하는 만큼 한숨을 쉴 자유가 있어!"

엄마가 프랑크에게 소리를 질렀다.

프랑크는 엄마가 화가 났기 때문에 소리를 지르는지, 아니면 다른 방에 있기 때문에 소리를 지르는지 확신할 수가 없었다. 어쩌면 둘 다일지도 몰랐다.

다시 부엌으로 돌아온 엄마의 얼굴은 발갛게 상기되어 있었다. 마치 추운 1월에 밖에 나가 두 시간 정도 썰매를 타고 들어온 사람 같았다.

"이젠 너도 그런 눈으로 엄마를 보니? 날 그런 눈으로 쳐다보지 마!"

프랑크는 절레절레 고개를 저었다.

"그래서 결국 어떻게 되었나요?"

"그 할머닌 오렌지 하나를 도로 가져다 놓아야 했어."

엄마가 거실로 나가며 말했다.

"오늘 저녁은 뭘 먹을 건가요?"

"껌!"

"그래서 껌을 샀단 말이에요?"

"응."

"껌은 얼마였어요?"

"잘 모르겠어. 20크로네 정도?"

"하지만……."

프랑크는 말을 잇지 못했다.

"난 원칙대로 했을 뿐이야."

우체통에 편지가 배달되었다. 엄마는 편지가 어제 한 통, 오늘은 두 통이나 왔다고 말했다. 프랑크는 저녁을 먹은 후 그 편지들을 읽어 보았다. 다행히도 그들은 껌으로 저녁 식사를 하진 않았다. 그 껌은 디저트가 되었다.

첫 번째 편지는 낯선 남자에게서 온 것이었다. 그는 소파에 앉아 있는 다섯 명의 코흘리개 아이들 사진을 동봉했다. 프랑크는 그들에게 가장 필요한 것이 코를 풀 수 있는 휴지라고 생각했다. 하지만 편지를 읽어 보니, 그들에게 필요한 것은 자동차였다. 남자는 곧 여섯 번째 아이가 태어날 예정이기에, 그들이 가지고 있는 자동차는 쓸모가 없어질 것이라 했다. 더 큰 자동차를 사기 위해서는 적어도 십만 크로네가 필요하다고 했으며, 더 큰 자동차를 사지 못한다면 온 가족이 함께 휴가 여행을 갈 수도 없을 것이라 덧붙였다. 프랑크는 빨랫줄에 여섯 아이들의 속옷이 줄줄이 걸려 있는 광경을 상상해 보았다.

두 번째 편지에는 다음과 같이 적혀 있었다.

우리 아들은 휠체어 신세를 져야 하는 장애인으로 현재 요양원에서 살고 있습니다. 우리는 아들과 함께 살기 위해 더 큰 집이 필요합니다. 그렇지 않다면 우리 아들은 늙어 죽을 때까지 요양원에서 살아야 할지도 모릅니다. 그래서 부탁드리는데 (……)

마지막 편지는 다음과 같았다.

귀하의 오른쪽 뺨에 꽤 큰 모반이 있다는 것을 알고 있습니다. 그러한 모반은 피부암으로 발전될 가능성이 큽니다. 저희는 모반 제거에 오랜 경험을 축적한 전문가로서, 귀하께서 원하신다면 특별히 할인된 가격으로 (……)

"자동차를 사는 데 십만 크로네가 필요하대요. 사하라에서 배로 모래를 실어 오는 것보다 쌀 것 같은데……."

프랑크가 말했다.

엄마는 아무 대답도 하지 않고 베란다로 나갔다. 베란다는 카펫의 먼지를 털 수도 없을 정도로 비좁았다. 엄마는 베란다에 한참 서 있었다. 프랑크는 엄마를 바라보았다. 엄마는 차갑게 식은 커피 한 잔을 손에 들고 찬 바람에 머리를 휘날리는 부유한 여자였다.

"아프리카를 생각해야 돼."

뉴스가 끝난 후에 엄마가 말문을 열었다.

"왜요?"

프랑크는 아프리카 대륙 전체를 떠올리기가 쉽지 않다고 생각했다.

"힘들게 살고 있는 사람들을 생각해 봐. 먹을 것도, 마실 것도 없어서 배를 곯는 아이들과 학교에 다닐 수 없는 아이들, 그리고 부모 없이 혼자 자라는 아이들 말이야."

프랑크에게도 없는 것은 많았다. 미니 골프장도 없었고, 수영장도 없었고, 테니스장이나 콜라 자동판매기도 없었다. 프랑크는 아무도 신경 쓰지 않는 아주 조그마한 대륙에 불과했다. 프랑크는 이 세상에서 가장 가난한 백만장자였다. 하지만 그에게는 먹을 것도 있었고, 마실 것도 있었다. 학교도 다닐 수 있었고, 돈이 많다고 거들먹거리지 않도록 자식을 야단치는 엄마도 있었다. 그래서 프랑크는 뼈만 앙상하게 남은 발가벗고 있는 아프리카 소년을 상상해 보았다. 파리가 내려앉은 얼굴, 빈 밥그릇을 들고 있는 조그마한 손. 문득 가엾다는 생각이 스쳤다. 소년은 결국 굶어 죽을지도 모른다.

그렇지만 그 생각을 이어가기는 쉽지 않았다. 프랑크가 아는 아프리카는 또 다른 모습도 지니고 있었다. 피라미드와 낙타였다. 프랑크는 피라미드 꼭대기에 올라가 보고 싶었고, 낙타를 타고 대상의 행렬에 합류해 사하라 사막을 가로질러 보고도 싶었다. 낙타를 탄 대상의 행렬은 빙하를 가로지르는 사람들의 행렬처럼 길게 일렬로 이어져 있다. 빙하 위를 걸을 때 사람들이 길게 한 줄로 가는 것은 이해할 수 있다. 줄을 지어 가면 누군가 얼음 구덩이에 빠진다 하더라도 금방 힘을 합쳐 구해 낼 수 있다. 하지만 사하라 사막에는 떨어질 만한 구덩이가 없지 않은가. 그런데도 사람들은 낙타를 타고 줄을 지어 간다. 어쩌면 사진을 찍었을 때 더 잘 나오기 위해서 줄을 지어 가는 건 아닐까? 프랑크는 언젠가 한번 빙하를 가로지르는 놀이를 한 적이 있었다. 2학년 때였던 것 같다. 프랑크와 아이들은 줄에 몸을 묶고 일렬로 책상 사이를 걸었다.

"무슨 생각을 하고 있었니?"

엄마가 물었다.

"빙하 생각을 하고 있었어요."

"아프리카 생각을 하랬잖아."

"노력은 해 봤어요."

"더 노력해 봐!"

"쉽지 않단 말이에요. 솔직히 내가 아는 아프리카 사람은 한 명도 없어요."

"넬슨 만델라."

"만델라는 죽었잖아요."

엄마는 마치 만델라가 이미 저세상 사람이라는 사실이 아쉬운 듯 한숨을 푹 내쉬고는, 열을 재기라도 하듯 이마에 손을 얹었다. 하지만 보통 자신의 열을 잴 때는 열이 없는 다른 사람에게 손을 대신 얹어 달라고 부탁해야 한다.

"어휴, 나도 생각나는 아프리카 사람이 없구나."

한참 후에 엄마가 말했다.

"저도 마찬가지예요. 아시아는 어때요?"

"아는 아시아 사람 이름을 대 보라는 말이니?"

"네."

"아시아에서 온 사람이라……."

엄마는 시간을 벌기 위해 말끝을 흐렸다.

아시아는 아프리카보다 훨씬 크고, 아시아에 사는 사람은 수십억 명이 넘는다. 그토록 많은 사람들 중에 한 명의 이름쯤은 알고 있어야 한다는 생각이 들었다.

"람푼!"

엄마가 갑자기 생각난 듯 소리쳤다.

"람푼? 그게 누군데요?"

"내 직장 옆에서 배달 음식점을 하는 태국 여자야. 결혼은 여기서 했지만, 아이들은 태국에 남아 있다고 했어. 계산대 뒤의 벽에는 고국에 남아 있는 아이들의 사진이 걸려 있단다. 매달 여기서 번 돈을 태국에 보낸다고 했어."

"얼마나요?"

"그건 나도 몰라. 그런 걸 물어보는 건 실례되는 일이거든."

잠시 침묵이 흘렀다. 프랑크는 가끔 엄마가 퇴근길에 사 왔던 스프링롤을 떠올렸다. 입속에서 바삭거리는 스프링롤을 생각하니 군침이 흘렀다. 하긴, 바삭한 것들은 모두 맛있다. 감자칩과 새우깡, 완두콩과 헤이즐넛, 그리고 치즈볼.

"내일 배달 음식을 시켜 먹을까?"

엄마가 제안했다.

"좋아요."

프랑크와 엄마는 배달 음식을 시켜 먹으면 간접적인 방법이긴 하지만 아시아의 가난한 사람들을 도울 수 있다고 생각했다.

학교의 나이 많은 선생님들도 엄마와 같은 말을 했다.

"요즘 아이들은 요구하는 게 너무 많아. 간이 축구장, 수영장, 육상 경기장, 점프 경기장. 우리가 어렸을 때는 내린 눈을 긁어모아서 점프대를 만들었어."

아이들은 옛날엔 지금보다 눈이 훨씬 더 많이 왔기 때문에 가능했던 일이라고 말하며, 땅에 쌓인 눈을 다 모아 점프대를 만들면 착륙지를 덮을 눈이 없어질 것이라 반박했다. 하지만 선생님은 아이들의 말을 들으려 하지 않았다. 선생님은 수영장이 없으면 피오르 물에서 헤엄을 치면 된다고도 했다. 자유영은 물론 배영으로도 수영할 수 있으며 심지어는 잠수를 할 수도 있다고 덧붙였다. 뿐만 아니라 노를 저어 이웃 마을까지 다녀오면 등 근육을 키우는 데에도 큰 도움이 된다고 했다.

"우리 몸은 이 세상에서 가장 훌륭한 운동기구란다. 달리기도 하고, 팔굽혀펴기도 하고, 외발뛰기로 계단을 올라도 돼. 언덕 위에서 공처럼 몸을 동그랗게 만들어 데굴데굴 굴러 내려와도 되고 말이야. 달걀 한 개로 재미있는 운동을 할 수도 있어. 두 사람이 2미터쯤 떨어져서 서로 마주 보고 선 다음에 달걀을 주고받는 놀이를 해 봐. 어느 정도 익숙해지면 4미터로 간격을 늘리는 거야. 그 다음엔 8미터, 그 다음엔 10미터, 이런 식으로 말이지. 물론 이 놀이는 바깥에서 해야 돼. 거실에서 하면 절대 안 된단다!"

선생님은 학교 앞 육상 경기장은 아이들에게 천국이나 다름없다고 말했다. 하지만 선생님이 말하는 그 육상 경기장이란 아스팔트 위에 하얀 분필로 달랑 선을 몇 개 그어 놓은 장소에 불과했다. 한번은 저학년 학생들이 사방치기 놀이를 하려고 납작하고 예쁜 조약돌을 가져왔다. 하지만 폴이 그것을 훔쳐서 잔잔한 피오르 물 위에서 물수제비 놀이를 하는 데 사용해 버렸다.

프랑크는 쉬는 시간에 데니사, 오스카와 함께 다녔다. 가끔 그들은 나란히 서서 6학년 학생인 베가르가 멀리뛰기를 하는 모습을 바라보기도 했다. 동네 육상 경기장에는 사방치기를 제외한다면 멀리뛰기를 할 수 있는 시설밖에 없었다. 그래 봤자 널빤지 하나와 모래를 가득 담아 놓은 우묵한 공간이 전부였다.

멀리뛰기를 잘하려면 다리가 길어야 한다. 데니사, 오스카, 프랑크는 모두 다리가 짧았다. 베가르는 긴 다리에 무릎까지 올라오는 양말을 신고 있었다. 그는 매일 멀리뛰기 생각만 했다. 신발끈을 얼마나 꽉 묶어야 더 멀리 뛸 수 있는지, 착륙할 때는 어떤 모래가 가장 좋은지만 생각했다. 그는 건설용 잔골재가 좋은지, 모래 놀이터의 굵은 모래가 좋은지, 아니면 해안가의 가는 모래가 좋은지 모두 시험해 보았으며, 심지어는 고양이 배변용 모래까지 시험해 보았다.

베가르는 멀리뛰기에서 모래의 역할이 매우 중요하다고 강조했다. 그가 중학교에 가서 인턴으로 일할 수 있기까지는 아직 2년이나 남았지만, 그는 이미 동네 모래 채취장에서 일할 수 있는 자격을 얻어 놓았다. 평생 멀리뛰기만 해서 생계를 연명할 수는 없을 것이다. 전 세계에서 멀리뛰기만으로 먹고살 수 있는 사람은 별로 없다. 하지만 베가르는 겨울이면 얼어붙은 도로 위에 모래를 살포하는 일을 하고, 여름이면 멀리뛰기를 하며 살 수 있을 것이다.

"네 엄마가 돈을 흥청망청 쓰기 시작하셨니?"

베가르가 신발끈을 묶을 때, 오스카가 프랑크에게 살짝 물어보았다.

"아니, 아직."

프랑크가 나직이 대답했다.

"재촉해 봐."

데니스가 말했다.

"그러고 있어."

"만약 네 엄마가 자기 자신을 위해 돈을 흥청망청 쓰기 시작한다면 얼마 가지 않아 우리에게도 돈을 흥청망청 쓰게 될 거야."

오스카가 말했다.

7학년 여학생 한 명이 멀리뛰기장 앞에 서 있는 그들에게 다가왔다. 그녀는 프랑크에게 1분 후에 놀이터 뒤에서 만나자고 말했다. 그 말을 들은 데니사가 소리쳤다.

"꺼져! 당장 꺼지지 않으면 오스카가 너를 땅에 묻어 버릴 거야!"

"오스카? 그게 누군데?"

여학생이 되물었다.

점심시간이 되자, 전교생이 '괴짜'라고 부르는 한 남자가 프랑크에게 다가왔다. 그는 학교 앞 버스 정류장에 서서 매일 버스 기사에게 같은 질문을 던졌다.

"이 버스가 스톡홀름으로 가나요?"

괴짜는 스톡홀름이 다른 나라에 있는 도시인지 모르는 모양이었다. 여기 노르웨이에서 스웨덴의 스톡홀름까지 가려면 버스를 셀 수 없이 많이 갈아타야 한다는 것도 모르는 것 같았다.

"스톡홀름으로는 안 가요."

버스 기사는 매번 같은 대답을 돌려주고 문을 닫았다. 그녀는 같은 버스로 매일 학교와 동네를 왕복할 뿐이었다.

괴짜는 지나가는 사람마다 붙잡고 말 거는 것을 좋아했다. 프랑크가 지나가자 아니나 다를까 그가 말을 걸어 왔다. 프랑크는 길을 건너 학교 앞 가게로 갈 생각이었다.

"네 이름은 뭐니?"

괴짜가 물었다. 그의 머리카락은 항상 물에 적셔서 손으로 꾹꾹 눌러 내린 것처럼 두피에 찰싹 달라붙어 있었었다.

"프랑크예요."

"차를 가지고 있니?"

"아뇨."

"어떤 차?"

"제겐 차가 없어요."

프랑크가 대답했다.

"마쯔다[3]?"

"차가 없다니까요. 저는 아직 차를 운전할 수 있는 나이가 아니에요."

"마쯔다는 별로 안 좋아."

괴짜가 말했다.

프랑크는 가게에 가서 살색 색연필 일곱 개를 구입했다. 1학년 학생은 모두 일곱 명이었다. 프랑크는 돼지 저금통에서 꺼낸 돈으로 색연필을 샀다. 집에서 청소하고 받은 돈을 모은 것이었다. 가게 앞에서 1학년 여학생인 파티마를 만났다. 그 아이의 살색은 짙은 갈색이었다. 프랑크는 살색 색연필 하나를 갈색으로 바꾸기 위해 발을 돌렸다. 하지만 곧 생각을 고쳐먹었다. 갈색 색

---

3 일본의 자동차 브랜드.

연필은 모자라지 않을 것이라 짐작했기 때문이다.

다시 쉬는 시간이 돌아왔다. 프랑크는 운동장 모퉁이에서 1학년 학생들을 만나 마치 마약을 나누어주듯 은밀하게 살색 색연필을 나누어 주었다. 파티마도 다른 아이들과 마찬가지로 색연필을 받아들고 환한 미소를 지으며 고맙다고 인사했다.

프랑크가 집에 오니 부엌에서 스프링롤 냄새가 났다. 엄마는 무엇 때문인지 기분이 안 좋은 것 같았다. 직장에서 더 할 일이 없어 평소보다 한 시간이나 일찍 퇴근해야 했다고 말했다. 요양원에서 생활하던 사람들은 갑자기 기운을 차렸는지 자기 할 일을 스스로 하기 시작했다. 그들은 백만장자 여인이 그들을 위해 청소하는 것을 좋아하지 않았고, 엄마는 그들의 변한 모습을 좋아하지 않았다. 엄마는 청소를 하는 것은 엄마가 해야 할 일이라고 말했다. 엄마는 기분 전환을 위해 퇴근길에 자신에게 줄 작은 선물을 하나 샀다며 봉지 하나를 치켜들었다.

"반지예요?"

프랑크가 물어보았다.

그는 오스카가 했던 말을 기억했기에, 엄마가 얼른 아주 비싸고 불필요한 것을 사 왔으면 좋겠다고 바랐다.

"아냐."

"목걸이? 팔찌?"

"아냐, 아냐."

엄마는 봉지 속에서 손톱가위 하나를 꺼내며 말을 이었다.

"이전에 있던 손톱깎이도 별문제 없이 잘 쓸 수 있었지만, 손톱을 깎을 때마다 손톱 조각이 여기저기 튀어서 온 방 안을 다 뒤져야만 했잖아. 하지만 이 손톱가위로 손톱을 잘라내고 나면 가위에 부착된 작은 주머니만 떼어서 휴지통에 버리기만 하면 돼. 너도 한 번 사용해 볼래?"

"싫어요."

"여느 가위와는 다르다니까."

"어쨌든 싫어요. 우리 반 아이들에게 손톱을 잘라 보라고 집으로 초대할 수는 없잖아요. 손톱가위를 시험해 보려고 여기까지 와서 줄을 서는 아이는 아무도 없을 거예요!"

프랑크는 이제서야 깨닫기 시작했다. 그는 백만장자였지만 돈은 통장에 있었고, 통장에 있는 돈을 찾으려면 은행에 가야 하고, 은행에 가려면 터널을 지나 조그만 산을 넘어야 한다. 즉, 이전과 다름없는 삶을 살아야 한다는 말이나 마찬가지였다. 다른 점이 있다면 스프링롤을 좀 더 자주 먹을 수 있다는 것뿐이었다. 그것도 아시아의 가난한 사람들을 도와주기 위해서였다.

프랑크는 열여덟 살이 되어야 자기 몫의 돈을 마음대로 쓸 수 있다. 그때까지는 너무나 긴 시간을 기다려야 한다. 프랑크가 열여덟 살이 되면 지금은 흥미롭게 여겨지는 일들도 시들해질지 모른다. 동네의 열여덟 살 형들을 보면 아무런 글자도 적혀 있지 않은 밋밋한 감색 티셔츠만 입고 다닌다. 고기를 뒤집기 위해 바비큐 그릴 앞에 서 있어야 하고, 면도를 해야 한다.

프랑크가 열여덟 살이 되면 값비싼 자동차를 사서 여기저기 다니며, 음악을 크게 틀어 놓고 치즈볼을 먹을 것이다. 하지만 프랑크는 돈이 제일 필요한 때는 바로 지금이라 생각했다. 배영을 배우고, 아이스하키 퍽을 골문에 넣고, 알파인 스키를 타기 위해 몸의 균형을 잡는 법을 배우고, 숲을 뛰어다니며 정해진 지점에서 카드를 가져오는 오리엔티어링[4]을 하기 위해선 돈이 필요했다. 지금은 정해진 곳에서 무언가를 가져오는 일이라곤 우체통에서 우편물을 가져오는 일밖에 없다.

엄마가 사 온 음식을 먹고 있는 도중, 초인종이 울렸다. 엄마가 현관으로 나가서 대문을 열었다. 프랑크는 엄마가 대문 밖에서 무슨 이야기를 하는지 더 잘 듣기 위해 음식 씹는 것을 멈추었다. 엄마는 "네?", "그래요?", "멸망이라고요?", "뭐라고요?"라는 말과, "어휴······", "아, 참 비싸군요.", "호호.", "아닙니다, 괜찮습니다.", "아니요, 괜찮아요."라는 말을 연신 되풀이했다. 잠시 후, 엄마가 집 안으로 들어와 두 팔을 활짝 벌렸다.

---

4 지도와 나침반을 가지고 목적지를 찾아가는 야외 스포츠.

초인종을 눌렀던 사람은 낯선 여인이었다. 그녀는 곧 세상이 멸망할 것이며, 그날이 오면 세상의 모든 사람은 세 부류로 나누어진다고 했다. 그 하나는 매우 불행한 부류로서 산 채로 들짐승에게 잡아먹힐 것이며, 다른 하나는 그나마 좀 나은 부류로서 불에 타 죽을 것이고, 마지막 부류는 이를 피할 수 있는 사람들이라고 말했다. 현재 스위스의 산꼭대기에 있는 작은 공항에는 44명을 태울 수 있는 비행기 한 대가 서 있다고 했다. 세상의 종말이 오면 그 비행기는 하얀 빛 속에 자리한 천국으로 사람들을 데려갈 것이라고 했다.

그녀는 엄마에게 비행기 사진과 성경의 한 구절을 보여 주었다. 그녀는 지금 비행기 안에 딱 두 자리가 남아 있다며, 엄마와 프랑크가 영원한 삶을 원한다면 얼른 비행기표를 사야 한다고 말했다. 그 비행기표는 일반 비행기표보다 좀 더 비싸긴 하지만 영원한 삶을 얻을 수 있다면 그 정도는 아무것도 아니라고 덧붙이기도 했다. 그녀는 비행기표 한 장에 1천2백만 크로네만 지불하면 된다고 했다. 엄마는 왕복표도 아닌데 너무 비싸다고 대답했고 그러자 그녀는 조종석 뒤에 반대쪽을 보며 앉을 수 있는 좌석이 두 개 있는데, 그 좌석은 1천만 크로네로 조금 더 싸게 살 수 있다고 말했다. 그녀는 비싼 비행기표와 싼 비행기표 두 종류를 꺼내 엄마에게 보여 주었다.

엄마는 잠시 말을 멈추고 샐러드를 먹었다. 엄마는 스프링롤보다 샐러드를 더 많이 먹었다.

"그래서요?"

"그래서라니? 내가 더 할 말이 있을 것 같아?"

"그래서 뭐라고 대답했나요?"

"내가 뭐라고 대답했을 것 같니? 당연히 거절했지. 그런데 네 겐 물어보지 않았구나. 너는 돈을 주고 영원한 삶을 사고 싶니?"

프랑크는 창밖을 내다보았다. 노인요양원의 지붕이 눈에 들어 왔다. 그곳에는 90살 이상의 나이 많은 사람들이 살고 있다. 구 부정한 허리와 주름진 손을 지닌 그들은 하루 종일 아무것도 하 지 않는다. 날씨가 추우면 햇살이 들어오는 곳에 앉아 있고, 날씨 가 더우면 그늘진 곳을 찾아 앉아 있다.

"그게 사실일 수도 있잖아요?"

"아니야. 그렇지 않아."

두 사람은 흘린 음식을 접시 위에 모았다. 스프링롤을 흘리지 않고 먹는 건 쉽지 않았다.

"그 여자는 자기가 한 말을 스스로 믿고 있을까요?"

"아냐, 그 여자는 사기꾼이야. 신실하고 착한 사람들을 속여 자기 뱃속을 채우는 사람이지."

"하지만 비행기는요?"

"아마 어디서 직접 찍은 비행기 사진이거나 인터넷에서 찾은 사진이 틀림없어."

엄마는 블루베리를 담은 오목한 접시를 식탁 중앙에 올려놓았다. 디저트로 먹을 것이었지만, 엄마는 저녁 식사를 하면서 블루베리를 같이 먹었다.

"먹을래?"

엄마가 접시를 프랑크에게 밀어 주며 물었다.

프랑크는 고개를 저었다.

"몸에 아주 좋은 거야. 야맹증에도 좋대."

"저는 밤에 자는걸요."

프랑크가 대답했다.

엄마는 마치 밤새 밖을 뛰어다닐 사람처럼 허겁지겁 블루베리를 먹었다. 그때 엄마의 휴대폰이 울렸다.

"오펠리아 숙모야."

엄마는 한숨을 푹 내쉬며 마지못해 전화를 받았다.

엄마가 전화를 하는 동안, 프랑크는 그날 집으로 배달된 편지를 읽어 보았다.

제 딸의 소원은 호주에서 중국어를 공부하는 것입니다. 하지만 제 딸은 장님에 벙어리입니다. 게다가 비행기 공포증도 있고 몸에 주머니를 달고 다니는 동물에 알레르기가 있을지도 모릅니다. 하지만 딸의 소원은 그것밖에 없습니다. 부모의 입장에서 딸의 소원을 들어주는 것은 매우 중요하다고 생각합니다. 그래서 귀하께서 우리를 조금 도와주실 수 있다면 (……)

오펠리아 숙모는 안과에서 견적을 받았다고 말했다. 먼저 한 쪽 눈을 수술하는 데 2만 5천 크로네를 지불해야 하고, 다른 쪽 눈을 수술할 때는 2만 크로네만 지불하면 된다고 했다.

"도저히 안 되겠어. 이런 식으로는 살 수 없어."

엄마가 불평했다.

"그건 우리 반 아이들이 모두 런던으로 수학여행을 가는 경비와 비슷하군요."

프랑크가 말했다.

"미쳐 버릴 것 같아."

엄마가 말했다.

친절경진대회

이틀 후, 아이들은 쉬는 시간에 신문 한 장을 돌려 보기 시작했다. 그 신문은 교무실에서 가져온 것이었다. 오스카는 프랑크의 엄마가 신문에 나왔다고 말했다. 프랑크는 움직일 필요가 없었다. 아이들이 알아서 신문을 가져다주었기 때문이다. 좀 큰 아이들은 프랑크에게서 대답을 들을 수 있으리라 생각했는지, 신문을 빌려주겠다고 자청했다.

신문 일면에는 엄마 기사가 실려 있었다. 첫 장을 넘겨 보니 엄마에 대한 기사가 두 장이나 더 실려 있었다. 일면에는 '친절경진대회'라고 크게 적혀 있었고, 다음 장에는 요양원에서 찍은 엄마의 사진이 크게 나와 있었다. 사진 속의 엄마는 작은 행주로 테이블을 닦고 있었다. 사진 위에는 '싹쓸이'라는 제목이 적혀 있었다. 그건 일종의 말장난이었다. 싹쓸이를 한다는 것은 게임에서 판돈을 모두 가져간다는 뜻이다. 예를 들어, 포커 게임 같은 것에서 말이다. 그것은 행주로 테이블을 훔치는 것과 아무 상관이 없다.

프랑크는 사진 아래 기사를 재빨리 훑어보았다. 기사는 두 가지 내용을 담고 있었다. 그 하나는 엄마가 로또 1등에 당첨되어 엄청난 상금을 받았다는 것으로, 프랑크도 이미 잘 알고 있는 사실이었다. 다른 하나는 엄마가 1백만 크로네를 동네 사람들 중 한 명에게 주기로 했다는 내용이었다. 그건 프랑크도 처음 듣는 소리였다.

기사에는 프랑크의 엄마가 동네 사람들 중에서 특별히 착한 일을 하는 사람 한 명을 뽑아 1백만 크로네를 상금으로 주기로 했다고 나와 있었다. '친절경진대회'라는 말을 생각해 낸 사람은 분명 신문사에서 일하는 기자일 것이다. 엄마는 자기 자신을 위해선 특별히 돈을 쓸 데가 없다고 했다. 게다가 엄마에겐 매일 빵에 햄을 얹어 먹고 매일 같은 운동화를 신고 다니는 아들 하나밖에 없다. 그래서 엄마는 로또 상금을 마을 사람들과 나누고 싶다고 말했다. 사람들이 너도나도 착한 일을 하면 더 살기 좋은 동네가 될 것이라고 덧붙였다.

기자는 1백만 크로네를 받기 위해선 어떻게 해야 하는지 물어보았다. 엄마는 짤막하게 대답을 했을 뿐이다.

"마을 사람들 중 착한 일을 하는 사람, 또는 이웃을 기쁘게 해 주는 사람이 있다면 누구나 1백만 크로네를 받을 수 있습니다."

아이들이 두 개로 무리를 지어 둥그렇게 모였다. 한 무리는 신문을 에워쌌고, 다른 한 무리는 프랑크를 에워쌌다. 프랑크는 아이들의 코와 신발 끝밖에 볼 수 없었다. 아이들의 입에선 쉴 새 없이 질문이 쏟아져 나왔다.

"아이들도 상금을 탈 수 있어? 아니면 어른들만 상금을 탈 수 있는 거야?"

"내가 착한 일을 했다는 걸 네 엄마가 어떻게 아시지?"

"네가 너희 엄마에게 보고할 거니?"

"네 엄마는 뭘 좋아하시니?"

너무나 많은 질문이 쏟아져서 프랑크는 그중에 한 개만 대답할 수밖에 없었다.

"마요네즈."

"대회 규칙이 너무 모호하다고 생각하지 않니?"

한 여자아이가 질문을 던졌다.

"난 아침마다 이웃집에 신문을 넣어 줘. 이런 일을 해도 후보에 들 수 있다고 생각하니?"

"그건 네가 어디서 신문을 가져가는지에 따라 달라지겠지."

두 명의 여자아이 사이에 조그마한 여자아이 한 명이 끼어들어 프랑크를 쳐다보며 질문을 던졌다.

"너도 이 대회에서 상금을 탈 수 있어?"

갑자기 아이들이 조용해졌다. 저 멀리 나뭇가지에 앉아 있는 작은 새 한 마리가 지저귀는 소리가 들려왔다. 프랑크는 입을 벌려 보았지만 아무 말도 나오지 않았다.

"아냐."

어디선가 귀에 익은 목소리가 들렸다. 그것은 다름 아닌 폴의 목소리였다.

"한번 생각해 봐. 프랑크의 엄마가 '이번 대회의 1등은 내 아들입니다. 내가 세상에서 가장 사랑하는 아들입니다.'라고 말할 수는 없을 거야."

폴의 말에도 일리는 있었다. 그렇지 않은가? 프랑크의 엄마는 동네 사람들 앞에서 자기 아들에게 상금을 건네줄 수는 없을 것이다. 그런 일이 생긴다면 두고두고 사람들의 놀림감이 되고도 남을 것이다.

프랑크는 대회에서 상금을 탈 수 없는 단 한 사람이 되어 버린 셈이다.

"모두 조용히 하고 선생님 말을 들어 보렴."

선생님이 아이들에게 말했다.

"삶에서 돈이 전부는 아니란다. 하지만 착한 일을 한다고 해서 문제될 일은 없겠지? 여기에 대해서 토론해 볼까? 언제 착한 일을 했다고 생각하는지, 또 착하다는 것은 어떤 뜻인지 한번 생각해 보면 어떻겠니?"

1학년 학생들의 대답은 다음과 같았다.

"밥 먹기 싫다고 식탁 밑에 들어가서 뾰로통하게 화를 내면 안 돼요."

"할아버지가 집에 오시면 항상 커다란 목소리로 또박또박 말해야 돼요."

"지우개를 가져오지 않은 아이에게 지우개를 빌려줘야 해요."

2학년 학생들은

"점심시간에 도시락을 못 꺼내는 1학년 학생들을 도와줘야 해요."

"사자 발에 박힌 못을 뽑아 줘야 해요."

"수업 시간에 할 말이 있으면 꼭 손을 들고 말해야 하고, 떠들면 안 돼요."

3학년 학생들은

"케이크를 먹을 때 가장 큰 조각을 가져가면 안 돼요."

"친구들이 생일잔치를 한다고 샘내면 안 돼요."

"북극해에 사시는 고모에게 편지를 쓰는 게 좋아요. 직접 그린 그림도 함께 보내면 고모가 벽에 걸어 놓으실 거예요."

4학년 학생들은

"봄에 알을 품고 있는 새들에게 다가가면 안 돼요."

"토마토소스에 절인 고등어 통조림을 먹을 때는, 식탁에 흘리지 않게 항상 접시에 덜어 먹어야 해요."

"이웃 사람들이 휴가 여행을 갔을 때 대신 햄스터를 돌봐 줘야 해요."

5학년 학생들은

"쓰레기를 버릴 때는 항상 분리수거를 해야 해요. 음식 쓰레기와 플라스틱은 잘 분리해서 따로따로 버려요."

"한 번 입고 더러워진 내복은 집 안 아무 데나 던져 놓으면 안 돼요. 항상 빨래통에 잘 넣어야 해요."

"할머니가 집에 놀러 오실 때는, 할머니가 직접 짜 주신 스웨터를 입고 있는 게 좋아요."

6학년 학생들은

"경기를 하고 난 후엔 항상 상대 팀에게 잘 싸웠다고 인사해야 해요."

"직접 구운 와플을 팔아 수익금을 가난한 나라에 보내는 것도 좋아요."

"가게에서 줄을 서 있을 때 새치기를 하면 안 돼요. 그리고 뒷사람이 바나나 한 개만 살 때는 뒷사람에게 자리를 양보하는 것도 좋아요."

7학년 학생들은

"이웃집 아저씨가 저녁 식사 후에 잠시 휴식을 취할 때는 잔디를 깎으면 안 돼요. 잔디 깎는 기계 소리가 커서 아저씨가 잠이 깰 수도 있으니까요."

"가게에서 돈을 지불할 때는 되도록이면 동전으로 지불하는 게 좋아요. 가게에서 잔돈이 떨어지면 안 되니까요."

"못생긴 사람들에겐 신발이 예쁘다고 칭찬해 줘야 해요."

"좋아."

아이들의 대답을 다 들어본 선생님이 말했다.

"오늘은 집에 가서 각자 착한 일을 하나씩 하렴. 그게 오늘 숙제야. 다른 사람들에게 기쁨을 주는 일을 해도 좋아. 내일은 각자 어떤 착한 일을 했는지 발표해 보자."

"나만 친절경진대회에서 상금을 탈 수 없어. 이건 불공평해."

프랑크가 투덜거렸다.

"하지만 우린 함께 아이디어를 짜낼 수는 있잖아. 착한 일을 하기 위한 아이디어. 그러면 우린 함께 상금을 탈 수 있어."

프랑크와 친구들은 콜라 한 병을 사서 나눠 마시기 위해 카페로 갔다. 그들의 뒤에는 프랑크의 주머니에서 돈이 떨어지기를 기다리는 듯, 조그마한 아이 두 명이 바짝 따라왔다. 하지만 그날은 데니사가 콜라를 사기로 했던 날이었다.

"난 네 마음을 이해할 수 있어. 넌 백만장자인데도 주머니에는 돈 한 푼 없잖아. 그건 애인이 있는데도 뽀뽀를 못하는 것과 마찬가지야."

데니사가 말했다.

"네가 그걸 어떻게 알아?"

오스카가 물었다.

"작년 여름방학 때 스웨덴으로 여행을 갔었어. 거기서 요나스라는 남자아이를 만났거든."

"우리한테는 그런 이야기를 한 적이 없었잖아?"

"요나스는 치아 교정을 하고 있었어. 내가 뽀뽀하자고 말했더니 요나스가 입을 활짝 벌리고 웃었어. 그 와중에 교정기에 콧수염이 끼어 버린 거야."

"콧수염? 도대체 요나스라는 애가 몇 살이길래?"

오스카가 소리쳤다.

오스카가 먼저 카페 문을 열고 들어갔다. 프랑크는 데니사를 위해 문을 잡아 주었다.

"열세 살. 사실, 콧수염이라고 해 봤자 윗입술 위에 털 오라기 몇 개가 전부였어. 그런데 그 털이 교정기에 끼어 버렸던 거지.

요나스는 털을 빼려고 했지만 소용없었어. 그래서 내가 도와줘야만 했어. 그동안 요나스는 미소를 짓는 것처럼 입을 활짝 벌리고 있어야만 했지. 그게 부끄러웠던지, 요나스는 자기 엄마에게 뛰어가 버렸어. 결국, 그 아이의 엄마가 가위로 털을 잘라야만 했어. 요나스는 많이 창피했는지 그 일이 있은 후에 캠핑차 안에서 나오려 하지 않았어."

프랑크와 오스카는 큰 소리로 웃음을 터뜨렸지만, 데니사는 웃지 않았다.

"아까웠어. 뽀뽀할 수 있는 절호의 기회였는데……. 요렇게 가까웠단 말이야."

데니사가 손가락 두 개를 맞잡고 조그맣게 틈을 벌려 보였다. 어쩌면 그 틈은 요나스의 콧수염 길이였을지도 몰랐다.

"나도 아까워. 백만장자가 되었다고 생각했는데……."

프랑크는 혼잣말로 중얼거렸다.

데니사가 콜라 한 병을 사 왔고, 프랑크는 유리컵을 세 개 가져왔다. 오스카는 냅킨을 한 줌 가져왔다. 계산대에서 테이블까지는 불과 5미터 정도밖에 되지 않았다. 그럼에도 데니사가 가져온 콜라의 병뚜껑을 여니 거품이 보글보글 솟아올랐다. 오스카는 아무 말도 없이 냅킨을 건넸다.

"친절경진대회에 대해서 이야기해 보자."

프랑크가 제안했다.

오스카는 가방에서 잡지 한 권을 꺼냈다. 대부분의 사람들은 조리법이나 낱말 퍼즐, 또는 자동차 사진이 있는 잡지를 산다. 예쁜 옷을 입고 있거나 또는 옷을 아예 입고 있지 않는 여자들의 사진이 들어 있는 잡지를 사는 사람도 있다. 하지만 오스카가 구입한 잡지는 작은 굴착기 사진으로 가득했다. 그에게는 매달 그런 잡지가 집으로 배달되어 온다. 데니사가 콜라 거품이 가라앉기를 기다리는 동안, 오스카는 잡지를 뒤적였다.

"어쩌면 넌 납치를 당할지도 몰라."

데니사가 허공을 향해 말했다.

"납치를 당한다고?"

프랑크가 되물었다.

"부잣집 아이들에게 흔히 일어나는 일이야. 어제 뉴스를 봤니? 독일 여자아이에 대한 이야기였어."

"아니, 못 봤는데?"

"아주 부잣집 딸인데 납치를 당했어. 유괴범들이 몸값을 요구했는데 아이의 아버지가 거부한 거야. 그랬더니 다음날 아침에 범인들이 그 딸을 대문 앞에 내려놓았다고 하더라. 커다란 비닐봉지 안에 넣어서."

"봉지 속엔 두 동강 난 시신이 들어 있었대."

오스카가 잡지에서 눈을 들며 말했다.

프랑크는 생각에 잠겼다. 그들의 옆 테이블에는 조그만 핸드백을 든 뚱뚱한 여인이 앉아 있었다. 또 다른 테이블에는 나이 많은 남자가 앉아서 오믈렛을 먹고 있었다. 두 사람 모두 위험한 사람처럼 보이진 않았다. 계산대 뒤에는 카페 주인이 서 있었다. 그녀는 진열대를 닦은 행주를 물에 헹구고 있었다.

데니사는 콜라를 유리컵 세 개에 나누어 따랐다. 프랑크는 콜라를 한 모금 마신 후 컵을 내려놓았다. 쨍 소리가 났다.

"오스카, 네가 했던 일 중에서 가장 착한 일은 어떤 것이었니?"

"가장 착한 일? 가장 착한 일이라……."

오스카는 그 말을 여러 번 되풀이했다. 마치 뜻을 모르는 영어 단어를 외우려고 애쓰는 것 같았다. 그는 콜라를 반이나 비운 후 천천히 입을 열었다.

"예전에 선착장에서 물에 빠질 뻔한 알렉산드라를 구해 준 적이 있어."

"어…… 그때 우리도 거기 있었어."

데니사가 끼어들었다.

"알렉산드라를 물속에 밀어 넣은 것도 너였잖아."

"난 알렉산드라에게 밧줄을 던져 줬어."

오스카가 말했다.

"맞아, 하지만 넌 밧줄의 다른 쪽을 놓아 버렸잖아. 넌 밧줄을 모두 바닷속에 그냥 던져 버렸어."

프랑크가 말했다.

오스카는 콧잔등에 주름을 만들며 컵을 비웠다.

"난 알렉산드라가 나까지 물속으로 끌어들일까 봐 겁이 나서 그랬어."

"데니사, 넌?"

데니사는 입술을 잘근잘근 깨물며 생각에 잠겼다.

"난 사람들에게 성탄절 선물을 줬어."

"하지만 그 선물을 샀던 사람은 네 엄마였잖아?"

"어…… 맞아."

"네가 어떤 선물을 줘야 할지 결정했던 사람도 네 엄마였지?"

"응."

"그렇다면 넌 직접 한 게 아무것도 없잖아?"

"난 선물 포장지에 내 이름을 썼어."

"만약 내가 네 엄마였다면 네게 그런 일을 맡기지 않았을 거야. 넌 알파벳 b와 d도 구별 못 하잖아."

"그래서?"

"지금까지 모른 척 아무 말도 안 했는데…… 사실 네가 처음으로 내 생일잔치에 초대받아 왔을 때, 넌 선물 포장지에 네 이름을 직접 썼어. 그런데 글자를 너무 크게 쓰는 바람에 끝으로 갈수록 글자가 점점 작아졌어. 마지막 글자 a는 자리가 없어서 쓰지도 못했잖아, 그렇지? 게다가 넌 네 이름도 제대로 쓰지 못했어. 그때 네가 뭐라고 적었는지 기억하니? Oskar에게, Penis로부터. 넌 Denisa라는 네 이름을 Penis[5]로 적었잖아!"

프랑크와 오스카는 크게 웃음을 터뜨렸다. 데니사의 얼굴은 발갛게 달아올랐다.

"거짓말하지 마!"

"난 그걸 보고 네가 오줌이 들어 있는 병을 포장해 온 줄 알았어."

오스카의 목소리는 꽤 컸다. 그는 평소에도 말할 때 자주 크게 소리치곤 했다. 시끄러운 소리가 나는 굴착기 옆에 서서 사람들과 이야기를 나누는 데 익숙해져 있었기 때문일 것이다.

"여긴 카페야."

누군가 그들을 야단쳤다. 계산대 뒤에 서 있는 주인 여자였다. 보아하니 그녀도 P로 시작하는 말을 들은 것 같았다.

핸드백을 든 여자와 오믈렛을 먹고 있던 남자도 짜증스러운 눈길로 아이들을 힐끗 바라보았다. 음식을 먹고 있는데 오줌 이야기를 하다니! 순간, 데니사가 테이블을 탕 내리쳤다. 오스카가 그녀의 컵을 비웠던 것이다.

"잠깐만!"

데니사가 소리를 버럭 질렀다.

"앗! 미안해. 잘못 마셨어."

---

5 penis는 남자의 성기를 뜻하는 영어 단어.

오스카가 텅 빈 유리컵을 바라보며 말했다.

"잘못 마셨다고? 넌 벌써 아까 전에 네 컵을 다 비웠잖아!"

데니사가 소리쳤다.

"컵 두 개가 나란히 있어서 착각했어. 미안해!"

"컵 두 개가 나란히 있었던 건, 네가 그 멍청한 잡지를 올려놓아서 자리가 부족했기 때문이잖아!"

"소리 지르지 마. 조용히 해."

프랑크가 말했다.

"게다가 이 콜라는 내 돈으로 산 거야."

데니사가 다시 소리쳤다.

오스카는 텅 빈 유리컵을 내려다보며 아무 말도 하지 않았다. 콜라병의 거품도 시간이 지나면 가라앉듯, 데니사의 화도 가라앉기를 기다리는 것 같았다. 하지만 데니사는 화를 삭일 생각이 없는 것 같았다.

"내 돈으로 산 거라고! 내 돈! 그리고 그건 내 컵이고, 내 콜라였어."

"오스카가 이미 미안하다고 했잖아."

프랑크가 체념한 듯 피곤한 목소리로 말을 이었다.

"오스카가 뭘 더 어떻게 하길 바라니? 포크로 자기 얼굴을 찌르면 좋겠어?"

계산대 뒤의 여자가 헛기침을 하며 목청을 가다듬더니 소리를 질렀다.

"여긴 카페야! 조용히 좀 해."

"우린 친절경진대회에서 상금을 타기 힘들 것 같아."

프랑크가 한숨을 쉬며 말했다.

그들이 카페를 나서기 위해 계산대 앞을 지날 때, 주인 여자는 메뉴판에 새 가격을 적고 있었다. 이전보다 훨씬 비싼 가격이었다. 그녀는 가격을 올린 것이 미안한지 메뉴판에 스마일리도 그려 넣었다. 하지만 그녀가 그린 스마일리에는 욕심이 덕지덕지 묻어 있는 것 같았다. 그녀는 얼른 스마일리를 지우고 새로 그리기 시작했다.

집으로 가던 프랑크는 양로원 앞에서 한 할머니와 마주쳤다. 할머니는 벤치에 앉아 있었고, 벤치 옆에는 보행 보조기 한 대가 서 있었다.

"네가 너희 엄마의 아들이니?"

할머니가 소리쳐 물었다.

"네."

"잠깐 이리 와 봐!"

프랑크가 할머니에게 다가갔다. 내복을 입은 할머니의 다리는 퉁퉁했고, 머리카락은 하얀 백발이었다.

"이걸 가져가!"

할머니는 실로 만든 하얗고 조그만 것을 프랑크에게 건네주었다.

"코바늘로 짠 깔개야."

"네? 이걸 직접 짜셨어요?"

"응, 코바늘로 짰어. 양초나 꽃병 받침으로 사용하면 안성맞춤이란다. 그냥 테이블 위에 장식으로 올려놓아도 좋아."

"네……."

프랑크는 무덤덤하게 대답했다.

"테이블 위에 아무것도 없으면 텅 빈 것 같잖아, 그렇지? 옛날에는 테이블마다 테이블보를 덮어 두었어. 벽에는 그림도 빽빽하게 걸어 두었고, 액자 가장자리도 예쁘게 치장을 했었단다. 그렇게 하면 집 안이 훨씬 조화롭게 보여."

프랑크는 작은 깔개를 내려다보았다. 깔개는 구멍이 숭숭 뚫려 있었다.

"요즘 사람들은 그림을 액자에 넣지 않고 그냥 벽에 걸어 두더구나. 액자 가장자리에 꼬불꼬불하고 예쁜 장식을 하는 사람도 없어. 여자아이들만 봐도 알 수 있잖아! 옛날에는 곱슬머리를 만들려고 너도나도 헤어 아이론을 사용했는데, 요즘엔 기를 쓰고 머리를 쫙쫙 펴려고만 해. 모든 것이 쭉쭉 일직선으로 변해 버렸어. 부피도 커졌지. 하지만 그 속은 텅 비어 있단다. 사람들도 마찬가지야. 몸집만 커졌지 속은 텅 비어 있어."

"흠…….."

프랑크는 할머니가 건네준 깔개를 주머니에 넣고 감사하다는 말을 건넸다.

"그건 주머니에 구겨 넣으면 안 돼."

할머니가 큰일이라도 난 듯 손을 내저으며 말을 이었다.

"그건 손수건이 아니란 말이야. 나 같으면…….."

프랑크는 할머니가 말을 끝맺기도 전에 발을 돌려 집으로 향했다. 집으로 돌아와 부엌에 들어간 그는 두 팔을 축 늘어뜨린 채 엄마를 바라보았다.

"1백만 크로네나 되는 돈을 남들에게 거저 줄 수는 없어요. 내겐 1크로네도 안 주면서!"

엄마는 다리를 꼬고 앉아 커피를 마시고 있었다. 식탁 위에는 신문이 펼쳐져 있었고, 신문에는 커다란 글자와 커다란 숫자들로 빽빽했다.

"정상적인 사람이라면 무언가 많이 가지고 있을 때 다른 사람들과 나누려고 하지. 예를 들어, 네가 생일날 커다란 과자 상자를 받았다고 치자. 그렇다면 너는 초대받은 아이들과 함께 나누어 먹으려고 과자를 큰 접시에 담아 테이블 위에 올려놓을 거야. 구석에 숨어서 그 과자를 혼자 다 먹으려 하진 않을 거란 말이야."

프랑크는 대답을 하지 않았다. 식탁 위에는 계피빵을 담은 비닐봉지가 놓여 있었다. 냉동실에 보관해 둔 것을 엄마가 꺼내 온 모양이었다. 엄마와 프랑크는 계피빵을 두 개씩 나누어 먹을 것이다.

"너도 그렇게 생각하지?"

"네. 그렇게 말씀하시니 그런 것도 같아요."

"난 있는 그대로 말했을 뿐이야. 다른 방법으로는 설명할 길이 없구나."

엄마는 커피를 한 모금 삼키고 창밖을 내다보았다.

"어쨌든 지금부터는 귀찮게 구는 사람들이 좀 줄어들 것 같아. 너도 그렇게 생각하지 않니?"

"글쎄요."

프랑크는 엄마가 무엇을 귀찮아하는지 확실히 알 수 없었다. 프랑크 때문에 귀찮아하는지 다른 사람들 때문에 귀찮아하는지. 프랑크는 부엌을 좀 더 조화롭게 만들기 위해 낯선 할머니가 건네준 하얀 깔개를 꺼내 식탁 위에 올려놓았다.

밤새 비가 왔다. 폴은 커다란 물웅덩이 한가운데에 서 있었다. 그는 지나가는 아이들에게 침을 뱉었다. 마치 그의 발밑에 있는 웅덩이 물이 그의 몸을 타고 올라가 침으로 변해서 나오는 것 같았다.

"사탄 프랑크, 머저리 벤케, 귀머거리 엠마!"

엠마는 폴에게 별 반응을 보이지 않았다. 단지 "쳇!" 하고 코웃음만 치고선 폴에게 눈길도 주지 않고 제 갈 길을 갔다.

키가 자그마한 비외르게가 모습을 드러냈다. 폴은 그에게 던질 욕을 찾지 못했다. 비외르게는 잘됐다고 생각하고 폴을 지나치려 했지만, 폴은 아무도 그냥 지나가도록 두지 않았다. 폴은 비품실에서 훔쳐온 스펀지를 웅덩이 물에 적신 후 비외르게에게 던졌다. 얼굴에 정면으로 맞추려 했지만, 스펀지는 비외르게의 팔에 철퍼덕 떨어졌다. 비외르게는 맞은 부위가 아팠는지 울기 시작했다. 1교시가 시작되어도 교실에 들어가려 하지 않았다. 보조 선생님이 이미 뜨거운 물에 적신 물수건으로 재킷을 닦아 주었지만, 그는 재킷을 빨아야 한다고 고집을 피웠다.

"폴은 정말 나쁜 아이예요."

"사람들은 각각 다른 모습을 지니고 있단다. 너와 폴도 마찬가지지."

"폴은 똥덩어리예요!"

"이런 짓을 하면 결국엔 폴만 손해야."

보조 선생님은 벽에 걸린 냅킨통에서 냅킨 몇 장을 뜯어냈다. 비외르게는 보조 선생님이 건네준 냅킨에 코를 팽 풀었다.

"폴은 작정하고 나쁜 짓을 했어요."

비외르게의 눈물이 냅킨에 뚝뚝 떨어졌다. 얼굴에서 냅킨을 떼어 낼 필요는 없었다. 그의 눈에선 쉴 새 없이 눈물이 흘러내렸고, 코와 입에서도 콧물과 침이 흘러내렸다.

"꼭 복수하고 말겠어요."

"그러면 안 돼."

"할 거예요. 나도 폴에게 욕을 할 거예요. 어제 아빠와 이다랑 함께 폴 이야기를 했어요."

"그랬어?"

비외르게는 냅킨을 쓰레기통에 던져 넣었다. 새 냅킨을 꺼내려 했지만 벽에 걸린 냅킨통에 손이 닿지 않았다. 보조 선생님은 냅킨을 한 장 더 뜯어 비외르게에게 건네주었다.

"아빠는 폴이 물웅덩이에 사는 멍청이라고 말했어요. 다리 밑에 사는 트롤처럼 입만 산 바보라고 했어요."

"나도 그렇게 생각해. 이제 좀 기분이 나아졌니?"

보조 선생님이 상냥하게 말했다.

"아뇨. 아빠는 내가 폴에게 되돌려 줄 욕을 생각해 보겠다고 하셨어요."

"저런……."

"나는 아무리 머리를 굴려도 '양배추 폴'이라는 말밖에 생각나지 않았어요. 그리고 이다는 폴이 모닥불에 타 죽을 거라는 말을 해 보라고 했지만, 난 그 말이 너무 길다고 생각했어요. 게다가 내 생각엔 그건 그다지 나쁜 말이 아닌 것 같아요."

"오, 그건 충분히 나쁜 말이란다. 아니, 사실은 아주 나쁜 말이야."

보조 선생님은 비외르게의 등을 쓰다듬었다. 위아래로 등을 쓰다듬는 보조 선생님의 손길은 마치 지우개로 잘못 쓴 글자를 지우는 것 같았다. 비외르게는 냅킨을 휴지통에 넣었다. 세면대에 침을 뱉고 천천히 개수대로 흘러내려가는 침을 바라보았다.

"10초도 지나지 않아서 아빠가 좋은 말을 생각해 냈어요. 아니, 5초밖에 안 걸린 것 같았어요. 아빠는 만약 폴이 한 번만 더 배불뚝이 이다라고 말하면, 학교 아이들이 다 들을 수 있도록 큰 소리로 욕을 되돌려 주라고 했어요."

"어떤 욕?"

그는 비외르게가 더 이상 세면대에 뱉은 침을 볼 수 없도록 수돗물을 틀었다.

"아주 나쁜 욕."

비외르게가 이를 앙다물고 말했다.

"욕을 하면 안 돼. 내가 허락하지 않겠어."

"선생님은 이래라저래라 할 수 없어요. 선생님은 보조교사일 뿐이잖아요. 난 지금 당장 할 거예요."

비외르게가 소리치며 복도로 뛰어나갔다. 눈물을 닦아 낸 냅킨을 휴지통에 버린 후라 그런지 조금 전보다 훨씬 용기가 생긴 것 같았다.

선생님은 그를 멈추려 소리쳐 불렀다.

"비외르게!"

하지만 비외르게는 발을 멈추지 않았다. 그는 폴의 교실이 어디 있는지 잘 알고 있었다. 교실 문 앞에는 다른 아이들의 자그마한 운동화를 비웃기라도 하듯 폴의 커다란 녹색 장화가 나란히 서 있었다. 비외르게가 교실 문의 손잡이를 확 잡아당기자 문이 열리며 벽에 쾅 부딪쳤다.

교실 안에 있던 아이들이 깜짝 놀라 일제히 문을 향해 고개를 돌렸다. 쥐죽은 듯 고요했다. 비외르게는 온 힘을 모아 힘껏 소리쳤다.

"똥구멍 폴! 폴은 똥구멍!"

프랑크의 교실은 폴의 교실과 비교하면 조용한 편이었다. 마지막 시간이 되자 아이들은 전날 어떤 착한 일을 했는지 각자 발표했다. 소피에가 가장 먼저 입을 열었다. 그 애는 몸집은 자그마했지만 모든 일에 열심이었다. 그 애는 말을 하는 동안 책상 밑의 두 발을 쉴 새 없이 달랑달랑 움직였다.

"저는 요양원에 계신 증조할머니를 방문했어요. 그곳에 혼자 간 건 처음이었어요. 저는 질문 열 개와 낱말 퍼즐이 실린 신문을 가져갔어요. 증조할머니는 질문 열 개 중에 두 개밖에 맞추지 못해서 슬퍼하셨어요. 하지만 낱말 퍼즐은 잘 맞출 수 있었어요. 저는 할머니가 말하는 단어를 대문자로 적었어요. 증조할머니는 여동생 이야기도 해 주셨어요. M으로 시작되는 이름이었는데 기억이 나지 않아요. 지금은 세상을 떠나고 없는데, 살아 있을 때는 필기체로 아주 예쁘게 글자를 쓸 수 있었대요. 필기체는 알파벳을 죽 연결해서 쓰는 거래요. 증조할머니도 필기체를 예쁘게 써 보려고 하셨지만 매번 거미줄처럼 보였다고 말씀하셨어요. 증조할머니는 제게 와 줘서 고맙다며 다음에 또 오라고 말씀하셨어요."

"좋아. 아주 잘했어. 너는 어땠니? 재밌었어?"

"음…… 네."

"할머니랑 함께 앉아 있을 때, 차라리 다른 일을 했으면 좋겠다는 생각도 했었니?"

"아뇨."

"얼마나 오래 할머니랑 함께 시간을 보냈니?"

"한 시간 정도요."

"그곳에 있을 때 착한 일을 하고 있다는 생각을 했었니?"

소피에는 잠시 생각에 잠겼다.

"처음엔 그랬어요. 증조할머니가 심심하실까 봐 질문을 던졌을 땐 제가 스스로 참 착한 아이라고 생각했어요. 하지만 낱말 퍼즐을 풀 때는 더 이상 그런 생각이 나지 않았어요."

선생님은 결론을 내릴 만한 마지막 질문을 생각하는 듯 잠시 생각에 잠겼다.

"어제 일로 무엇을 배웠니?"

소피에는 다시 생각에 잠겼다. 두 다리를 달랑거리며 연필을 잘근잘근 씹었다.

"저는 할머니에게 말을 할 때는 천천히 또박또박 말해야 한다는 것을 배웠어요. 그렇지 않으면 할머니는 제가 말을 할 때마다 '뭐?'라고 되물으시거든요."

아이들은 어제 했던 착한 일을 차례차례 돌아가며 발표했다. 외르겐은 부엌 찬장의 양념통을 알파벳 순서대로 정리했고, 에델은 자기 집 개에게 새 목줄을 사 주고 헌 목줄은 앞으로 개를 키울지도 모르는 이웃집 아이에게 주었다. 선생님은 프랑크에게 질문을 하지 않았다. 마지막으로 데니사 차례가 되었다. 데니사는 발표를 할 때면 항상 가장 먼저 손을 들고 발표했지만, 그날은 끝까지 침묵을 지키고 있었다.

"저는 사람들에게 재미있는 이야기를 해 주고 싶었어요. 웃으면 기분이 좋아지잖아요. 그래서 집집마다 돌아다니며 농담을 하려고 했어요."

데니사가 혼잣말처럼 나직이 중얼거렸다.

"좋은 생각이야."

선생님이 말했다.

"처음으로 찾아간 집의 초인종 종을 눌렀지만 아무도 대문을 열어 주지 않았어요."

"초인종 종이 아니라 초인종이야."

에델이 끼어들어 반 전체 아이들이 다 들을 수 있을 정도의 큰 소리로 말했다.

"자, 자…… 괜찮아. 계속해 보렴."

선생님이 나직이 말했다.

"초인종 종이 아니라 초인종을 눌렀다고 말해야 돼요."

에델도 지지 않고 고집을 피웠다.

"그럴 수도 있어."

선생님이 말했다.

"그럴 수도 있다고요? 그러면 그런 거고, 그렇지 않으면 그렇지 않은 거지……."

"초인종을 눌렀어! 이제 됐어?"

데니사가 소리쳤다.

선생님은 손가락 하나를 들어 올리며 에델을 무섭게 쏘아보았다. 데니사가 다시 말을 이었다.

"아무도 문을 열어 주지 않아서 다시 초인종을 눌렀어요. 버튼을 한참 꾹 누르고 있었더니 버튼이 그대로 눌려 버린 거예요. 초인종이 고장 났던 것 같아요. 종소리가 계속 났어요. 저는 그런 일이 생길 줄은 꿈에도 몰랐어요."

"종소리가 아니라 초인종 소리!"

에델이 다시 끼어들어 아는 척을 했다.

"마치 목에 종을 단 양 스무 마리가 언덕길을 한꺼번에 내려오는 소리 같았어요. 잠시 후에 온 동네 사람들이 모두 대문을 열고 무슨 일이 생겼는지 내다봤어요. 다들 제게 뭘 하고 있냐며 야단을 쳤어요. 저는 무슨 대답을 해야 할지 몰라 그냥 초인종만 손으로 가리켰어요."

"손가락으로 가리켰겠지."

에델이 다시 중얼거렸다.

"사람들은 밖에 나와서 구경하느라 집 안에 음식이 끓어 넘치는 것도 잊어버렸나 봐요. 잠시 후에 화재경보기가 작동했어요. 한 집에서 경보기가 작동하니 이웃집에서도 연달아 경보기 소리가 났어요. 저는 온 동네의 경보기가 모두 연결된 것이 틀림없다고 생각했어요. 그 소리에 잠을 자고 있던 갓난아기가 깨서 막 울기 시작했어요. 결국 온 동네에 소동이 일어났어요."

"데니사······."

"잘못했어요."

잠시 후, 한 아이가 킥킥 웃기 시작했다.

"참 운이 없었구나."

선생님이 말했다.

"네. 하지만 곧 경보기가 꺼지고 다시 조용해졌어요. 갓난아기는 계속 울고 있었지만 저는 상관하지 않고 제가 준비한 농담을 말해 주었어요. 그러자 한 남자가 막 화를 내기 시작했어요. "당장 꺼져!"라고 소리치길래 저는 그 남자가 시키는 대로 했어요. 그런데도 그 남자는 내복 차림으로 우체통까지 저를 쫓아왔어요."

아이들은 너도나도 웃음을 터뜨렸지만, 선생님은 데니사의 이야기를 듣고도 거의 웃지 않았다. 약 5분 후, 선생님은 아이들에게서 등을 돌리고 칠판에 무언가를 적기 시작했다. 잠시 후 선생님의 어깨가 들썩거리기 시작했다. 칠판의 글자도 비뚤비뚤하게 변했다. 선생님은 커다란 냄비 앞에서 웃고 있는 마녀 같았다. 곧, 선생님은 커다란 지도를 내리고 그 뒤에 숨어서 혼자 킥킥 웃기 시작했다. 그것은 온 세상을 그린 세계지도였다. 마치 전 세계가 웃고 있는 것 같았다. 그 모습을 본다면 누구라도 지리 수업을 두 시간 연달아 해도 괜찮겠다고 생각할 것이다.

"선생님이 왜 저렇게 웃으시지?"

데니사가 의아한 표정으로 말했다.

프랑크는 데니사가 말했던 집을 선생님이 잘 알고 있기 때문이라고 생각했다. 어쩌면 선생님은 내복 차림으로 화를 내던 남자와 아는 사이일지도 몰랐다.

"선생님은 우리와 함께 있을 때면 자주 얼굴이 발갛게 달아올라요."

소피에가 말했다.

"미안해."

선생님이 사과했다.

프랑크의 동네에는 사람들이 '쿰바'라고 부르는 한 나이 많은 여인이 있었다. 그녀는 학교 앞을 지나가며 도랑에 버려진 쓰레기를 주웠다. 도랑에는 항상 쓰레기가 넘쳐흘렀다. 사람들은 쓰레기를 집에 가져갈 생각을 하지 않고 차를 타고 가다가 창밖으로 휙 던졌다. 쓰레기를 줍는 쿰바는 착한 일을 하는 셈이다. 하지만 그녀는 이틀을 연달아 프랑크의 엄마가 퇴근하는 시간인 오후 두시 반에서 세 시 사이에 딱 맞춰 쓰레기를 주웠다. 프랑크는 쿰바의 행동이 좀 의심스러웠다.

친절경진대회에서 1백만 크로네를 받을 만한 사람은 많이 있다. 교장 선생님도 꽤 착한 사람이다. 비록 아이들을 가르치는 일을 하진 않지만, 가끔 노르웨이어 수업을 할 때 교실에 들어와 데니사를 도와주기도 했다. 교장 선생님은 데니사에게 알파벳 b와 d의 차이점을 가르쳐 주려고 무진 애를 썼다. 하지만 데니사는 여전히 b와 d가 한 무리의 양떼처럼 구별할 수 없을 정도로 비슷하다고 했다. 양들은 모두 흰색이고 풀을 먹는다. 그래서 교장 선생님은 노르웨이어 시간에 데니사를 데리고 함께 농장으로 가서 양떼 구경을 시켜 주었다. 농부 롤프는 하던 일을 멈추고 양을 가리키며 하나씩 설명해 주었다. 곧 데니사는 모든 양들의 이름을 기억할 수 있게 되었고, 아이들에게 이를 자랑하고 싶어 안달했다.

항상 망을 보는 듯 뻣뻣하게 서 있는 양은 페트라였고, 파리가 없는데도 마치 파리를 쫓는 듯 계속 머리를 절레절레 젓는 양은 사물리네였다. 움브렐라는 똥을 눌 때 마치 소처럼 음매 하는 소리를 냈다. 농부 롤프는 처음에 움브렐라의 엉덩이에 염증이 생겨 아픈 건 아닐까 궁금해했지만, 알고 보니 그저 똥을 눌 때 이상한 소리를 낼 뿐 아무 문제도 없는 매우 건강한 양이었다. 데니사는 한 시간도 채 되지 않아 각각 다른 양들을 모두 구분할 수 있었고 이름도 외울 수 있었다. 하지만 다음날 학교에 온 그녀는 여전히 알파벳 b와 d가 똑같이 생겨 구별하기가 어렵다고 불평했다.

베가르의 여동생도 친절경진대회에서 상금을 탈 수 있을 것 같았다. 베가르가 멀리뛰기를 할 때면, 그의 여동생은 줄자와 빗자루를 들고 모래밭 옆에 서 있었다. 그 애가 검은 티셔츠를 입고 있으면 마치 마녀처럼 보였다. 그 애는 오빠가 얼마나 멀리 뛰었는지 줄자로 거리를 잰 후, 빗자루로 모래를 쓸어 평평하게 만들었다. 베가르는 그것이 매우 특별한 모래라며 흩어진 모래를 한 곳에 쓸어 담는 것을 매우 중요하게 여겼다. 베가르는 착한 여동생이 있어 자기가 행운아라고 말했다. 그에게는 형도 있었고 남동생도 있었다. 베가르는 텔레비전에 나오는 것처럼 남동생에게 빨간 깃발과 하얀 깃발을 들고 시작점에 서 있으라고 시켰다.

세계 선수권 대회나 올림픽 중계를 보면, 멀리뛰기를 할 때 선수들이 발을 구르는 지점에 항상 나이가 지긋한 남자가 깃발을 들고 앉아 있다. 그는 선수들이 줄을 넘어 발을 구르면 빨간 깃발을 들어올리고, 제대로 발을 구르면 하얀 깃발을 들어올린다. 그다지 어려운 일은 아니다. 하지만 베가르의 남동생은 그 일을 하기 싫어했다. 베가르는 여러 번 부탁했지만, 남동생은 그 일을 단 한 번밖에 하지 않았다. 5월 17일 제헌절 경축일 다음 날, 그의 남동생은 노르웨이 국기를 들고 마치 행진할 때처럼 이리저리 마구 흔들었다. 때문에 베가르는 멀리뛰기를 제대로 할 수가 없었다.

친절 경쟁

프랑크와 엄마의 우체통에 배달된 편지는 없었다. 그날은 우체통 안에 편지 대신 구스베리 잼 한 통이 들어 있었다. 이웃집 여인이 넣어 둔 것이었다. 그녀는 정원에 자라는 하얀 구스베리를 따서 직접 잼을 만들었다. 조그마한 통 열 개에 잼을 나누어 담고, 파란색 체크무늬 뚜껑을 덮은 다음, 이름표를 붙이고 예쁜 끈으로 리본을 맸다. 그녀는 그렇게 장식한 잼 통을 이웃집 우체통에 넣어 두었다. 프랑크와 엄마는 빵과 와플 위에 그 잼을 발라 먹었다. 어쩌면 그들은 잼을 먹으면서 이웃집 여인이 참 친절하다고 생각할지도 몰랐다.

잼을 만드는 것은 손이 많이 가는 일이다. 열매를 따서 씻어야 하고, 물에 푹 끓여야 하고, 설탕에 절여야 한다. 그렇게 정성을 들여 만든 잼을 이웃들에게 공짜로 나누어 주다니. 그녀는 친절 경진대회에서 1등을 할 수 있을지도 모른다.

동네에는 친절한 사람들이 점점 늘어났다. 나이는 좀 많았지만 꽤 건강한 여자 두 명은 집집마다 돌아다니며 깃대에 페인트칠을 해 주었다. 프랑크는 높다란 깃대 꼭대기까지 그들이 어떻게 올라갈 수 있을지 궁금했다. 하지만 그들은 깃대를 내려서 페인트칠을 했기에 깃대 꼭대기까지 올라갈 필요가 없었다. 어느 날, 그들은 학교 옆에 있는 한 가정집의 깃대에 페인트칠을 하고 있었다. 두 사람은 흰색 옷을 입고 땅에 내린 깃대를 내려다보고 있었다. 그들은 마치 수술대 위의 환자를 내려다보는 두 명의 의사 같았다.

은퇴한 선생님은 한 외국인에게 U 발음을 가르쳐주었다. 그 외국인은 U로 시작하는 단어를 모두 O 발음으로 바꾸어 말했다. 그가 살던 나라에는 U 발음을 하는 단어가 없다고 했다.

"혀를 좀 더 낮추고 O를 발음하면 U 소리가 나요."

은퇴한 선생님이 말했다.

농부 롤프도 마찬가지였다. 그에겐 집을 짓고 남은 건축 자재가 많이 있었다. 어느 토요일, 그는 열성적인 아이들의 도움을 받아 톱질을 하고 못질을 했다. 온 동네에 망치 소리가 울려 퍼졌다. 프랑크와 데니사는 소리 나는 쪽으로 가 보았다. 조그만 아이들 틈에서 커다란 덩치의 롤프가 못질을 하고 있었다.

그들은 미니 골프장을 만들고 있었다!

롤프는 그다지 어렵지 않은 일이라 말했다. 널찍하고 긴 판자를 구해 연필로 선을 그은 다음 그 선을 따라 톱질을 하면 된다고 했다. 하지만 그들에겐 골프공이 굴러갈 자리에 깔 만한 녹색 펠트 천이 없었다. 롤프는 아이들을 각자 집으로 돌려보내 남는 카펫이 있는지 찾아보라고 했다. 그는 다락이나 창고를 잘 찾아보면 남는 카펫이 있을 것이라고 말했다. 아이들이 카펫을 가져오면, 그들은 치수를 재고 가위로 잘라 잘 붙일 계획이었다.

농부 롤프는 직접 하는 일이 거의 없었다. 그저 아이들 사이를 돌아다니며 마치 손이 없는 공예 선생님처럼 어떻게 하면 되는지 지시만 할 뿐이었다. 하지만 그가 없었더라면 아이들은 말썽만 피웠을 것이다. 바지에 못질을 하고 톱으로 칼싸움을 했을지도 모른다.

데니사는 놀이 집에 있던 카펫을 가져왔다. 빨간색 바탕에 하얀 별무늬가 있는 카펫이다. 그 카펫은 무려 10년 동안이나 돌돌 말린 채 놀이 집에 보관되어 있었다. 프랑크와 데니사는 치수를 재기 위해 카펫을 펼쳤다. 하지만 데니사가 줄자를 가져오려고 손만 떼면 카펫은 다시 돌돌 말려서 원상태로 돌아갔다. 마치 카펫은 미니 골프장의 한 부분이 되기 싫어하는 것 같았다. 어쩌면 카펫은 먼지 가득한 놀이 집 안에 조용히 있고 싶어 하는지도 몰랐다.

롤프는 계단 위에 빨간 과일 주스와 종이컵, 그리고 검은 사인펜을 내려놓았다. 아이들이 망치질을 하는 곳에서 조금 떨어진 곳에선 고양이 한 마리가 앉아 그들을 바라보고 있었다.

그들의 미니 골프장은 캠핑장에서 볼 수 있는 것처럼 근사하게 꾸밀 필요가 없었다. 하지만 적어도 터널과 오르막길, 그리고 장애물은 있어야 했다. 장애물은 공의 방향을 막을 만한 나무 조각 몇 개, 공이 빠져 들어갈 둥그런 통만으로도 만들 수 있었다. 하다못해 필드 중간에 못을 몇 개만 세워 놓아도 장애물의 역할을 하기에 충분했다. 나탈리에는 집에 가서 터널로 사용할 파이프를 가져왔다. 그녀의 아버지는 배수공이었다.

소피에는 아이들 중 가장 먼저 목이 마르다고 불평했다. 그녀는 종이컵 한 개를 가져와 사인펜으로 자신의 이름을 적고 O에 스마일리를 그려 넣었다.

롤프는 아이들에게 나무 조각에 못질을 할 때는 못이 나무 조각보다 길어야 한다고 조언했다. 만약 못 길이가 나무 조각보다 짧으면 나무 조각을 고정시킬 수 없다고 말했다. 그렇다면 장애물은커녕 못이 박힌 나무 조각만 미니 골프장 안에 굴러다닐 것이라 덧붙였다.

프랑크는 시간이 흐르는지도 모르고 있다가 저녁 식사 시간이 지난 것을 알고 뒤늦게야 허겁지겁 집으로 달려갔다. 부엌에는 텁텁하게 말라 버린 닭고기와 차가운 쌀밥밖에 없었다.

"좋아."

엄마가 미소를 지으며 말했다.

"뭐가요?"

"네가 집에 늦게 온 거 말이야."

"왜요?"

"자주 있는 일이 아니잖아. 네가 늦게 온 건 네가 너무 재미있게 놀아서 시간 가는 줄도 몰랐다는 뜻이잖아."

프랑크는 평소보다 더 빨리, 그리고 더 많이 저녁을 먹었다.

"롤프 집에서 뭘 만들었니?"

프랑크는 입에 음식을 가득 넣은 채 대답했다.

"히히호호하호."

"그게 무슨 뜻이니?"

프랑크는 얼른 음식을 씹어 넘기고 다시 말했다.

"미니 골프장요."

프랑크는 파인애플 한 통을 다 먹었다. 미니 골프장에 공이 굴러들어갈 통이 필요했기 때문이었다. 프랑크는 저녁을 다 먹은 후에 디저트로 다시 파인애플 한 통을 더 먹었다.

"네가 그렇게 많이 먹는 걸 처음 본 것 같아. 무슨 일이라도 있었니?"

엄마가 미소를 지으며 물었다.

"아무 일도 없었어요."

프랑크가 캔에 남아 있는 파인애플 즙까지 다 마시자 엄마가 큰 소리로 웃었다. 엄마가 그토록 크게 웃었던 건 꽤 오래전의 일이었다. 어쩌면 엄마는 우체통에 성가신 편지가 더 이상 배달되지 않았기 때문에, 또는 동네 사람들이 점점 더 착한 일을 많이 하기 때문에 기분이 좋아 웃었는지도 모른다.

프랑크는 식탁을 정리하려 했다. 적어도 엄마 일을 조금이나마 도와주고 싶었다. 하지만 엄마는 프랑크의 등을 떠밀며 얼른 나가 보라고 재촉했다.

외국에서 이민을 온 한 젊은 남자의 집 정원에는 커다란 나무 한 그루가 서 있다. 이웃집 여자는 그 나무 꼭대기에 모여 앉아 지저귀는 새들 때문에 시끄러워 못 살겠다고 거의 매일 불평을 늘어놓았다. 토요일이 되자 남자는 전기톱을 들고 정원으로 나왔다. 이웃집 여자는 베란다로 나가서 남자에게 나무를 벨 때 자기 집 쪽으로 쓰러지지 않도록 조심하라고 소리쳤다. 외국인 남자는 그녀에게 손을 흔들어 주었다.

잠시 후, 베어진 나무는 그의 정원 안쪽에 내려앉았다. 그는 나뭇가지를 적절한 크기로 잘랐다. 이웃집 여자는 여전히 베란다에 서서 남자를 바라보았다. 그녀는 밖으로 나가고 싶지 않았다. 이웃집에 사는 외국인 남자가 전기톱을 들고 있으니 겁이 나서 집 밖으로 나갈 수가 없었던 것이다. 점심때가 되자, 남자는 나무둥치 위에 앉아 빵을 먹었다. 잠시 후, 그는 셔츠를 벗고 나무둥치를 찍어 내려 적당한 크기로 조각냈다. 조그맣게 자른 나무토막을 외발 손수레에 가득 채운 그는 이웃집으로 갔다.

"지금 뭐하는 거예요?"

이웃집 여자가 베란다에서 소리쳤다.

"나무!"

"그건 장작이라고 부르는 거예요."

"가지세요!"

그는 그녀의 창고 안으로 외발 손수레를 밀고 들어갔다.

"아직 축축해서 장작으로 사용할 수가 없어요."

그녀가 불평했다.

"겨울까지 잘 말리면 됩니다. 다음 겨울에 장작으로 쓸 수 있어요."

그녀는 베란다 아래로 허리를 굽혀 다시 소리쳤다.

"아무것도 훔쳐 가면 안 돼요!"

"여기에 장작을 내려놓을게요."

"장작을 잘 쌓아 두세요!"

"알았어요. 여기에 장작을 쌓아 둘게요."

"돈을 줄 수는 없어요."

"공짜예요."

"오……"

그녀가 조용해졌다. 남자가 장작을 다섯 겹으로 쌓아 올리자,

그녀는 그제서야 고맙다는 말을 했다.

"감사합니다!"

프랑크는 그 이야기를 듣고 외국인 남자가 참으로 착한 일을 했다고 생각했다. 성경에서나 읽을 수 있는 아름다운 이야기 같았다. 물론, 성경에선 전기톱을 찾아볼 수 없지만, 나머지 이야기는 분명 기분 좋은 이야기임에 틀림없었다.

롤프는 페인트 두 통을 가져왔다. 하나는 헛간의 벽 색깔과 똑같은 빨간색이었다. 그는 깨끗한 옷을 입고 있는 아이들에게 집으로 가서 페인트가 묻어도 되는 허름한 옷으로 갈아입고 오라고 말했다. 그는 계단 위에 물수건 한 통을 내려놓았다. 물수건에서는 레몬향이 났지만 먹는 것이 아니라, 손에 페인트가 묻었을 때 닦아 내기 위한 것이었다.

고양이는 망치가 잔디밭 위에 떨어져 있는 것을 보고, 그제야 안심한 듯 아이들에게 다가왔다. 고양이는 아이들에게 머리를 긁어 달라는 듯 몸을 비볐다. 특히, 집에 고양이 세 마리를 키우는 한 6학년 학생 옆에는 더욱 오래 머물러 있었다.

페인트칠을 마친 아이들은 계단 위에 앉아 페인트가 마르기를 기다렸다. 갑자기 조용해지니 기분이 이상해졌다. 누구든 말을 시작해야 할 것만 같았다. 그때 에델의 핸드폰이 울렸다. 에델의 엄마였다. 에델에게 개를 데리고 산책을 다녀오라는 연락이었다. 에델은 자신의 작은 멍멍이를 이 세상에서 가장 좋아했다. 하지만 에델은 계단 위에 앉아 과일 주스를 마시며 지금 바쁘니까 엄마가 대신 산책을 다녀오라고 말했다. 집으로 가는 아이는 아무도 없었다. 소피에가 말문을 열었다.

"우리가 이렇게 한 자리에 모이는 건 흔한 일이 아니에요."

"그러니?"

롤프가 말했다.

"물건들도 그래요. 처음엔 망치와 톱과 못이 우리와 다른 팀이라는 생각이 들었지만, 지금은 같은 팀이라는 생각이 들어요."

소피에의 말에 롤프가 고개를 끄덕였다. 소피에가 고개를 들고 하늘을 쳐다보았다.

"지금 우리와 다른 팀에 있는 건 저 하늘의 구름밖에 없어요."

순식간에 구름 조각이 산을 넘어 하나둘, 아이들의 머리 위에 모였다. 회색 구름이었지만 비가 내리진 않았다.

농부 롤프는 과일 주스가 더 필요하다며 차를 타고 나갔다. 그는 과일즙 원액을 세 통이나 더 사 왔다. 아이들은 직접 부엌에 가서 즙에 물을 타 주스를 만들어 마셨다. 아이들이 만든 과일 주스는 헛간의 빨간색과 비슷했다.

"이상해."

롤프가 들고 온 비닐봉지를 자세히 살펴보던 데니사가 말문을 열었다.

"뭐가?"

프랑크가 되물었다.

"롤프는 근처 슈퍼마켓에 가지 않고 주유소 옆에 있는 편의점에서 과일즙을 사 왔어."

데니사가 말했다.

"편의점은 슈퍼마켓보다 두 배나 더 멀잖아."

"가격도 두 배나 더 비싸."

그들은 빨간 과일 주스를 마시며 필드 네 개가 마련된 미니 골프장을 바라보았다. 그건 서로 다른 카펫을 깔고 직접 만든 동네 최대의 놀이터였다. 빨간 카펫은 데니사가 가져온 것이고, 하얀 눈송이가 그려진 짙은 색의 커다란 카펫은 외르겐이 가져온 것이었다. 하늘색 카펫은 고양이 세 마리를 키우는 6학년 남자아이가 가져왔다. 작은 일에도 쉽게 우울해졌던 그의 어머니는 바닥에 밝은색 카펫을 깔면 기분이 좋아질지도 모른다며 하늘색 카펫을 사 놓았다.

"난 이제 너희들에 대해 좀 더 많은 것을 알게 된 것 같아."

롤프가 말을 이었다.

"너희들이 가져온 카펫을 정원에 깔아 놓으니, 마치 너희들이 우리 집에 놀러 온 것 같은 기분이 드는구나."

아이들은 바지에 톱밥을 묻히고, 얼굴에는 페인트를 묻히고, 손가락에는 반창고를 붙인 채 집으로 돌아갔다.

프랑크가 식사를 하고 있으려니, 엄마가 이야기해 줄 것이 있다고 말했다. 엄마는 이라크에서 온 여자와 만났다고 했다. 이라크는 아시아에 있는 나라다. 그녀는 매주 목요일 12시, 프랑크와 엄마가 집에 없을 때 와서 먼지를 털고, 거실과 부엌 바닥을 닦고, 빨래를 해 주기로 했다. 프랑크는 학교에 있을 시간이라 그녀를 만날 수 없을 것이다. 학교 수업을 마치면 소독약 냄새가 나는 깨끗한 집으로 돌아올 것이다.

프랑크는 그것도 괜찮다고 생각했다. 소독약 냄새를 그리 싫어하는 편도 아니었다. 가게에서 파는 군것질거리 중에도 소독약 냄새가 나는 것이 있다.

"그분은 돈을 벌어 자기 나라에 보내나요?"

"아냐, 그녀는 여기 살고 있어."

"그렇다면 그 돈을 아시아로 보내지 않겠네요?"

"응, 그녀의 가족도 여기 살고 있거든."

다음 날은 일요일이었기에 학교에 가지 않아도 되었다. 아침이 되어 손에서 풍기는 레몬 냄새와 함께 눈을 뜬 아이들은 곧바로 미니 골프를 치기 위해 농부의 집으로 달려갔다.

아이들은 골프를 치기 위해 줄을 섰다. 경기 결과는 검은색 사인펜으로 커다란 골판지에 적어 놓았다.

프랑크는 22타로 필드 네 개를 마무리했다. 최고 기록은 17타였다. 17타를 기록한 6학년 여학생은 나무 위에 앉아 다른 아이들을 내려다보며 빈정대듯 웃었다.

미니 골프를 칠 때는 모두가 지켜야 할 중요한 규칙이 하나 있었다. 차례를 기다리는 아이는 반드시 고양이를 쓰다듬어 주어야 했다. 그렇지 않으면 고양이가 골프공을 가지고 놀기 위해 골프장 안으로 들어오기 때문이었다.

프랑크는 그날도 저녁 식사 시간에 늦었다. 엄마는 전혀 화를 내지 않았다. 프랑크의 손에 상처가 나 피가 흐르고 있었다. 엄마는 상처에 입을 맞추고 반창고를 붙여 주었다.

두 사람이 와플에 구스베리 잼을 발라 먹고 있을 때, 창밖으로 누군가가 다가오는 듯 그림자가 어른거렸다. 그것은 사다리였다. 잠시 후, 누군가가 쿵 소리를 내며 지붕에 사다리를 걸쳐 놓았다. 프랑크와 엄마는 의아한 표정을 지으며 서로를 마주보았다. 사다리를 오르는 발소리가 들렸다. 한 남자가 양동이와 작은 삽을 들고 창문에 모습을 드러냈다. 그는 창문 안쪽으로는 눈도 돌리지 않고 지붕 쪽으로 올라갔다. 프랑크와 엄마는 그의 바지와 신발밖에 볼 수 없었다.

엄마가 벌떡 일어났다. 프랑크는 작은 베란다로 성큼성큼 걸어가는 엄마의 뒤를 따랐다.

"누구세요?"

엄마가 낯선 남자에게 물었다.

"오, 안녕하세요! 지붕의 홈통을 좀 보려고요."

"홈통을 본다고요?"

"아, 그러니까 그냥 단순히 보는 게 아니라 청소를 한다는 말이었어요. 홈통 끝에는 온갖 잡다한 것들이 모여 있기 마련이에요. 홈통이 비뚤게 설치되어 있기 때문이죠. 청소를 하지 않으면 물이 배수관으로 흘러들어 가지 않고 한곳에 고이게 된답니다. 흔히 있는 일이에요. 이걸 좀 보세요!"

남자는 작은 삽을 홈통 속에 넣어 무언가를 담아 올렸다. 푸르스름하게 이끼가 낀 젖은 흙과 낙엽들이 모습을 드러냈다.

"시청에서 나오셨어요?"

엄마가 다시 물었다.

"아닙니다."

"어디서 나오셨나요? 지붕 홈통을 청소한다는 말은 못 들었는데……."

"제가 하는 일은 굴뚝 청소와 비슷해요. 단지 제가 청소하는 건 굴뚝이 아니라 지붕 홈통일 뿐이죠."

"벌써 세 번째로 드리는 질문인데, 도대체 어디서 나오셨나요?"

엄마의 목소리가 높아졌다.

"저는 시청에서 나오지 않았습니다."

"그건 질문에 대한 대답이 아니에요."

"저는 이미 대답을 했습니다."

"아니에요. 일단 내려오세요!"

"하지만……."

"얼른 내려오라니까요!"

엄마가 소리를 버럭 질렀다.

"공짜예요."

"공짜든 아니든 상관없으니 얼른 내려오세요!"

남자는 사다리를 내려가며 혼잣말로 중얼거렸다.

"그러시겠죠……."

그가 다시 무슨 말을 중얼거렸지만, 프랑크는 잘 알아들을 수가 없었다. 하지만 엄마는 그의 말을 들었는지 말조심하라고 소리쳤다. 뿐만 아니라, 엄마는 그의 등에 대고 침까지 뱉었다. 프랑크는 엄마가 양치할 때를 제외하고선 침을 뱉는 것을 본 적이 없었다. 엄마가 사람을 향해 침을 뱉는 것은 그날 처음 보았다. 프랑크는 침을 뱉는 것과 욕을 하는 것 중에서 어떤 것이 더 나쁜 일인지 감을 잡을 수가 없었다.

월요일이 되자 햇살이 화창하게 내리쬐었다. 웅덩이 물도 다 말라 버렸기에 폴은 학교 건물의 처마 위에 올라가 앉아 있었다. 학교 건물 안으로 들어가려면 폴의 발밑을 지나가야만 했다. 아이들이 주저하기 시작했다. 폴이 그들의 머리 위에 침이라도 뱉을까 봐 걱정이 되었기 때문이다. 어쩌면 그보다 더한 일을 할지도 몰랐다. 하지만 잉그리 리브는 개의치 않고 씩씩하게 건물 안으로 들어갔다.

"잉여 인간 잉그리 리브!"

폴이 소리쳤다.

그것도 물론 나쁜 말이었지만, 폴이 이전에 했던 '에이즈 환자 잉그리 리브'보다는 훨씬 나은 말이었다. 폴은 뒤를 이어 차례차례 들어오는 아이들에게 쿠데타 리타, 말미잘 마리, 프라이팬 프랑크, 바비큐 비베케라고 소리쳤다. 아이들은 의아한 표정으로 서로를 마주보았다. 폴이 어디 아픈 건 아닐까?

1교시 수업이 시작되자, 폴은 의자에 앉아 장난도 치지 않았다. 종이에서 연필을 떼지 않고 한 단어를 이어 쓰기도 했다. 선생님이 '참 잘했어요.'라고 말하자, 폴도 공책에 '참 잘했어요.'라고 썼다. 과일을 먹는 간식 시간이 되자, 그는 배가 부르다며 자기 몫으로 돌아온 오렌지를 이다에게 주었다.

아이들은 그제야 이해할 수 있을 것 같았다. 똥구멍 폴은 친절 경진대회의 상금을 받고 싶어 하는 것이다.

쉬는 시간이 되자 데니사가 이야기를 시작했다.

"한밤중에 목이 말라 우유를 마시려고 부엌에 갔거든. 창밖은 가로등 불빛 때문에 꽤 밝았어. 난 담벼락 밑에 서 있는 한 남자를 봤어."

"그래서?"

프랑크가 이야기를 재촉했다.

"그는 봉지에서 무언가를 꺼내 도랑에 버렸어."

"그래서?"

궁금해진 프랑크가 다시 물었다.

"난 그 남자가 누군지 금방 알았어. 가로등 불빛이 환했거든."

프랑크는 아무 말도 하지 않았다. 데니사의 말끝마다 '그래서?'라고 되물을 수는 없다고 생각했기 때문이다.

"그는 쿱벤이었어. 난 우유를 마시면서 곰곰이 생각해 보았지. 그가 미쳐 버린 건 아닐까. 하지만 그는 나이가 꽤 많잖아. 나이가 많은 사람들은 가끔 자기가 무슨 짓을 하는지 잘 모를 때도 있어. 어쩌면 그는 몽유병 환자일지도 몰라. 그래서 난 그냥 잠자리에 들었어."

"그래서?"

"잠을 자다가 갑자기 무슨 생각이 떠올라서 잠에서 깼어. 쿱벤? 그 사람은 쿱바의 남편이잖아!"

"그래?"

프랑크가 되물었다.

"쿱바는 낮에 동네를 돌아다니면서 쓰레기를 줍는 여자야."

"정말?"

데니사가 고개를 끄덕였다.

"웃기지? 남편은 밤에 나가서 쓰레기를 버리고, 아내는 낮에 나가서 쓰레기를 줍고."

"혹시 네가 꿈을 꾼 건 아니니?"

"마음대로 생각해. 하지만 난 내 두 눈으로 똑똑히 봤단 말이야!"

데니사는 뾰로통한 표정을 지으며 성큼성큼 다른 쪽으로 걸어갔다.

집으로 돌아온 프랑크는 데니사에게서 들었던 이야기를 엄마에게 해 주었다. 엄마는 프랑크의 이야기를 귀담아 들으며 음식을 씹어 넘겼다. 입속에 남아 있는 음식이 없는데도 엄마는 아무 말을 하지 않았다. 다시 음식을 떠먹을 뿐이었다.

다음날 아침, 엄마는 일을 하기 위해 직장으로 갔다. 창고 문을 열어 보았더니 이상하게도 양동이는 전날 엄마가 놓아둔 자리에 있지 않고 다른 곳에 놓여 있었다. 개수대 옆에는 대걸레도 세워져 있었다. 엄마는 대걸레를 살짝 만져 보았다. 습기로 축축했다.

엄마는 창고를 나가 계단을 오른 후 복도를 걸었다. 복도 바닥은 천장의 불빛을 반사시키며 반짝이고 있었다. 부엌에 들어가니 요양원에 사는 노인 한 명이 발갛게 상기된 얼굴로 찬물을 벌컥벌컥 들이켜고 있었다.

"누가 대걸레로 바닥을 닦았나요?"

엄마가 물어보았다.

"네."

"누가요?"

"제가요."

"왜요?"

"당신이 좀 쉬는 것도 좋겠다 싶어서요."

그가 컵을 비우며 말했다.

"이건 제가 할 일이에요."

"네, 하지만 제가 참 많이 어지르는 편이잖아요. 아마 지금까지 내 뒤를 따라다니면서 내가 어질러 놓은 것을 치우느라 많이 귀찮았을 거예요."

"이건 제 직업이라고요."

"당신은 이제 일을 할 필요가 없잖아요."

엄마가 그를 빤히 바라보았다. 그는 여전히 컵에 물이 담겨 있기라도 하듯 빈 컵을 손에 쥐고 있었다.

"창문을 열어 보세요."

엄마가 말했다.

"어…… 왜요?"

엄마는 턱으로 창을 가리켰다. 그는 주저하며 다가가 창을 조금 열었다. 엄마가 고개를 저으니, 그가 창을 활짝 열었다.

"컵을 밖으로 던지세요."

"뭐라고요?"

엄마가 발을 쿵쿵 구르며 다시 말했다.

"컵을 밖으로 던지라고 했어요!"

"하지만…… 컵을 던지면 깨지잖아요."

그가 반항하듯 말했다.

"던져요!"

엄마가 소리를 버럭 질렀다.

두 사람은 서로를 마주보았다. 그는 쉴 새 없이 눈을 깜박였다. 엄마는 단 한 번도 눈을 깜박이지 않고 빤히 그를 바라보았다. 그에겐 선택의 여지가 없었다. 그는 창가에 몸을 기대고 팔을 밖으로 쑥 빼서 조심스레 컵을 떨어뜨렸다. 유리컵은 4미터 아래의 아스팔트 바닥으로 떨어졌다. 유리가 조각조각 깨지는 소리가 들렸다.

"창고에 가면 빗자루와 쓰레받기가 있을 거예요."

엄마가 말했다.

"제가 가서 찾아볼까요?"

"네. 만약 당신이 제 일을 하고 싶다면 말이죠."

그는 고개를 끄덕였다. 시선을 바닥으로 향한 채 터벅터벅 엄마 앞을 지나쳐 복도로 나가 계단을 내려갔다. 엄마는 찬장 문을 열고 유리컵을 몇 개 더 꺼내 창가로 갔다. 저 아래에 빗자루와 쓰레받기를 쥐고 오는 그의 모습이 보였다. 엄마는 아스팔트 위로 유리컵을 던지기 시작했다. 세 개, 네 개, 다섯 개, 여섯 개.

"깨진 유리를 모두 쓸어 담으세요. 조그만 유리조각이라도 남아 있으면 자동차 바퀴에 펑크가 날 수도 있어요."

엄마가 창문 아래로 소리쳤다.

그날, 프랑크가 학교에서 돌아오니 엄마가 여행 가방에 정신없이 옷을 넣고 있었다.

"지금 당장 여행을 떠날 거야. 함께!"

"저도요?"

"일주일 동안 여행을 다녀올 거야."

"지금요?"

"잠시 떠나 있을 필요가 있어. 우리에겐 햇살이 필요해. 우린 바다가 보이는 해안가의 호텔에서 지낼 거야."

"네?"

"우리가 갈 곳은 지중해야."

"하지만……."

프랑크는 말을 잊지 못했다.

"하지만이라고? 왜? 너는 가기 싫니?"

"엄마 직장은 어떡하고요? 그리고 제 학교는……?"

"내가 없어져야 내가 얼마나 필요한 사람인지 알게 될 거야. 넌 숙제를 할 수 있도록 책을 가져가면 돼."

"미니 골프장은요?"

"겨우 일주일 다녀올 건데 뭘 그리 걱정을 하니?"

"이번 주 목요일에 영어 시험이 있어요."

프랑크는 갑자기 시험이 있다는 걸 떠올렸다.

"여행지에 가서 음식 주문은 네가 다 영어로 하렴."

2장

지중해에서

백만장자의 여행

　프랑크와 엄마는 다음날 아침 일찍 출발했다. 학교 건물에는 빛이 새어 나오는 창이 하나밖에 없었다. 아마도 일찍 출근한 선생님 한 명이 시험 문제를 작성하고 있는 것 같았다. 프랑크는 도로변에 누런 눈동자가 보이는지 두리번거렸다. 아직 동이 트기 전이었기에 도로변에서 야생 사슴을 볼 수 있을지도 모른다고 생각했다. 야생 사슴은 달리는 차를 피하려다 오히려 차를 향해 돌진해 올 때도 있다. 차의 뒷좌석에는 여행 가방 두 개가 나란히 놓여 있었다.

　"너무 일찍 떠나는 게 아니었으면 좋겠어."

　엄마가 말했다.

　"비행기 시간을 말씀하시는 건가요?"

　"아니, 동네 사람들에게서."

　"무슨 뜻인가요?"

　"프랑크, 인간은 습관의 동물이란다. 예를 들어, 나는 옷을 입을 때 항상 긴 양말부터 먼저 신어. 창문을 닦을 때는 항상 휘파람을 불지.”

“그게 무슨 상관인가요?”

“너도 너만의 습관이 있지? 넌 숙제할 때 항상 수학 숙제부터 먼저 하잖아.”

“네.”

“그리고 자기 전엔 항상 낱말 퍼즐을 풀지?”

“네.”

“그건 습관이야. 친절경진대회의 목적도 바로 그거야. 난 사람들이 착한 일을 하고 서로에게 친절하게 대하다 보면 그게 습관이 될 거라고 믿었어. 우리가 마을을 떠나 있어도 사람들이 계속 착한 일을 습관적으로 할 수 있었으면 좋겠어. 그게 내 바람이야.”

엄마는 상향 전조등을 켜고 달리다가 맞은편에서 차가 오면 하향 전조등으로 바꾸었다. 맞은편에서 버스나 트럭이 오면 갓길로 더 가까이 차를 붙여 몰았다.

“동네에서 엄마가 보이지 않으면, 사람들은 착한 일을 하려고도 하지 않을 거예요.”

“난 잘될 거라고 믿어. 우린 단 일주일만 떠나 있을 거니까.”

프랭크는 뭔가 여기에 비유할 만한 것을 찾아보려 머리를 굴렸다.

"마치 심판이 경기 시작을 알리는 휘슬을 불고, 5분 후에 잠시 나갔다 온다고 말하는 것과 비슷하다고 할 수 있겠네요?"

그들이 탄 차는 터널 안으로 진입했다.

엄마는 아무 말도 하지 않았다. 엄마는 산속 터널 안에서 말하는 것을 좋아하지 않을지도 몰랐다. 아니, 어쩌면 엄마는 생각할 시간이 필요했는지도 몰랐다. 엄마는 터널을 빠져나온 후에도 아무 말을 하지 않았다. 단지 운전에 집중할 뿐이었다. 자동차를 운전하는 것은 매우 어려운 일일 것이다. 하지만 도로에는 앞에 무엇이 있는지 알려 주는 팻말이 서 있지 않은가.

엄마가 옆 좌석에 앉아 있는 프랑크를 돌아보았다.

"넌 어렸을 때 차를 타기만 하면 도로변에 사슴 출몰 지역을 알리는 팻말이 있는지 항상 두리번거리며 살펴보았어. 이젠 그러지 않는구나."

엄마의 목소리에는 약간의 실망이 묻어나는 것 같았다.

"저는 앞에 뭐가 있는지 생각지 않고 그냥 멍하니 앉아 있을 때도 많아요."

프랑크는 잠시 생각에 잠겼다가 다시 말을 이었다.

"그건 제가 그만둔 습관 중에 하나예요."

저 멀리서 빨간 비행기 불빛이 반짝였다. 비행기는 남쪽으로 날아가고 있는 중이었다. 대부분의 비행기는 남쪽으로 향했다. 왜냐하면 그들이 사는 곳은 지구의 북쪽이었으니까.

다음 터널에 진입했을 때 프랑크가 말문을 열었다.

"가끔 우리 반 아이들은 거의 30분 동안이나 아무 말도 하지 않고 조용히 앉아서 글자를 쓰거나 계산을 해요. 하지만 선생님이 복사를 하기 위해 교실 문을 나서기만 하면 아이들이 막 떠들기 시작해요."

엄마는 아무 말도 하지 않았다. 터널을 빠져나온 후에도 엄마는 말이 없었다.

"우린 일등석에 앉아서 갈 거야."

비행기에 타기 직전, 엄마가 프랑크에게 나직이 귓속말했다.

두 사람은 녹색 불빛을 발하는 기계에 비행기표의 바코드를 찍기 위해 줄을 섰다. 유니폼을 입은 여인이 기계 옆에 서서 삐 소리가 나는지 확인했다.

"일등석은 비싸지 않나요?"

"다리를 쭉 펼 수 있는 공간이 필요해. 내 무릎 때문에."

프랑크는 자신의 무릎을 내려다보았다. 꽤 작아 보였다.

유니폼을 입은 여인은 삐 소리가 나지 않는 사람들이 있으면 그들에게 다가가 도와주었다. 한 할아버지가 그녀에게 비행기표를 찢어 가지 않느냐고 묻자, 그녀는 요즘은 비행기표를 그런 식으로 확인하지 않는다고 대답했다. 요즘은 기계에 비행기표를 가져가면 삐 소리가 난다고 했다. 프랑크는 직접 기계에 비행기표를 가져다 댔다. 기계는 잠시 생각할 시간이 필요했는지 몇 초 후, 삐 소리를 냈다.

"즐거운 여행이 되시기 바랍니다."

유니폼을 입은 여자가 그들에게 말했다.

프랑크는 여자의 직업이 참 이상하다고 생각했다. 비행기표를 접어 주고, 삐 소리가 나도록 도와주고, 사람들에게 즐거운 여행이 되길 바란다고 말을 해야 하는 직업.

"일등석엔 사람들이 북적거리지 않아서 조용하고 좋을 거야."

엄마가 비행기로 이어지는 통로를 걸으며 말했다. 그곳도 일종의 터널이었지만, 엄마는 거기선 이야기를 할 수 있는 모양이었다.

"귀가 따가울 정도로 울어 대는 갓난아기들도 없을 거야. 게다가 우린 남들보다 일찍 음식을 먹을 수 있단다."

엄마는 아무래도 돈을 흥청망청 쓰기로 마음먹은 것 같았다. 프랑크에게는 좋은 일이었다.

비행기가 구름 위로 올라가자, 엄마는 신발을 벗고 다리를 쭉 뻗은 다음 발가락을 꼼지락거렸다. 크게 숨을 들이쉬고 내쉬기를 반복하던 엄마는 프랑크를 바라보며 미소를 지었다.

"아, 이젠 즐기기만 하면 돼. 새장 같은 집에서 벗어나 확 트인 곳에서 마음껏 즐겨 보자고. 그건 그렇고, 일등석 승객은 조종사와 화장실을 함께 쓸지도 몰라."

일등석에는 엄마와 프랑크뿐이었다. 다른 이들은 모두 커튼 뒤에 촘촘히 자리한 의자에 앉아 있었다.

비행기 승무원은 두 명이었다. 금발의 승무원들은 귀찮을 정도로 말을 걸어 왔다. 어서 오세요. 무엇을 드시겠습니까. 여기 있습니다. 감사합니다.

비행기 좌석은 푹신하고 널찍했다. 각 좌석 앞에는 영화를 볼 수 있는 개인 화면이 배치되어 있었다. 엄마는 커피를 두 잔이나 연거푸 주문해서 마셨다. 마치 조금이라도 빨리 화장실에 가고 싶어 안달하는 사람처럼.

그들이 탄 비행기가 1만 피트 상공을 날고 있는 중이라고 설명하는 조종사의 목소리가 스피커를 통해 들려왔다.

"1피트는 몇 미터인가요?"

"학교를 다니는 건 너지, 내가 아니잖아?"

"왜 조종사는 미터 대신 피트를 사용할까요?"

"남자들은 자주 미터 대신 피트를 사용한단다. 보트 길이를 말할 때도 마찬가지야. 피트를 사용하면 더 길어 보이거든."

승무원이 프랑크에게 다가와 원하는 것이 있는지 물어보았다. 프랑크는 잠을 편하게 잘 수 있는 베개와 신문, 그리고 노란 소스를 곁들인 닭고기 요리를 달라고 했다. 문득, 이런 것이 백만장자의 삶이라는 생각이 스쳤다. 마요네즈를 조금 더 굵게 짜는 것이나 치즈를 추가로 주문하는 것과는 천지 차이였다.

승무원은 프랑크에게 콜라 캔을 하나 가져다주었다. 좌석의 팔걸이에는 캔을 넣을 수 있는 구멍이 있었다. 프랑크는 팔걸이의 구멍이 미니 골프장의 구멍과 닮았다고 생각했다. 프랑크는 노란 소스를 곁들인 닭고기 요리를 먹으며, 어떻게 하면 나무 위에 앉아 있던 여학생의 골프 기록을 깰 수 있을까 곰곰이 생각해 보았다. 문제는 4번 필드였다. 4번 필드가 제일 복잡했다. 첫 타에 골프공을 터널 속에 흘려 넣지 않으면 될 것 같기도 했다. 아니, 어쩌면 오프닝을 향해 공을 바로 치는 게 더 낫지 않을까?

호텔 방은 온통 흰색으로 치장되어 있었다. 하얀 벽, 하얀 침대에 하얀 커튼은 살짝 열린 베란다 문으로 들어오는 바람에 살랑살랑 흔들리고 있었다. 베개 위에는 리본으로 장식된 분홍색 상자가 놓여 있었다. 프랑크는 그것이 초콜릿이었으면 좋겠다고 바랐지만, 상자를 열어 보니 비누였다. 욕실에는 하얀 수건 네 개가 걸려 있었다. 그중 두 개는 커다란 수건이었고, 나머지 두 개는 좀 더 작았다. 엄마는 호텔 직원이 수건을 매일 새것으로 갈아 놓도록 돈을 추가로 지불했다고 말했다. 샤워 캐비닛은 투명한 유리로 만들어져 있었다. 엄마는 어렸을 때 욕조에 비닐 커튼을 치고 샤워를 했다고 말했다. 비닐 커튼이 젖으면 항상 엉덩이에 딱 달라붙어 매우 성가셨다고 덧붙이기도 했다.

호텔 방 안에는 의자 두 개, 작은 테이블 하나가 있었다. 엄마는 베란다로 의자와 테이블을 옮겨 거기서 식사를 해도 된다고 말했다. 베란다에서는 다이빙대가 설치된 수영장이 한눈에 보였다.

"아, 참 좋지?"

엄마가 감탄하며 말했다.

두 사람이 짐을 풀고 있을 때, 프랑크의 핸드폰이 울렸다. 그가 여행 중인 것을 아는 사람은 오스카와 데니사밖에 없었다.

"음……."

문자를 읽던 프랑크가 생각에 잠겼다.

"누구야?"

엄마가 건성으로 물어보았다.

"오스카예요."

"뭐라고 적었는데?"

"엄마도 도랑에서 쓰레기를 줍던 할머니를 기억하시죠?"

엄마는 옷을 걸기 위해 옷장 속에서 옷걸이를 찾아냈다.

"쿱바 말이니? 그런데?"

"오늘 정신을 잃고 쓰러졌대요. 학교 앞 도랑에서요. 구급차가 와서 실어 갔다고 했어요."

"그래? 더 자세한 내용은 없고?"

"네."

"사진은?"

"사진? 길에서 쓰러진 사람의 사진을 어떻게 찍어요?"

"글쎄, 그건 나도 모르겠고…… 도대체 쿱바에게 무슨 일이 있었는지 더 자세하게 물어봐!"

프랑크는 오스카에게 문자 메시지를 보냈다.

그는 대답을 기다리는 동안 티셔츠와 속옷을 차곡차곡 옷장 속에 넣었다. 속옷은 속옷대로, 티셔츠는 티셔츠대로 한데 모아서 정리했다. 그리 시간이 많이 걸리지 않는 일이었다.

오스카의 대답이 오기까지는 꽤 긴 시간이 걸렸다. 프랑크는 그 시간에 티셔츠 서른 장과 속옷 서른 장은 거뜬히 정리할 수 있을 것이라고 생각했다. 프랑크가 미처 생각지 못했던 것은 오스카가 하고 싶었던 말이 그의 속옷 숫자보다 많을 수도 있다는 것이었다. 글자를 적는다는 것은 티셔츠를 개어서 옷장에 넣는 일이나 속옷을 빨래 걸이에 거는 것과는 다른 일이다.

그렇다. 글자를 적을 때는 시간이 필요하다. 문장을 쓰는 것은 공기총으로 갈매기를 한 마리씩 쏘는 것만큼이나 집중력이 필요한 일이다. 오스카는 몇 번이나 썼던 글자를 지우고 처음부터 다시 썼다. 하지만 매번 글자 수는 필요 이상으로 많아졌다. 외국으로 전화를 하는 것이 비싸지 않다면, 그는 프랑크에게 당장 전화해서 쓰러진 쿱바를 발견했던 사람이 바로 자기였다고 말했을 것이다. 그는 쿱바가 지팡이를 짚고 도랑을 걷는 것을 보았다. 쿱바의 지팡이 끝에는 쓰레기를 찍어 올릴 수 있도록 못이 하나 박혀 있었다. 쿱바는 다른 손으로 비닐봉지를 쥐고 있었다. 오스카는 그녀가 땅에 쓰러지는 것도 보았다. 그녀는 한참이 지나도 몸을 일으키지 못했다. 오스카는 소리를 쳐서 선생님에게 알렸다.

"도랑에 사람이 쓰러졌어요!"

"아무도 안 보이는데?"

"도랑에 누워 있어서 안 보이는 거예요."

잠시 후, 녹색 글자가 새겨진 노란 구급차가 왔다. 지붕 위에는 푸른 비상등이 빙글빙글 돌아가고 있었다. 차에서 빨간 유니폼을 입은 사람 두 명이 내려 쿱바를 오렌지색 들것에 실었다. 선생님은 학생들에게 교문 밖으로 나가는 것을 금지했다. 때문에 아이들은 창을 통해 바라봐야만 했다.

그날 오후, 햇살이 반대편 창문으로 새어 들어왔을 때, 아이들이 오전에 서 있었던 창문이 수많은 손자국들로 빽빽한 것을 볼 수 있었다.

오스카는 이 모든 것을 설명하는 대신, 단 두 마디로 대답을 대신했다.

나도 몰라.

프랑크는 오스카가 보낸 문자 메시지를 읽었다.

"큰일이 아니라면 좋겠구나."

엄마가 말했다.

"너무 무리한 건 아닐까요?"

"쿰바는 나이도 많잖니."

"그 할머니는 친절경진대회 상금을 바라고 그 일을 한 거예요. 남편도 마찬가지예요. 상금이 없었다면 쓰레기를 줍는 일도 하지 않았을 거라고요."

"사람들은 가끔 밖에 나가서 신선한 공기를 마셔야 해."

엄마가 말했다.

"하지만 나이 많은 사람들이 지팡이를 짚고 도랑을 걷는다는 게 말이 돼요?"

"도랑이 아니라 자기 집 부엌에서 정신을 잃을 수도 있잖니."

두 사람은 잠자리에 들기 전 함께 욕실에서 양치질을 했다. 칫솔을 담아 둘 수 있는 플라스틱 컵은 하나밖에 없었다. 두 사람의 칫솔을 같은 방향으로 담아 두니 플라스틱 컵이 자꾸만 넘어졌다. 하는 수 없이 컵의 균형을 잡기 위해 칫솔을 각각 다른 방향으로 향하도록 세워야만 했다.

마그누스

호텔과 바다는 기다란 산책로로 이어져 있었다. 엄마는 산책로가 일반 도로와는 다르다고 했다. 산책로에서는 산책을 해야 하기 때문에, 마치 노르웨이 피오르로 들어오는 커다란 크루즈처럼 서두르지 않고 천천히 기분 좋게 걸어야 한다고 말했다.

엄마는 돈을 지불하고 일광욕 의자 두 개와 파라솔을 대여했다. 하얀 티셔츠를 입고 허리에 전대를 찬 남자가 길을 안내해 주었다. 그들은 모래 위에 수건을 깔고 일광욕을 하는 사람들을 지나쳤다. 엄마는 사람들이 너무 많다고 중얼거렸다.

"일광욕 의자를 대여하는 건 많이 비싼가요?"

"응, 조금."

예전 같았으면 엄마는 일광욕 의자를 대여하기 위해 돈을 지불해야 한다고 불평했을 것이다. 하지만 엄마는 예전과는 달랐다. 프랑크는 잘됐다고 생각했다. 엄마가 한번 돈을 낭비하기 시작하면 그 또한 습관이 되어 앞으로도 계속 돈을 낭비할 테니까.

그러면 적어도 일부는 프랑크에게도 주어질 것이다.

남자는 파라솔을 세워 주었다. 프랑크는 주변을 둘러보았다. 모래와 외국인들, 핸드백과 형형색색의 수영 보조 기구.

남자가 하얀 플라스틱 테이블을 가져왔다. 그것은 프랑크가 어렸을 때 욕실 세면대에 닿기 위해 발을 올려놓았던 자그마한 받침대와 비슷했다. 엄마는 테이블 위에 선크림과 물병, 그리고 책 한 권을 올려놓았다.

"기분 좋지? 공기가 얼마나 따스한지 한번 느껴 봐!"

프랑크는 엄마의 등에 선크림을 발라 주었다. 프랑크 외에는 그 일을 할 사람이 아무도 없었기 때문이었다. 엄마의 등에 선크림을 바르는 것은 나이프로 빵 위에 버터를 바르는 것과는 다른 일이다. 조리용 붓으로 빵 위에 달걀 푼 물을 펴 바르는 것과도 다른 일이다. 프랑크는 손가락을 사용해야 했다. 햇살에 달아오른 엄마의 피부는 마치 코코아 잔처럼 뜨거웠다. 프랑크는 엄마의 창백한 피부에 선크림의 하얀색이 사라질 때까지 문질렀다.

"난 그렇게 위험한 사람이 아니란다, 프랑크!"

엄마는 프랑크가 선크림을 바르는 동안 쉴 새 없이 말을 했다.

"좀 더 세게! 네 손이 닿는지도 모르겠어! 선크림을 더 발라!"

"어디에요?"

"빠진 데 없이 모두! 참, 내 모반도 한번 봐 줄래?"

"그냥 보기만 하면 되나요?"

"건강하게 보이는지 한번 확인해 봐."

"제가 엄마의 모반이 건강한지 아닌지 어떻게 알아요?"

잠시 후, 엄마가 프랑크의 등에 선크림을 발라 주었다. 프랑크의 등은 그다지 넓지 않았다. 그럼에도 엄마는 선크림을 바르는 데 꽤 오랜 시간을 들였다.

"지금부터는 아무 생각 없이 푹 쉬며 즐기기만 하면 돼."

"네."

"수영을 하고 난 후엔 다시 선크림을 발라야 해."

프랑크는 좀 더 기다렸다가 수영을 할 생각이었다.

점심 식사를 하던 중, 그들은 우연히도 노르웨이어를 할 줄 아는 여인을 만났다. 그녀는 자신의 아들이 함께 탁구를 칠 친구가 없어 심심해한다고 말했다.

"프랑크와 함께 탁구를 치면 되겠네요."

엄마가 제안했다.

프랑크는 소년에게 눈을 돌렸다. 그의 피부는 햇볕에 그을린 갈색이었고, 금발 머리는 헤어젤을 발라 위로 삐죽 솟아올라 있었다. 머리카락이 위로 솟아 있으니 더 건강하고 생기 있게 보였다. 소년이 고개를 절레절레 흔들었다.

"탁구는 함께 치는 게 아니라 서로에게 대항해서 치는 거예요. 두 사람이 탁구대 한쪽에 함께 서서 탁구를 칠 수는 없잖아요."

그는 무척 피곤해 보였다. 마치 프랑크의 엄마에게 탁구를 함

게 치는 것과 대항해서 치는 것에 대해 이미 여러 번 설명한 것
처럼.

엄마는 소년을 힐끗 쳐다보았다. 엄마의 눈빛은 이렇게 말하
고 있었다. '너도 내가 무슨 말을 하는지 잘 알면서 꼬투리를 잡
는구나, 건방진 애 같으니!'

"자, 자…… 조용히 해, 마그누스."

소년의 엄마가 말했다.

"넌 탁구를 잘 치니?"

소년이 프랑크에게 물었다. 소년에게선 수줍음이라곤 전혀 찾
아볼 수 없었다.

"그럭저럭."

마그누스의 엄마는 라켓 두 개와 탁구공 한 개를 안내소에서
빌려 왔다.

탁구대는 야자수 그늘 아래 있었다. 돌로 만든 탁구대였기 때
문에 사시사철 야외에 세워 놓을 수 있는 것이다. 프랑크는 마
그누스의 실력이 어느 정도인지, 또 자신의 실력은 어느 정도인
지 궁금했다. 프랑크는 학교 지하실에서 쉬는 시간에 가끔 탁구
를 친 게 전부였다. 하지만 폴이 탁구대를 망가뜨리는 바람에 더
는 탁구를 칠 수 없었다. 프랑크는 자신의 탁구 실력이 그리 좋
은 편은 아니라고 생각했다. 점수를 딸 수 있는 강력한 스파이크

가 부족했기 때문이다.

"탁구대는 내가 가장 좋아하는 테이블이야."

소년이 말했다.

"그래?"

프랑크는 어떤 테이블을 막론하고, 과연 테이블을 좋아한다는
게 가능한지 곰곰이 생각해 보았다.

두 소년은 탁구를 치기 시작했다. 두 사람의 실력은 금방 드러
났다. 마그누스는 프랑크보다 조금 더 나이가 많았지만, 탁구 실
력은 프랑크가 한 수 위였다. 마그누스는 세 번이나 연속으로 공
을 탁구대 밖으로 날려 버렸다. 그는 안절부절못하며 조급해하
기 시작했다. 그래서인지 자꾸 익숙하지 않은 기술을 시도했고,
결국 공은 더 자주 탁구대를 벗어나거나 네트에 걸려 버렸다.

6대 2로 프랑크가 앞서 나가자 마그누스가 자신의 라켓을 이
리저리 살펴보았다.

"이건 왼손잡이용 라켓인 것 같아."

두 사람은 라켓을 바꾸어 다시 탁구를 쳤다. 소용이 없었다.
프랑크는 여전히 8대 3, 10대 4, 13대 5로 앞서 나갔다.

두 사람은 거의 말을 하지 않았다. 둘 사이를 왔다 갔다 하는
탁구공 소리는 마치 대화 소리처럼 들렸다. 노부부 한 쌍이 발을
멈추고 그들이 탁구 치는 모습을 구경했다. 나무 위에서는 귀뚜
라미가 울고 있었다. 그것은 마치 조그만 아이가 빠른 속도로 코

를 고는 소리 같기도 했다.

마그누스는 점점 시들해지기 시작했다. 공을 일부러 천장에 닿을 정도로 높이 던지며 폭탄이 떨어지듯 휘파람 소리를 냈으며, 게임에 져도 개의치 않는다는 것을 보여 주기라도 하듯 라켓을 기타처럼 들고 노래를 부르기도 했다. 프랑크가 서브를 넣을 때는 그가 가장 좋아하는 게 탁구대가 아니라 자신의 콧구멍이라도 되는 양 제자리에 가만히 서서 코를 후비기도 했다.

그들의 경기를 지켜보던 노부부가 자리를 뜨자, 마그누스는 갑자기 생각났다는 듯 프랑크에게 말을 걸었다.

"네 엄마는 부자시니?"

"아냐. 그건 갑자기 왜 묻니?"

"비행기에서 일등석에 앉아 있는 널 봤어."

"그건 건강 때문이야."

프랑크가 대답했다.

"건강? 왜?"

"엄마 무릎 때문이야."

두 사람은 동시에 해안가로 시선을 돌렸다. 엄마는 파라솔 아래 일광욕 의자에 누워 있었다. 흰색 티셔츠를 입은 남자가 다가와 파라솔을 살짝 돌려놓았다. 그새 해의 방향이 바뀌었기 때문이다.

"겉으로 봐선 아무 문제가 없는 것 같은데?"

프랑크는 손바닥으로 라켓을 탕탕 치며 다시 게임을 시작하자는 신호를 보냈다. 야자수 아래에 서서 엄마의 무릎에 대해 이야기하고 싶진 않았다.

"6대 17."

프랑크는 어느 쪽도 편들지 않는 공평한 해설자처럼 무덤덤한 목소리로 말했다.

"우린 바닷가에 오면 물병에 물을 가득 채워서 밤새 냉동실에 넣어 둬."

마그누스가 말했다.

"그래?"

"다음 날이 되면 그 물병을 가방에 넣어 해안가로 가져오지. 그렇게 하면 돈을 절약할 수 있어. 목이 마를 때마다 생수를 사 먹으면 돈이 많이 들어."

두 사람은 다시 해안가로 고개를 돌렸다. 흰색 티셔츠를 입은 남자는 다시 카페 안으로 들어갔다. 엄마의 테이블 위에는 물병 한 개와 하얀 컵이 하나 있었다. 컵 안에는 커피가 들어 있을 것이 분명했다.

"6대 17."

프랑크가 다시 말했다.

"아냐, 7대 17이야."

마그누스가 반박했다.

"6대 17이야."

"속임수를 쓰면 안 돼."

"난 속임수를 쓰지 않았어."

"적어도 넌 거짓말을 했잖아."

"아냐. 난 거짓말을 한 적도 없어."

"어쨌든. 그건 그렇고, 너희 엄마는 부자시니?"

마그누스가 프랑크를 빤히 쳐다보았다. 프랑크는 시선을 내려 탁구대를 바라보았다. 경기는 시들해졌지만 아직 끝이 난 건 아니었다. 프랑크는 경기를 끝까지 해서 이기고 싶었다.

"조금……."

"얼마나?"

"생수를 살 수 있을 만큼."

"그렇게 보이진 않는데? 내가 보기엔 그냥 평범한 여자 같아."

그는 화장실에 다녀오겠다고 말했다. 그러면서 자기가 탁구를 마음처럼 잘 못 쳤던 것은 똥이 마려웠기 때문이라고 변명했다.

프랑크는 그가 돌아오기를 기다렸다. 조금 떨어진 곳에선 몇 명이 모여 구슬치기를 하고 있었다. 한 사람이 먼저 노란 구슬을 치면, 다음 사람은 구슬을 쳐서 가능한 한 노란 구슬에 가까이 굴리는 경기였다. 경기가 어느 정도 진행되니 테이블 위의 구슬들은 노란 태양을 중심으로 모인 우주의 행성들을 연상시켰다.

아무리 기다려도 마그누스는 돌아오지 않았다. 프랑크는 화장실을 사용하려는 사람들의 줄이 길기 때문이라고 짐작했다. 마침내 마그누스가 눈에 띄었다. 그는 자기 엄마에게서 그리 멀지 않은 해안가에 있었다. 그는 자기 엄마가 준 것을 입속에 넣고 우물우물 씹고 있었다. 과일인 것 같았다. 프랑크는 그가 곧 야자수 아래로 되돌아올 것이라고 믿었다. 하지만 마그누스는 셔츠를 벗어던지고 물놀이 매트를 한 손에 쥔 채 바닷물 속으로 들어가는 중이었다.

프랑크는 탁구공과 라켓을 탁구대 위에 내려놓았다. 그는 생수를 마시며 책을 읽고 읽는 백만장자 엄마에게 걸어갔다.

"재밌었어?"

엄마가 물었다.

"별로요⋯⋯."

"왜? 탁구 경기에서 졌니?"

"아뇨."

프랑크는 핸드폰을 꺼내 오스카의 문자 메시지를 읽었다. 메시지는 탁구를 치고 있을 때 도착한 모양이었다.

"누가 헬게 뮈르 씨의 창고에 몰래 들어가서 잔디 깎는 기계의 시동줄을 끊어 놓았나 봐요."

엄마가 책을 내려놓았다.

"누구라고 했니?"

"헬게 뮈르. 은퇴하고 나서 낮에 집집마다 돌아다니며 잔디를 깎던 사람 있잖아요."

"그 사람이 그런 일을 했어? 참 착한 사람이구나."

"맞아요. 바로 그 때문이에요. 그가 친절경진대회에서 상금을 탈 수도 있기 때문이죠."

"그게 무슨 말이야?"

엄마가 팔을 뻗어 플라스틱 테이블 위에 있던 커피잔을 움켜쥐었다.

"그건 사보타주[6]예요. 그가 상금을 타는 것을 질투해서 누군가가 방해하고 있는 거라고요."

엄마는 커피를 한 모금 마시고 지중해의 수평선을 바라보았다. 커피잔을 내려놓은 엄마가 이맛살을 찌푸렸다. 걱정이 되었기 때문인지, 아니면 커피가 식었기 때문인지는 알 수 없었다.

"잔디 깎는 기계의 시동줄은 저절로 끊어질 때도 있어. 적어도 온 동네의 잔디를 깎다 보면 낡아서라도 끊어질 거야. 그건 사보타주가 아니라 자연스러운 흐름이야."

"그럴지도 모르죠. 하지만 누가 일부러 줄을 끊은 것과 낡아서 줄이 끊어지는 건 분명히 달라요."

"프랑크, 우린 쉬려고 여기 왔어. 난 바닷가에 누워서 헬게 뮈르의 잔디 깎는 기계 줄이 끊어진 것까지 걱정하고 싶진 않아."

---

6 일이 원활하게 진행되지 못하도록 의도적으로 방해하는 것.

프랑크는 바닷가에 모여 있는 사람들을 바라보았다. 저 멀리 커다란 바나나 모양의 튜브를 단 모터보트가 달리고 있었다. 바나나 튜브 위에는 대여섯 명의 사람들이 바닷물 속에 빠지지 않으려고 안간힘을 쓰며 매달려 있었다. 프랑크는 그들이 신이 나서 소리를 지르는지 겁이 나서 소리를 지르는지 가늠할 수가 없었다. 바나나 모양의 튜브를 매달고 보트를 운전하는 것도 하나의 직업이라고 생각하니 조금 이상했다. 더 먼 곳에는 한 남자가 보트에 연결된 수상스키를 타고 있었다. 보트와 수상스키를 잇는 줄은 허공으로 길게 쭉 뻗었고, 남자는 하늘과 바다 사이에 자리한 낙하산 아래에 매달려 있었다.

"저건 얼마나 할까요?"

엄마는 프랑크의 시선을 따랐다.

"너 미쳤니? 저렇게 높은 걸 어떻게 타겠다고 그러니?"

"저 바나나 튜브는요?"

프랑크의 말이 떨어지기가 무섭게 바나나 튜브에 커다란 파도가 몰아쳤다. 튜브 위에 있던 사람들 중 두 명이 몸을 비틀거리더니 바닷물 속으로 떨어졌다.

"안 돼! 안 돼! 넌 이 근처에 있어. 엄마가 널 볼 수 있도록!"

프랑크는 물속으로 들어갔다. 발아래에는 부드러운 모래가 깔려 있었다. 발밑에 해초와 미끌미끌한 돌이 깔려 있는 노르웨이의 피오르 물과는 달랐다. 물은 처음에만 차갑게 느껴졌다. 제자리에 가만히 서서 수온에 적응한 프랑크는 천천히 더 깊은 곳으로 헤엄을 쳤다. 프랑크는 헤엄을 곧잘 쳤지만 눈에 물이 들어가면 손으로 눈을 문질러야 다시 헤엄을 칠 수 있었다. 발밑의 물이 점점 짙은 색으로 변하기 시작했다. 그건 물이 점점 깊어진다는 뜻이었다.

프랑크는 처음 지점으로 되돌아와 땅에 발을 짚고 잠시 서 있다가 다시 헤엄을 쳐서 수영 제한선을 표시한 부표가 떠 있는 곳까지 가 보았다. 여러 개의 부표는 동아줄로 연결되어 있었다. 일광욕 침대에 누워 있던 엄마가 손을 흔들었다. 프랑크도 엄마에게 손을 흔들어 주었다. 그는 배영을 하려 부표를 쥐고 하늘을 보며 발장구를 쳐 보았다. 귀가 물속에 잠겨 있으니 해안가의 소리는 거의 들을 수가 없었다.

갑자기 그의 옆에 얼굴 하나가 불쑥 솟아올랐다. 그 얼굴은 물에 침을 퉤 뱉더니 프랑크에게 말을 걸었다.

"헤엄을 치고 난 후에 피자를 먹으면 맛이 더 좋아. 하지만 금방 싫증이 나지."

그는 마그누스였다. 그의 앞머리는 여전히 위로 빳빳하게 솟아올라 있었다. 그는 탁구 경기에 대해선 한마디도 하지 않았다.

"여기선 내복을 입지 않고 다녀도 되어서 좋아."

프랑크는 마치 여든 살이나 된 노인처럼 말했다.

"그리고 영어로 말을 해야 하니까 색달라서 좋기도 해."

"우린 웨이터하고만 이야기를 해. 우리가 하는 영어는 '안녕하세요.'와 '고맙습니다.'밖에 없어. 여기 사는 아이들과도 친해질 수 있다면 더 좋을 텐데."

마그누스가 말했다.

"맞아."

프랑크가 맞장구를 쳤다.

"하지만 이곳 아이들과 친해지려면 돈이 필요해."

"어?"

"넌 나보다 훨씬 돈이 많잖아."

"내가?"

"아니, 너희 엄마가."

프랑크는 엄마를 향해 고개를 돌렸다. 엄마는 책을 내려놓았다. 낮잠을 자려는 것일까. 프랑크는 아무 말도 하지 않았다. 마그누스는 프랑크를 빤히 쳐다보며 말을 이었다.

"네 엄마의 은행 카드가 어디 있는지 아니?"

"은행 카드?"

"비밀번호도 알고 있어?"

"비밀번호?"

"그런 표정 짓지 마. 난 단지 네가 은행 카드의 비밀번호를 알고 있냐고 물어봤을 뿐이야."

프랑크는 바닷물 속으로 들어가려는 한 낯선 사람을 향해 시선을 돌렸다. 그녀는 특별한 장화를 신고 있었고, 그 장화는 굵은 밧줄에 연결되어 있었으며, 장화의 밑바닥에선 물줄기가 폭포수처럼 세차게 뻗어 나오고 있었다. 장화를 신은 그녀는 마치 죽마를 탄 사람처럼 물 위에서 균형을 잡아 보려고 안간힘을 썼다.

"물건 값을 지불할 때 비밀번호를 누르는 네 엄마의 손가락을 본 적이 있을 거 아냐."

"그래서?"

"난 네가 지금껏 한 번도 보지 못했던 것들을 보여 줄 수 있어. 지폐 몇 장만 있으면 돼. 유로화로 말이야. 그러면 내가 아주 특별한 걸 네게 보여 줄 수 있다고."

프랑크는 대답하지 않았다. 그는 현금인출기에서 단 한 번도 돈을 인출해 본 적이 없었다.

"심심해지면 한번 생각해 봐."

마그누스가 헤엄을 치며 말했다.

엄마 잘못이야

엄마는 친절경진대회에 대해서 아무 말도 하지 않았다. 하지만 누가 상금을 탈 것인지 내심 이리저리 재고 있는지도 몰랐다. 엄마는 책을 내려놓고 수평선 너머를 바라보며 생각에 잠겼다.

"엄마, 지금 친절경진대회 생각을 하고 있어요?"

"아니."

"지금이 아니라도…… 생각을 해 본 적은 있어요?"

"가끔."

"눈에 띄는 사람이 있었나요?"

"그런 것 같기도 하고, 안 그런 것 같기도 해."

그건 이상한 대답이었다. 그런 것 같기도 하고 안 그런 것 같기도 하다니. 눈에 띄는 사람도 있고 그렇지 않은 사람도 있다는 뜻일까. 그렇다면 엄마는 생각해 본 적이 있다고 한마디로 대답해도 될 텐데.

"누구요?"

"글쎄…… 그건 그렇고 쿱바에 대해선 아무 소식도 없었어?"

"없었어요."

엄마는 곧 다른 주제로 이야기를 하기 시작했다. 프랑크는 아무 관심도 없는 이야기였다. 선크림에 관한 이야기였다. 엄마는 스프레이가 아니라 크림을 가져오길 잘했다고 말했다. 스프레이는 숨을 쉴 때 흡입할 수 있기 때문에 건강에 좋지 않기 때문이란다. 하지만 그곳 산책로에서 파는 선크림은 아예 사용하지 않는 것만 못하다고 했다. 영상 30도 이상의 기온에서 하루 종일 야외에 진열해 놓고 파는 선크림을 바른다면 피부에 버터를 바르는 것과 다름없다고 말했다.

프랑크는 이제 더 선크림에 대해 할 말이 없을 것이라고 생각했다. 하지만 엄마는 할머니, 그러니까 프랑크의 증조할머니에 대한 이야기로 말을 이어 갔다. 프랑크는 증조할머니를 단 한 번도 직접 만난 적이 없었다. 단지 흑백사진 속의 증조할머니를 보았을 뿐이다. 증조할머니가 살아 계실 때는 선크림이 없었다. 증조할머니의 얼굴이 발갛고 주름이 많은 것은 선크림을 바르지 않았기 때문이었다. 그 시대에는 남자나 여자나 주로 햇볕이 쨍쨍 내리쬐는 야외에서 일을 했다. 증조할머니는 여름이 되면 농가의 가축들을 보살폈다. 프랑크는 엄마의 말을 한 귀로 듣고 한 귀로 흘렸다. 가끔 건성으로 '흠…….', '네.'라는 말을 하며 추임새를 넣을 뿐이었다.

엄마와 프랑크는 레스토랑에서 저녁 식사를 했다. 그곳에는 눈을 돌리는 곳마다 레스토랑과 카페로 가득했다. 프랑크는 햄과 파인애플을 토핑으로 얹은 피자를 주문했다. 파인애플 조각을 씹자마자 프랑크는 미니 골프 맛이 난다고 생각했다. 문득, 미니 골프장에서 나무 꼭대기 위에 앉아 있던 여학생의 기록이 깨졌는지 궁금해졌다. 농부 롤프가 과일 주스를 더 사 놓았는지, 골프 트랙을 하나 더 만들었는지도 궁금했다.

식사를 마치자 예상치도 못했던 일이 생겼다.

"냅킨을 주머니에 넣어."

엄마가 프랑크에게 나직이 말했다.

테이블 중앙에는 하얀 냅킨이 쌓여 있었고, 그 위에는 매끈하고 둥근 돌이 놓여 있었다.

웨이터는 그들에게서 등을 돌리고 있었다.

"냅킨을 가져가서 뭘 하시게요?"

"호텔 방에서 쓸데가 있을 거야."

"하지만 이건 레스토랑에 온 손님들이 쓰는 냅킨이잖아요."

"우리도 손님이야."

"아니, 제 말은 여기서 식사하는 사람들이 사용하는 냅킨이라는 뜻이었어요."

"우리도 여기서 식사를 했잖아."

프랑크는 웨이터를 바라보았다. 그는 여전히 그들에게서 등을 돌린 채 옆 테이블을 닦고 있었다. 그럼에도 그는 곁눈으로 레스토랑 안을 다 보고 있을 것이 틀림없었다. 누가 식사를 마치고 계산을 하려는지, 물을 더 달라고 하는 사람은 없는지 알아보기 위해서였다. 가끔은 어떻게 하면 더 많은 손님을 받을 수 있을지 산책로를 거니는 사람들을 볼 때도 있을 것이다.

"냅킨이 필요하면 편의점에서 사면 되잖아요?"

호텔의 1층에는 작은 편의점이 있었다.

"여기 있는 냅킨은 공짠데 일부러 편의점까지 가서 살 필요는 없잖아."

프랑크는 엄마를 이해할 수가 없었다. 엄마는 이제서야 겨우 조금씩 돈을 낭비하기 시작했다. 비행기의 일등석 표를 사고, 일광욕 침대와 파라솔을 대여하고, 커피를 사 마셨다. 그런데 겨우 냅킨 한 통 값을 지불하기 싫어 레스토랑의 냅킨을 가져가려 하는 것이다! 엄마는 로또에 당첨되어 백만장자가 되었다는 것을 잊어버린 걸까?

"엄마는 마음만 먹으면 냅킨 공장을 통째로 살 수도 있어요."

프랑크가 냅킨을 눌러 놓았던 돌멩이를 들어 올리는 순간, 웨이터가 등을 돌렸다. 프랑크는 마치 뜨거운 것을 쥐기라도 한 듯 깜짝 놀라, 돌멩이를 놓쳐 버렸다. 그 소리에 웨이터가 프랑크를 바라보았다. 프랑크의 얼굴은 토마토처럼 빨개졌다.

엄마는 한숨을 쉬며 돌멩이를 제자리에 가져다 놓았다. 웨이터는 '그렇게 해야죠!'라고 말하듯 고개를 끄덕였다. 그는 프랑크가 돌멩이를 탐냈을 것이라 생각하는지도 몰랐다. 아이들은 매끈하고 동그란 돌멩이를 좋아하는 법이니까.

웨이터가 부엌으로 들어가자마자, 엄마는 테이블 위에 있던 냅킨을 몽땅 집어 들었다. 두 사람은 멀찍이 떨어져서 호텔 방으로 돌아갔다.

해변에서의 이튿날도 첫째 날과 그리 다르지 않았다. 프랑크는 바닷물 속에 들어가 헤엄을 치며, 몸을 파도에 맡겼다. 엄마는 일광욕 침대에 누워 책을 읽고 커피를 마셨다. 햇살이 따가웠다. 두 사람은 서로의 등에 선크림을 발라 주었다. 그는 엄마의 모반을 자세히 들여다보았다. 여기저기서 낯선 외국어가 들려왔다. 한 남자가 어깨에 네모난 가방을 메고 "코코로사!"라고 외쳤다. 하지만 아무도 그를 막지 않았다. 프랑크는 코코로사가 뭔지 궁금해졌다. 혹시 분홍색 코코아를 말하는 건 아닐까?

마그누스는 보이지 않았다. 야자수 아래서 탁구를 치는 사람은 아무도 없었다.

"우리도 에어 매트리스가 있으면 좋을 텐데요."

프랑크가 말했다.

바닷물 속에서 헤엄을 치는 것도 나쁘지 않았다. 하지만 바닷물 위에 둥둥 떠 있을 수 있다면 훨씬 더 좋을 것 같았다.

"그때 그 아이에게 가서 에어 매트리스를 빌려 보렴."

엄마는 마그누스의 이름을 기억하지 못했다.

"차라리 제 것을 하나 사는 게 더 좋을 것 같아요. 하지만 제겐 돈이 없어요!"

"진정해."

엄마의 말투가 조금 날카롭게 변한 것 같았다.

"제게 돈 한 푼도 없다는 게 이상하지 않아요?"

"진정하라니까. 저쪽에 스웨덴 사람들이 보이지? 저 사람들에게 가서 빌려 봐. 사용하지 않는 에어 매트리스를 두 개나 가지고 있더라."

"열여덟 살이 되면 그때 다시 올 거예요."

"모든 것을 돈과 연관시켜 생각하면 안 돼. 게다가 사람들마다 모두 에어 매트리스를 가지고 있다면 낭비라고 생각하지 않니? 다른 아이들에게 에어 매트리스를 빌려 달라고 말을 붙이면, 친구도 될 수 있잖아."

프랑크는 스웨덴 사람들에게 부탁하고 싶지 않았다. 그는 도무지 엄마를 이해할 수가 없었다. 냅킨을 공짜로 가져오려 하더니 이젠 에어 매트리스까지 빌려 쓰라고 한다. 에어 매트리스는 분명 커피 한 잔이나 생수 한 병보다 비싸지 않을 것이다.

그는 지중해의 바닷물 속으로 몸을 던졌다. 엄마는 프랑크에게 시선에서 벗어나는 먼 곳까지 가면 안 된다고 말했다. 그래서 프랑크는 모래밭과 바다만 왔다 갔다 하며 시간을 보냈다. 엄마는 왜 프랑크가 멀리 가면 안 되는지 이유를 말해 주지 않았다. 어쩌면 누가 프랑크를 납치할까 봐 걱정하고 있는 건 아닐까?

엄마가 어디론가 사라졌다. 5분 후 다시 돌아온 엄마는 머리에 커다란 모자를 쓰고 있었다. 엄마는 그것이 밀짚모자라고 말했다. 바닷가와 산책로에서 쓸 수 있는 모자. 그것은 옅은 색의 가는 줄로 듬성듬성 짠 것으로 여기저기 구멍이 숭숭 뚫린 모자였다. 엄마는 집에서 단 한 번도 그런 모자를 쓴 적이 없었다. 프랑크는 교과서에서 보았던 흑백사진 한 장을 떠올렸다. 옛날에는 밭이나 들에서 일할 때도 가난한 여인들은 모자를 쓰지 않았다. 반면 돈이 많은 여인들은 모자를 쓰고 베란다에 앉아 차를 마셨다.

"예쁘지?"

엄마가 물었다.

"비싼 거예요?"

프랑크는 엄마가 아주 비싼 모자라고 대답하기를 바랐다.

"50크로네밖에 안 해."

"사람들 모두가 제각기 모자 하나씩 다 가지고 있다면 낭비라고 생각하지 않으세요?"

"무슨 뜻으로 하는 말이니?"

"여긴 아무도 사용하지 않는 모자들이 널렸어요. 사람들에게 다가가 모자를 빌려 달라고 말한다면 엄마도 그들과 친구가 될 수 있으니 더 좋지 않겠어요?"

엄마는 아무 말도 하지 않고 수평선만 바라보았다. 모자를 쓴 엄마는 이상하게만 보였다. 엄마는 예전보다 훨씬 꼿꼿하게 등을 펴고 앉아 있었다. 마치 허공에 떠 있는 모자에 머리를 집어넣기 위해 억지로 몸을 쭉쭉 늘인 것만 같았다.

엄마와 프랑크는 매일 아침마다 흰빵에 치즈나 삶은 달걀을 얹어 먹었다. 이곳의 달걀노른자는 집에서 먹던 것보다 훨씬 연한 색을 띠었다.

"노르웨이의 암탉은 옥수수를 먹고 자라나 봐. 달걀노른자가 더 진한 색을 띠고 있는 건 분명히 노란 옥수수 때문일 거야."

"그렇다면 만약 암탉이 산딸기를 먹고 자라면 달걀노른자도 빨갛게 변하나요?"

프랑크가 물었다.

"그런 건 아냐. 단지 노란색의 짙고 옅은 정도만 변할 뿐이란다. 학교에서 달걀에 대해 배우지 않았니?"

"저는 5학년이에요."

"그래서?"

"저는 지금까지 달걀이라는 글자를 어떻게 쓰는지, 또는 달걀을 어떻게 삶는지만 배웠을 뿐이에요. 그 외에는 몰라요."

엄마가 고개를 절레절레 저었다 .

"포크로 달걀을 푸는 것도 배우지 않았다니!"

엄마는 집에 전기가 들어오지 않는 것도 아닌데, 항상 달걀을 풀 때는 포크를 사용했다.

"믹서기를 사용해도 되잖아요."

"만약 정전이 되면 어떡할 거니?"

"정전이 되었을 때 굳이 달걀을 풀 일은 없잖아요."

엄마는 아무 말도 하지 않고 고개를 옆으로 돌렸다. 옆 테이블에는 아시아인 가족 네 명이 앉아 있었다. 네 명 모두 검은색의 짧은 머리에 안경을 끼고 있었다.

아버지로 보이는 남자는 음식을 먹으며 쩝쩝 소리를 냈고, 어머니로 보이는 여자는 물을 마시며 후루룩 소리를 냈다. 딸은 쉴 새 없이 트림을 했고, 아들은 테이블 밑에 빵 조각을 던졌지만, 그들의 부모는 아무 말도 하지 않았다. 식사를 마친 그들이 자리에서 일어났다. 의자가 바닥을 긁는 소리가 끼익 들려왔다. 그들은 의자를 정리하지도 않은 채 모습을 감추었다. 여기저기 흩어진 의자들은 언뜻 다른 테이블에 속한 의자 같았다. 테이블 위는 열두어 개의 지저분한 접시들로 어질러져 있었고, 더러운 컵과 유리잔, 숟가락과 나이프, 구겨진 냅킨들로 가득 차 있었다. 테이블 밑에는 포크와 땅콩, 치즈와 요구르트 통이 떨어져 있었다.

"저 사람들은 아시아에서 왔어요. 우리가 도와주려고 했던 아시아……."

프랑크가 혼잣말처럼 중얼거렸다.

"세상에! 저렇게 몰상식한 사람들은 처음 봤어! 너는 나중에 절대 저런 사람이 되면 안 돼!"

엄마가 프랑크에게 말했다.

엄마는 식사를 마친 후, 흘린 빵가루를 접시에 모아 담고, 접시와 컵을 차곡차곡 쌓아 놓았다. 냅킨은 조그맣게 구겨 제일 위에 올려놓은 컵 속에 집어넣었다. 테이블을 정리하는 웨이터의 일손을 조금이라도 덜어 주기 위해서였다.

바닷가에서의 셋째 날은 첫째 날과 둘째 날과 비슷했다. 프랑크는 바닷물 속에서 헤엄을 쳤고, 파도는 그의 눈과 코를 향해 몰아쳤다. 엄마는 책을 읽고 커피를 마셨다. 그들은 따가운 햇살 아래서 서로의 등에 선크림을 발라 주었다. 네모난 가방을 어깨에 멘 남자가 '코코로사'를 외치며 바닷가를 돌아다녔지만, 그를 제지하는 사람은 아무도 없었다. 작은 여자아이 두 명이 공을 주고받았다. 그들은 세 번 이상 공을 주고받는 데 성공하면 환호하며 좋아했다.

"프랑크."

"네."

"왜 한숨을 쉬었니?"

"제가 한숨을 쉬었나요?"

"응, 심심하니?"

"아뇨."

"정말?"

"네."

"벌써부터 심심해하면 어떡하니?"

"심심하지 않아요."

여전히 마그누스는 찾을 수 없었다. 산책로에서도, 바닷가에서도 보이지 않았다. 프랑크는 일광욕 침대에 누워 바닷물 속에서 빨간 공을 주고받는 두 남자아이를 바라보았다. 떠들썩하게 소리를 지르고 크게 웃는 것으로 보아 무척 재미있는 것 같았다.

잠시 후, 프랑크가 말문을 열었다.

"여기선 자전거를 대여할 수도 있어요. 자전거를 타고 산책로를 함께 왕복하는 건 어때요?"

"난 여기 누워서 쉬는 게 좋아."

엄마가 대답했다.

"자전거를 빌리는 건 비싸지 않아요. 거의 공짜나 다름없어요."

"돈 때문에 그러는 게 아냐. 모처럼 아무것도 안 하고 푹 쉬는 게 얼마나 좋은지 아니? 책을 읽다가 잠시 눈을 붙였다가 가끔 바다에 들어가 보기도 하고. 게다가 일광욕을 하며 피부도 예쁘게 태울 수 있으니 얼마나 좋아."

프랑크는 부자의 삶은 이런 것이라 생각했다. 아무것도 하지 않아도 되는 삶. 다른 아이들은 교실에 앉아 열심히 공부해야 하지만, 돈이 많으면 그저 파라솔 밑에 누워 아무것도 하지 않아도 된다.

프랑크는 일주일 내내 쉬는 시간을 얻은 셈이었다. 원한다면 평생 쉬는 시간처럼 보내도 될 것이다. 하지만 쉬는 시간을 혼자 보내면 너무나 지루할 것 같았다.

엄마가 바닷물 속으로 들어갔다. 엄마는 헤엄을 치지 않고 어깨까지 물에 담갔다가 얼굴에도 물이 튈 수 있도록 폴짝폴짝 뛰었다. 바닷물 속에서 나온 엄마는 다시 커피를 한 잔 시켜 마시고, 작은 비스킷도 함께 먹었다. 프랑크는 엄마가 일광욕 침대에 편안하게 눕기를 기다렸다.

"엄마……."

"응?"

"제게 돈 한 푼도 없다는 게 이상하지 않아요?"

"필요한 게 있으면 모두 엄마가 사 주잖아."

"만약 내게도 돈이 있다면 필요할 때마다 엄마를 귀찮게 하지 않아도 될 것 같은데요."

"전혀 귀찮지 않아."

"엄마는 그렇게 생각할지 몰라도, 저는 엄마를 귀찮게 하는 것 같아서 불편하단 말이에요."

"뭐가 갖고 싶은데? 콜라?"

"아뇨. 지금 당장은 갖고 싶은 게 없어요. 하지만 우연히 가게 앞을 지나다가 갑자기 무언가를 사고 싶을 때도 있잖아요. 그럴 때 돈이 없으면 불편할 것 같아요. 차라리 제게도 몇백 크로네 정도는 용돈으로 줘도 되지 않을까요?"

"몇백 크로네? 너는 반바지도 있고 선글라스도 있어. 여기서 네가 필요한 건 그것뿐이야."

"다른 게 필요할지도 모르잖아요."

"그게 뭔데?"

"그건 저도 잘 모르겠어요. 책······?"

"여긴 노르웨이 책을 팔지 않아."

"그럼 망원경······?"

"바닷가에서 망원경을 사용하는 건 아주 몰상식한 짓이야."

"신발······?"

"그건 좀 생각해 보자. 하지만 여기서 신발을 사면 여행 가방에 자리가 없어서 집에 가져갈 수가 없어. 신발은 집에 돌아가서 사는 게 어때? 아주 좋은 신발을 사 줄게."

프랑크는 더 이상 엄마와 이야기를 해도 도움이 되지 않겠다고 생각했다. 엄마의 말에는 이미 마침표가 찍혀 있었다. 문득,

고양이로 산다는 게 어떤 건지 이해할 수 있을 것 같았다. 고양이는 집 안에 들어오기 위해 소리를 내어 알려야 한다. 냉장고 문도 혼자 열 수 없고, 집 밖으로 나갈 때도 혼자 문을 열고 나갈 수 없다.

　한 시간 정도 지났을까. 저 멀리 부표 근처에서 에어 매트리스를 타고 노는 마그누스가 눈에 띄었다. 바닷가에는 여기저기서 기분 좋게 즐기는 사람들의 목소리가 들려왔다. 아이스크림, 책, 삽과 모래, 연인. 만약 이 나라의 국무총리가 이곳에 와서 관광객들을 향해 "모두 즐거운 시간을 보내고 계십니까?"라고 묻는다면 사람들은 저마다 소리 높여 그렇다고 대답할 것이다.

　문득, 엄마가 뜬금없이 말문을 열었다.

　"프랑크?"

　"네?"

　"너는 대변을 본 후에 어느 손으로 엉덩이를 닦니?"

　"네?"

　"대변을 본 후에 어느 손으로 엉덩이를 닦냐고 물었어."

　"에…… 왜 갑자기 그런 질문을 하시죠?"

　"난 네가 왼손을 쓴다고 믿어. 나도 그렇거든. 오른손으로 닦아 보려고 해 봤지만 잘 안 되더라."

　"그렇게 큰 소리로 말할 필요는 없어요."

"여긴 외국인들밖에 없어. 우리가 무슨 말을 하는지 못 알아들을 거야. 그런데 학교에서 보건 선생님이 그런 말을 하신 적이 없니?"

"없는데요."

"난 가끔 어깨가 아플 때 팔을 앞이나 뒤로 쭉 뻗기가 힘들어. 그럴 때면 다른 손을 사용해야 하지."

"엄마……."

"넌 아직 어려서 잘 모르겠지만, 나이가 들면 자기 손으로 자기 엉덩이를 닦을 수 있다는 게 얼마나 행복한 일인지 이해할 수 있을 거야."

"저쪽에 스웨덴 사람들이 있어요. 그들은 우리가 무슨 말을 하는지 다 알아들을 수도 있단 말이에요."

프랑크가 낮은 목소리로 말했다.

"이건 아주 중요한 거야. 나중에 나이가 많아지면 우리도 누군가의 도움을 받아야 하지 않겠니. 다른 사람이 네 엉덩이를 닦아준다고 생각해 봐. 기분이 별로 좋지 않지?"

"네."

"때문에 몸을 유연하게 유지하는 건 아주 중요한 일이란다."

"알겠어요."

프랑크는 엄마의 말을 막기 위해서라도 잘 알았다는 듯 크게 고개를 끄덕였다. 집에 돌아가면 친구들이 여행지에서 뭘 하며 놀았냐고 물어올지도 몰랐다. 아이들에게 무슨 대답을 해야 할까? 난 엄마의 등에 선크림을 발라 주었고, 평소에 쓰지 않는 손으로 엉덩이를 닦는 연습을 했어.

'그것만 하진 않았을 거 아냐? 더 재미있는 일은 안 했어?'

프랑크는 집에 돌아가 오스카와 데니사에게 무슨 말을 해야 할지 감을 잡을 수가 없었다.

프랑크는 마그누스를 바라보았다. 그는 선글라스 너머로 프랑크 쪽을 보고 있는 것 같았다. 프랑크는 마치 제헌절 경축 행사 때 왕궁의 발코니에 서서 손을 흔드는 국왕처럼 살짝 손을 들어 올려 보일 듯 말 듯 손을 흔들었다. 1초도 지나지 않아 마그누스가 프랑크에게 손을 흔들어 주었다.

프랑크는 1분쯤 기다렸다가 말문을 열었다.

"화장실에 다녀올게요."

프랑크는 바닷가에 있는 더러운 공중 화장실을 사용하기 싫다고 말했다. 엄마는 프랑크를 충분히 이해했다. 프랑크는 호텔 방 안으로 올라가고 싶었다. 엄마가 따라오지 않아도 된다고 했다. 2분이면 갈 수 있는 거리니까.

엄마는 열쇠를 꺼내 프랑크에게 건네주었다.

"오늘은 다른 손을 사용해 보렴."

프랑크는 은행 카드의 비밀번호를 알고 있었다. 엄마가 비밀번호를 누를 때 손가락을 어떻게 움직이는지 본 적이 있기 때문이다. 몰래 보려 했던 건 절대 아니었다. 그저 엄마 곁에 서 있다 무심코 본 것이 전부였다. 비밀번호를 보지 않으려고 눈알을 빼낼 수는 없지 않은가.

프랑크는 호텔 방에 도착했다. 누군가가 벌써 그들의 침대를 정리하고, 하얀 새 수건을 욕실에 놓아두었다. 엄마의 핸드백은 의자 등받이에 걸려 있었다. 지갑은 핸드백 안에 있었다. 엄마는 핸드백을 바닷가에 가져가려 하지 않았다. 프랑크는 자신의 손가락을 내려다보았다. 손가락에 작은 모래알이 묻어 있었다. 그는 손가락에 묻은 모래알을 입으로 훅 불었다. 엄마가 지갑에 모래알이 묻어 있는 걸 발견한다면 결코 좋아하지 않을 것이다.

지갑 속에는 은행 카드가 들어 있었다. 은행 카드 안에는 돈이 보관되어 있다. 엄마가 구두쇠처럼 굴지만 않았더라도 이런 일은 피할 수 있었을 텐데. 이건 전적으로 엄마의 실수였다. 만약 엄마에게 들키면 프랑크는 이게 모두 엄마의 잘못이라고, 당연히 일어날 일이 일어난 것뿐이라고 말할 생각이었다.

그들은 돈을 많이 가지고 있었다. 그들은 백만장자였다. 그런데도 엄마는 돈을 쓸 생각이 없는 것 같았다.

누가 눈사람을 만들었고, 누가 8이라는 숫자를 생각해 냈던가? 그건 바로 프랑크였다!

누가 눈사람의 옆에 빗자루를 꽂아 놓고, 누가 18이라는 숫자를 생각해 냈던가? 그건 바로 프랑크였다!

프랑크는 현금인출기에서 한 번도 돈을 인출해 본 적이 없었다. 하지만 그건 그리 어려운 일은 아닐 것이다. 기계 화면에 무엇을 어떻게 해야 하는지 안내문이 뜰 것이다. 프랑크는 돈을 훔치는 게 아니라 빌리는 것뿐이라고 생각했다. 자신의 돈을 빌리는 일. 로또 상금 중에서 반은 프랑크의 것이었다. 그는 자신의 몫인 상금의 반 중에서 잠시 몇 푼을 빌리는 것뿐이다.

"꽤 오래 걸렸네? 배가 많이 아팠니?"

엄마가 프랑크에게 물었다.

"아니에요."

"바닷물에 들어갈 거니?"

"조금 더 있다가요. 사실은 마그누스와 함께 여기저기 둘러볼 생각이에요."

"난 네가 마그누스를 안 좋아하는 줄 알았는데?"

"마그누스가 어떤 애인지 잘 모를 뿐이에요."

"알았어. 조심해서 다녀와."

연극 구경

마그누스는 산책로에서 프랑크를 기다리고 있었다. 프랑크는 마그누스의 얼굴을 바라보았지만, 그의 선글라스에 울퉁불퉁하게 반사된 자신의 모습밖에 볼 수 없었다.

"준비됐어?"

마그누스가 말했다.

"응."

프랑크는 마그누스와 나란히 산책로를 걸었다. 그들은 다른 사람들처럼 천천히 여유롭게 걷지 않고, 마치 알파인 스키를 타듯 관광객들과 웨이터들 사이를 재빨리 걸었다. 길이 좁아지면 항상 마그누스가 앞장섰고, 프랑크는 그 뒤를 따랐다.

"이제 뭘 할 생각이니?"

프랑크가 마그누스에게 물었다.

"연극 구경."

"연극?"

"응. 연극을 본 적이 있어?"

"아니…… 응. 학교에서 단체로 국립 극장에서 연극을 관람한 적이 있어."

"로마의 콜로세움에 가 본 적은?"

"없는데?"

"들어 본 적은 있지?"

"응."

"어떤 걸 들었니?"

"큰 경기장에서 사람들이 함께 싸웠다는 이야기를 들었어."

"함께가 아니라 대항해서. 노예들이 사자와 하마에 대항해서 싸웠던 거야. 무기도 없는 맨몸으로 야생 짐승과 싸웠던 거지. 관중석에 앉아 있던 사람들은 그걸 보면서 즐겼어. 프리킥 같은 게 없었다는 걸 빼면 오늘날의 축구 경기와 비슷해."

"나도 학교에서 배웠어."

"좋아. 콜로세움은 석조 건물이라는 것도 알고 있겠지? 하지만 싸움이 벌어지는 무대 중앙은 목재로 만들어져 있었고, 그 위에는 모래가 깔려 있었어. 왜 그런지 알아?"

프랑크는 대답을 할 수가 없었다. 모래에 대해서 아는 것도 많지 않았다. 그의 학교에서 모래에 대해 조금이나마 아는 아이가 있다면 베가르뿐이었다. 적어도 그는 멀리뛰기 경기장에 어떤 모래를 사용하면 좋은지는 알고 있었다.

"피 때문이야. 싸움이 끝나면 사람과 동물이 여기저기 널브러져 있게 돼. 바닥에는 그들의 침과 피, 배설물로 홍건했지. 모래는 이것들을 다 흡수할 수 있거든. 그래서 콜로세움을 청소하는 사람들은 경기가 끝난 후에 빨갛게 물든 모래를 걷어 내고 새 모래를 깔기만 하면 됐어. 만약 경기장도 돌로 만들었다면 아무리 박박 문질러도 핏자국을 지우기 힘들었을 거야."

프랑크는 마그누스의 등 뒤에서 고개를 끄덕였다. 둘은 푸른색 천으로 몸을 둘둘 감은 한 여자가 땅에 앉아 있는 것을 보았다. 그녀는 검은 피부에 하얀 눈을 가지고 있었다. 그녀의 몸에서는 퀴퀴한 냄새가 났다. 사람들은 그녀를 지나칠 때 코를 잡아쥐거나, 학교 아이들이 폴을 피해 돌아가는 것처럼 멀찍이 돌아서 갔다.

마그누스가 어깨 너머로 말했다.

"사람들이 야생 짐승에 대항해 싸우는 모습을 보고 싶니?"

"어…… 글쎄, 잘 모르겠어. 사람들이 죽는 걸 본다면……."

"좀 지나고 나면 습관이 되어서 괜찮아."

"그런데 우린 왜 지금 이런 이야기를 하고 있지? 네가 말했던 연극 극장은 어디 있어?"

마그누스가 발을 멈추었다.

"여기!"

프랑크는 주변을 둘러보았다. 이해할 수가 없었다. 눈앞에는 바닷가에서 돌아오거나 바닷가로 가기 위해 천천히 걷고 있는 사람들밖에 없었다.

"사람들은 돈이라면 뭐든지 다 하거든. 너는 돈이 있으니까 너만의 연극을 관람할 수 있어. 언제 어디서든지 가능한 일이야."

마그누스는 지중해를 향해 시선을 돌렸다. 선글라스를 살짝 고쳐 쓴 그는 나지막이 말을 이었다.

"우리 오른쪽에 있는 작은 여자아이가 보이지? 구두를 닦는 여자아이. 그렇게 뚫어지게 쳐다보지 마!"

프랑크는 다른 곳을 보는 척하며 그가 말하는 곳을 향해 슬쩍 고개를 돌렸다. 몇 미터 떨어진 곳에는 검은색 머리의 소녀가 등받이가 없는 작은 의자에 앉아 있었다. 소녀의 앞에는 신발 상자, 솔, 수건이 놓여 있었다. 소녀는 지나가는 관광객들의 발을 멍한 눈으로 쳐다보고 있었다. 관광객들은 모두 샌들이나 슬리퍼를 신고 있었으며, 구두를 신은 사람은 한 명도 보이지 않았다.

"저쪽 카페에는 몸집이 큰 남자 한 명과 조그마한 여자 한 명이 함께 앉아 있어."

"몸에 문신을 한 건장한 아저씨?"

마그누스는 고개를 끄덕이며 손을 내밀었다.

마그누스는 옛날 왕실에서 사용하던 왕의 이름이다. 그의 이름은 왕의 이름이고, 그의 손은 왕의 손이다. 그는 구걸을 하지 않는다. 단지 계주 경기를 할 때 앞선 주자에게 바통을 받을 때처럼 손을 벌리고 요구할 뿐이다. 프랑크의 반바지 주머니에는 돈이 들어 있었다. 이전에는 주머니의 지퍼가 매끈하게 열렸지만, 막상 돈을 꺼내려고 하니 어쩐 일인지 지퍼가 잘 열리지 않았다. 반바지는 연극 구경에 관심이 없는 것 같았다. 마그누스는 프랑크가 돈을 꺼내 건네주기 전까지 벌린 손을 거두지 않았다. 1백 유로. 그건 1천 크로네와 맞먹는 돈이다. 마그누스는 프랑크의 지갑에 지폐 두 장이 더 들어 있는 것을 눈치챘다.

"여기서 잠깐 기다려. 잠시 후 벌어질 광경은 국립 극장에서 보았던 연극보다 훨씬 재밌을 거야."

프랑크는 제자리에 가만히 서서 기다렸다. 마그누스는 구두 닦는 소녀에게 다가갔다. 그는 허리를 굽히고 나직이 무슨 말인가를 했다. 소녀가 고개를 들어 마그누스를 올려다보았다. 소녀는 구두닦이였지만, 정작 자기는 맨발이었다. 프랑크는 그들이 무슨 말을 주고받는지 알 수 없었다.

소녀는 마그누스가 가리키는 카페를 향해 고개를 돌렸다. 생각에 잠겼던 소녀는 마그누스를 쳐다보며 고개를 저었다. 하지만 마그누스가 손에 쥐고 있는 것을 본 소녀는 카페와 돈을 번갈아가며 쳐다보았다. 한참 후, 소녀는 마그누스의 손을 바라보며 고개를 끄덕였다.

"아주 재미있는 일이 벌어질 거야."

프랑크에게 돌아온 마그누스가 함박웃음을 머금으며 말했다.

프랑크는 소녀가 지폐를 주머니에 넣는 것을 보았다. 소녀는 돈이 들어 있는지 확인하려는 듯 연신 주머니를 만졌다. 소녀는 솔과 수건을 놓아둔 채 몸을 일으킨 후, 맨발로 카페를 향해 걷기 시작했다. 카페에 들어가기 직전, 소녀는 발을 멈추고 고개를 돌려 마그누스를 바라보았다. 잠시 후, 소녀는 결심한 듯 카페 안으로 성큼성큼 들어가 건장한 남자의 테이블 옆에 멈춰 섰다.

남자의 테이블 위에는 맥주 한 잔이 놓여 있었고, 그의 곁에는 애인으로 보이는 몸집이 작은 여자가 앉아 있었다. 녹색 원피스를 입은 여자는 맥주잔보다 조금 작은 유리컵에 담긴 것을 빨대로 마시고 있었다. 구두닦이 소녀가 테이블 위에 있던 맥주잔을 두 손으로 움켜쥐고 자신의 입으로 가져갔다. 남자는 몸을 비스듬히 돌린 채 핸드폰을 보느라 구두닦이 소녀를 보지 못했다. 맥주는 컵에 가득 담겨 있었다. 구두닦이 소녀는 컵을 들어 맥주를 벌컥벌컥 마셨다. 맥주잔은 소녀의 얼굴을 덮을 만큼 컸다.

남자의 애인이 구두닦이 소녀를 쳐다보았다. 그녀는 새처럼 비명을 질렀다. 남자가 깜짝 놀라 눈을 들었다. 낯선 소녀가 눈앞에 서서 그의 맥주를 마시고 있었다. 그가 커다란 손을 번쩍 치켜들고 테이블을 쿵 내리쳤다. 테이블 위에 있던 소금과 후추 통이 풀썩 날아올랐다가 다시 제자리로 내려앉았다. 구두닦이 소녀는 서둘러 맥주잔을 테이블 위에 내려놓으려 하다가 그만 잘못해서 맥주를 쏟아 버리고 말았다. 갈색 맥주가 녹색 원피스를 입은 여자의 무릎 위로 흘러내렸다. 그러자 여자는 마치 독사라도 본 듯 비명을 지르며 의자에서 벌떡 일어났다.

구두닦이 소녀는 얼른 그곳을 빠져나오려 했지만, 남자가 팔을 홱 낚아채는 바람에 꼼짝할 수가 없었다. 웨이터가 그들을 향해 성큼성큼 걸어왔다. 남자와 여자, 그리고 웨이터는 누가 먼저라고도 할 것 없이 구두닦이 소녀에게 소리를 질렀다. 웨이터는 행주로 소녀의 얼굴을 때리기까지 했다.

마그누스가 소리 내어 웃었다. 구두닦이 소녀가 흐느껴 울기 시작했다. 프랑크는 소녀의 입가에 묻어 있는 맥주 거품을 보았다. 웨이터는 남자에게 소녀의 팔을 놓아 주라고 말했다. 두 사람은 서로 다른 언어로 마구 소리를 지르며 말다툼을 하기 시작했다. 구두닦이 소녀는 행주로 맞은 눈 한쪽을 손으로 가리고 있었다. 남자의 애인이 자신의 원피스를 내려다보았다. 커다란 얼룩이 생겼다. 누가 보면 여자가 옷에 오줌을 쌌다고 오해할 수도 있을 것이다.

"죄송합니다."

웨이터가 말했다.

"죄송하다고요?"

"정말 죄송합니다."

그는 구두닦이 소녀에게 화난 표정으로 무슨 말을 했다. 프랑크는 그가 무슨 말을 하는지 단 한마디도 알아들을 수 없었지만,

억양으로 미루어 보았을 때 대충 그 뜻은 짐작할 수 있을 것 같았다.

'당장 꺼져! 그리고 다시는 여기 발을 들이지 마!'

구두닦이 소녀는 관광객들 사이로 자취를 감추었다. 웨이터는 손님들을 진정시키기 위해 애를 써 보았지만, 손님들은 그에게 가운뎃손가락을 들어 보이고는 카페를 빠져나갔다. 남자의 애인은 핸드백을 움켜쥐고 기분 나쁜 표정을 지으며 테이블에 침을 뱉었다.

마그누스가 웃음을 터뜨리며, 프랑크의 팔을 툭툭 쳤다.

"왜 그렇게 심각한 표정을 짓고 있나?"

"그 애는 나이도 꽤 어려 보이던데……"

"그래서?"

"네가 맥주를 마시게 했잖아."

"1천 크로네. 너라도 그랬을 것 같은데?"

"뭘?"

"누가 네게 1천 크로네를 준다고 하면, 너도 맥주를 마셨을 거잖아?"

프랑크는 구두닦이 소녀를 찾아 두리번거렸다. 소녀는 어디론가 사라지고 없었다. 남은 것은 그 애가 앉아 있던 의자와 솔, 그리고 수건밖에 없었다.

"만약 남자가 그 애를 때렸다면 어쩌려고 했어?"

프랑크가 물었다.

"남자들은 작은 여자아이를 때리지 않아. 아, 물론 그러는 사람도 있겠지만 적어도 다른 사람들이 보는 앞에선 그런 짓을 하지 않지."

"그 아이는 우리가 시켰다고 고자질을 할 수도 있었잖아."

"만약 그랬다면 내 돈을 도로 뺏었을 거야."

"네 돈?"

프랑크가 어이없는 표정으로 되물었다.

"네가 내게 줬으니까 내 돈이지."

프랑크는 마그누스에게서 등을 돌리고 재빨리 걷기 시작했다. 엄마가 있는 바닷가로.

"쳇. 도대체 왜 화를 내는 거야? 우린 재밌는 광경을 보았고, 그 아이는 돈을 받았잖아. 게다가 다친 사람은 아무도 없었어!"

마그누스가 프랑크의 등에 대고 소리쳤다.

프랑크는 아무 말도 않고 발을 옮겼다.

"그 아이는 단지 맥주 몇 모금만 마셨을 뿐이야. 만약 우리가 내일 다시 부탁해도, 그 아이는 같은 일을 할 거야."

마그누스는 프랑크를 따라잡기 위해 총총걸음으로 발을 옮겼다. 이번에 사람들이 빽빽한 비좁은 길에서 옆으로 비켜섰던 것은 프랑크가 아니라 마그누스였다.

"마그누스, 이건 연극이 아니야."

"연극배우들은 돈을 받고 연극을 해. 이번 일도 마찬가지야. 우린 구두닦이 소녀가 맥주를 마시는 대가로 돈을 지불했어. 그래서 남자는 화를 냈고 구두닦이 소녀와 웨이터를 때리려고 했어. 남자의 애인은 울기 시작했지. 아마 새 원피스를 사고 싶다고 말했을지도 몰라. 이 얼마나 재밌는 일이야!"

프랑크가 발을 멈추었다. 너무 빨리 걸었는지 숨이 찼다.

"이건 위험한 일이야."

그는 마그누스의 선글라스에 반사된 자신의 모습을 바라보았다. 화를 내고 있는 작은 소년의 모습이 보였다.

마그누스는 마치 옐로카드를 받은 축구 선수처럼 양팔을 활짝 벌리며 어깨를 으쓱 추켜들어 보였다.

"이건 콜로세움과는 비교할 수 없어. 피를 흘리는 사람도 없었어. 남자와 여자는 테이블 앞에 앉아서 핸드폰만 만지작거리며 삶이 지겹다고 생각했을 거야. 그들은 이번 일을 계기로 이야깃거리를 만들 수 있어 오히려 좋았을 거야."

프랑크는 아무 말도 하지 않고 다시 발을 옮겼다. 등 뒤에선 마그누스의 발소리 대신 그의 목소리만 들려왔다.

"알았어. 넌 돌아가서 네 엄마의 등에 선크림이나 발라 주렴! 그것도 무척 재미있는 일일 거야!"

프랑크는 바닷물 속에서 헤엄을 치고 싶었지만 마음대로 잘 되지 않았다. 화가 나서 몸을 자유롭게 움직일 수가 없었던 것이다. 그래서 그냥 일광욕 침대에 누워 지나가는 사람들만 멍하니 쳐다보았다. 여자아이 두 명이 어제처럼 공을 주고받으며 놀고 있었다. 그중 한 명은 맥주를 마셨던 구두닦이 소녀와 닮은 것 같기도 했다. 아이는 공을 떨어뜨리지 않고 네 번 이상 주고받는 데 성공하면 기뻐서 어쩔 줄 몰라 하며 소리를 질렀다. 그 소리는 구두닦이 소녀의 비명소리처럼 높았다.

"저 아이들은 여기 사는 가난한 아이들일까요?"

"글쎄, 잘 모르겠는걸."

엄마는 책을 배 위에 내려놓았다. 책은 마치 단짝 친구를 포옹하듯 엄마를 감싸 안고 있는 것 같았다.

"여기 사는 사람들은 여름에 일하고 겨울엔 휴가를 즐길 것 같아. 하지만 이곳 여름은 매우 길어. 그런데 갑자기 왜 그런 걸 묻니?"

프랑크는 대답하지 않고, 바닷물 속에 있는 한 나이 많은 남자를 향해 시선을 돌렸다. 등에 털이 잔뜩 나 있는 남자는 에어 매트리스 위로 올라가려고 안간힘을 쓰고 있었다. 남자와 에어 매트리스는 마치 서로 다른 세기의 창조물처럼 전혀 어울리지 않았다. 그는 마치 말 위에 올라타려는 듯 한 발을 허공으로 휙 들어 올려 에어 매트리스 위에 올려놓았다. 하지만 그의 다리는 뻣뻣하기 이루 말할 수 없었다. 번번이 실패한 그는 생각을 바꾸어 에어 매트리스 위에 폴짝 뛰어 올라가려고 했다. 그 참에 남자의 수영복 바지가 거의 벗겨질 뻔했다. 프랑크는 소리 내어 웃기 시작했다.

한 여자가 알 수 없는 낯선 외국어로 남자에게 소리쳤다. 남자는 수영복 바지의 허리끈을 동여맨 후, 여자를 향해 고개도 돌리지 않고 한마디 대답만 짧게 되돌려 주었다. 남자는 뭍으로 좀 더 가까이 다가와 다시 에어 매트리스 위에 올라가려고 버둥거렸다. 이번에는 너무 멀리 풀쩍 뛰는 바람에 반대편 물에 빠지고 말았다. 에어 매트리스가 뒤집혔다. 바닷가에 있던 사람들은 소리 내어 웃기 시작했다. 프랑크와 엄마도 마찬가지였다. 엄마는 입을 가리고 웃었다. 프랑크의 오른쪽에 있던 남자는 웃다가 딸꾹질까지 했다.

마침내 외국어를 쓰는 여인이 몸을 일으켰다. 그녀는 화난 말투로 알 수 없는 말을 하며 햇볕에 달아오른 모래사장을 살금살금 걸어 남자에게 다가갔다. 입으로는 화가 난 듯 소리를 지르면서 동시에 두 발은 살금살금 움직이는 여자를 보니 왠지 이상했다. 여자는 남자를 도와주기 위해 두 손으로 매트리스를 꽉 잡았다. 그런데도 남자는 매트리스 위에 올라가지 못했다. 여자가 남자를 가로막고 있기 때문이었다. 파도가 몰아쳤다. 그들을 도와주기 위해 여러 명이 한꺼번에 다가갔다. 엄마는 다른 사람의 실수를 보며 웃는 것은 매우 잘못된 일이라고 말하면서 소리를 죽

여 웃었다. 프랑크는 가능한 한 소리를 내지 않고 웃어 보려고
노력했다.

그 남자는 분명 자동차를 운전하고 벽돌담을 쌓고 낚시도 할
수 있었겠지만, 에어 매트리스 위에 올라가는 것은 불가능한 것
같았다. 그는 마침내 포기했는지 힘껏 매트리스를 밀쳤다. 여자
는 파도에 실려 가는 매트리스를 잡으려 서둘러 움직였다. 여자
가 화난 목소리로 남자에게 한마디를 던졌다. 남자는 아무 말도
하지 않고 모른 척 더 깊은 곳을 향해 헤엄을 치기 시작했다.

남자는 헤엄을 매우 잘 쳤다. 그는 양팔을 자신 있게 쭉쭉 뻗
어 움직이더니 어느새 몸을 뒤집어 하늘을 보며 물에 둥둥 떠 있
었다. 두 팔을 양옆으로 쭉 뻗어 누워 있는 남자를 보니 십자가
를 보는 것 같았다. 그는 그렇게 파도에 몸을 맡기며 그대로 누
워 있었다.

"저 사람 좀 봐요."

프랑크가 말했다.

"오……."

엄마는 남자를 바라보더니 감탄했다. 그는 분명 헤엄을 쳐서
지중해를 건널 수도 있겠지만, 에어 매트리스 위에 올라가진 못
했다.

마을에서 일어난 일들

엄마와 프랑크가 주문한 저녁 식사를 기다리는 동안, 웨이터가 올리브가 들어 있는 오목한 접시 하나를 가져왔다. 올리브는 타원형의 작은 녹색 채소, 아니 연녹색 채소다. 엄마는 올리브가 공짜라고 말했다. 프랑크는 올리브를 하나 집어 맛을 보았다. 비눗물에 담근 낡은 내복처럼 텁텁하고 쌉쌀한 맛이 났다.

"얼굴을 찌푸리지 마. 이건 아주 고급 음식이야."

엄마는 올리브 하나를 통째로 입에 넣었다. 금방이라도 눈물을 흘릴 듯 표정이 일그러졌지만, 내색하지 않고 올리브를 씹어 넘겼다.

"안에 이상한 게 들어 있어요."

"그건 안초비라고 해."

"안초비? 안초비는 생선 아닌가요?"

"맞아."

"어떻게 생선을 올리브 안에 넣었을까요?"

"글쎄. 어떻게든 넣었겠지."

"기계로 넣었을까요?"

"그럴 거야."

프랑크는 만약 기계가 없다면 손으로 하나하나 직접 넣어야 할 것이라 생각했다. 일렬로 나란히 앉아 성냥개비로 올리브 안에 작은 안초비를 밀어 넣는 일을 하며 생계를 연명하는 사람들이 있다고 생각하니 이상했다.

"음식은 문화야. 우린 다른 문화를 열린 마음으로 대할 수 있어야 해."

하지만 엄마는 접시 위의 문화를 손도 대지 않고 그대로 남겼다. 프랑크는 여전히 입속을 감도는 비릿하고 쌉쌀한 맛을 느낄 수 있었다. 엄마는 냅킨으로 혀를 닦는 프랑크에게 눈을 흘기며 야단을 쳤다. 옆 테이블에는 백발 수염을 기른 한 남자가 마치 땅콩을 먹듯 안초비를 넣은 올리브를 쉴 새 없이 입으로 가져갔다. 남자는 얼굴을 찌푸리지 않았다.

프랑크는 안초비를 넣은 올리브를 한 통 사서 집으로 가져가야겠다고 생각했다. 미니 골프 경기에서 꼴찌를 한 사람에게 벌칙으로 먹이면 좋을 것 같았다. 물론, 물을 먹을 수는 없다! 올리브를 꼭꼭 씹지 않고 통째로 삼켜도 안 된다.

주문한 음식이 테이블에 도착함과 동시에 프랑크에게 문자 메시지가 도착했다. 오스카에게서 온 것이었다.

"식기 전에 얼른 먹어."

엄마가 말했다.

"학교 통학 버스에 대한 거예요."

"무슨 일이라도 있었어?"

프랑크는 메시지를 큰 소리로 읽었다. 천천히 음식을 씹으며 듣던 엄마가 눈썹을 치켜올렸다. 곧, 엄마는 음식을 씹는 것도 잊었는지 입안 가득히 음식을 문 채 말했다.

"어떻게 그런 일이 있을 수 있지?"

"여기 이렇게 적혀 있는걸요."

프랑크가 핸드폰 화면을 엄마에게 보여 주었다.

"거기 그렇게 적혀 있다 하더라도 사실이 아닐 수도 있잖아. 오스카가 오해했을 수도 있지 않겠니? 어쩌면 과장해서 적었을 수도 있어."

"제가 전화를 해 볼까요?"

"아냐, 외국에서 전화를 하면 비싸. 얼른 저녁이나 먹어!"

프랑크는 햄과 파인애플을 얹은 피자를 먹었다. 먹으면서 그는 사라진 통학 버스를 떠올렸다. 오스카가 버스를 땅에 묻어 버리진 않았을 것이다. 물론, 오스카는 그러고 싶었겠지만 커다란 버스를 통째로 땅에 묻는 것은 불가능한 일이다. 통학 버스는 어른 두 명만 태운 채 국경을 넘어 사라졌다고 했다. 버스 기사와 '괴짜.' 그가 알고 있는 것은 이게 전부였다. 프랑크는 더 자세한 이야기를 알고 싶어 안달이 났다.

통학 버스는 그날도 여느 때와 마찬가지로 학교 앞에서 학생들을 기다리고 있었다. 문이 열리자 평소와 다름없이 괴짜가 다가와 기사에게 말을 걸었다.

"이 버스는 스톡홀름까지 가나요?"

평소 버스 기사는 언제나 스톡홀름으로 가지 않는다고 같은 대답을 했다. 하지만 그날은 달랐다. 괴짜를 본 그녀는 대답을 하지 않고 생각에 잠겼다. 괴짜는 다시 한번 물었다.

"스톡홀름까지 가나요?"

"네."

"정말요?"

괴짜는 생각지도 않았던 대답에 깜짝 놀라며 주머니에 넣었던 손을 뺐다.

"오늘은 스톡홀름까지 간답니다. 어서 타세요!"

괴짜는 주저하며 버스에 올라타 제일 앞자리에 앉았다.

"안전벨트를 매세요. 머리 위에 보면 빨간 버튼이 있을 거예요. 만약 마음이 바뀌거나 화장실에 가고 싶으면 그 버튼을 누르세요."

그는 기사가 시키는 대로 안전벨트를 맨 후, 머리 위의 빨간 버튼을 쳐다보았다.

"스톡홀름까지는 먼가요?"

"네."

"중간에 식사도 해야 하나요?"

"네."

그녀는 하늘색 셔츠를 팔꿈치까지 걷어 올리고 있었다. 마치 몸집이 큰 남자들이 무거운 것을 들 때 소매를 걷는 것처럼.

"그렇다면 식사하는 걸 잊어버리지 않도록 기억하고 있어야겠군요."

"네, 끼니를 거르면 안 되죠."

버스의 앞 차창은 굉장히 컸다. 길가에 늘어선 집에는 유리창보다 벽이 더 큰 자리를 차지하고 있었다. 하지만 버스에는 네모난 유리창뿐이었다. 괴짜는 가끔 머리 위의 빨간 버튼을 올려다보았지만, 손을 뻗어 누르지는 않았다. 앞 차창 위에는 시계가 걸려 있었다.

"숫자가 올라가서 다행이에요."

괴짜가 말했다.

"무엇의 숫자가 올라간다는 건가요?"

"시계 말이에요. 나는 시계의 숫자가 내려가는 걸 좋아하지 않아요."

"숫자가 내려가는 시계도 있나요?"

"영화를 보면 숫자가 내려가요. 0이 될 때까지. 숫자가 0을 가리키면 쾅! 소리가 나면서 폭발하죠."

"그런 시계는 이 버스에 없으니까 안심하세요."

그날 오후, 수업을 마친 아이들이 집으로 가기 위해 버스 정류장에 모였지만, 버스는 보이지 않았다. 교장 선생님은 버스 기사에게 전화를 했다.

"스웨덴이라고요? 그렇게 말도 하지 않고 무작정 가면 어떡해요? 우린 지금 버스가 필요해요. 얼른 돌아오세요!"

교장 선생님이 전화기에 대고 소리쳤다. 버스 기사는 아무 대답도 하지 않고 핸드폰의 통화 종료 버튼을 눌렀다.

"거의 다 왔나요?"

괴짜가 기사에게 물었다.

"아직 멀었어요. 그런데 스톡홀름에는 왜 가시려는 거죠? 거기 아는 사람이 살고 있나요?"

"아뇨."

"아무도 없다고요?"

"텔레비전 프로그램을 본 적이 있어요. 그래서 그곳에 가고 싶었던 거예요."

"왜요?"

"거기 가면 카페가 하나 있어요."

"그래요?"

"매우 특별한 카페랍니다. 커피에 우유를 넣어서 갖가지 모양을 그려 내죠. 우유로 온갖 그림을 그릴 수 있어요. 성탄절 트리, 하트, 사과……."

"그것 때문에 스톡홀름에 가려는 건가요? 고작 커피 한 잔 마시러요?"

"그 어떤 모양도 다 그릴 수 있다니까요. 버스도 그릴 수 있을 거예요. 거기 가면 버스를 그려 달라고 한마디만 하세요. 그러면 그들이 버스를 그려 줄 거예요."

그녀는 고개를 절레절레 흔들었다.

"정말이에요."

괴짜가 말했다.

"카페 이름이 뭔지는 알고 있나요?"

"아뇨. 하지만 카페 벽은 노란색이고, 카페 안에는 파란색 테이블이 있어요."

괴짜의 대답에 버스 기사는 미소를 지으며 고개를 저었다.

"그런데 당신은 스톡홀름에서 뭘 할 생각인가요?"

괴짜가 그녀에게 물었다.

"저요?"

그녀는 한참 생각에 잠겼다. 지금까지는 맞은편에서 오는 다른 버스 기사들과 손을 흔들어 인사를 나누었지만, 그때부터는 낯선 얼굴의 기사들뿐이었다.

"난 그냥 착한 일을 하고 싶었을 뿐이에요."

프랑크가 접시를 비웠다. 그는 엄마가 남긴 피자 한 조각도 먹어 치웠고, 콜라를 두 잔이나 마셨다. 엄마는 프랑크가 원한다면 피자 1인분을 더 주문해 주겠다고 말했다. 하루 종일 밖에 있으면 배가 더 고프기 마련이라고 했다. 프랑크는 고개를 저으며 테이블 위의 접시와 컵을 차곡차곡 정리해 놓았다. 계산서를 기다리는 동안, 프랑크의 핸드폰이 다시 울렸다. 오스카에게서 온 문자 메시지였다.

거기에는 쿱바가 죽었다고 적혀 있었다.

프랑크와 엄마는 침묵을 지키며 호텔 방으로 갔다. 엄마는 샤워를 하고 침대에 누웠고, 프랑크는 숙제를 하기 위해 책을 펼쳤다. 쉴 새 없이 땀을 흘리던 엄마는 짭짤한 감자 칩을 먹고 물을 마셨다. 베란다 문을 통해 바닷가에서 헤엄을 치는 사람, 대화를 나누는 사람, 길을 걷는 사람들의 소리가 들려왔다.

"도랑에서 숨을 거두다니……."

엄마는 초점 없는 눈으로 멍하니 앞만 바라보았다.

프랑크는 과학책을 읽었다. 달에 대한 단원이었다. 달이 지구를 한 바퀴 도는 데는 한 달이 걸린다. 1월, 2월 등 월을 셀 때 사용하는 말은 달에서 따왔다고 한다. 옛날 사람들이 믿었던 것처

럼 달의 뒷면에는 사람이 살지 않는다고 했다. 물론, 달의 앞면에
도 사람이 살지 않는다. 지구에 밀물과 썰물 현상이 일어나는 것
은 달 때문이다. 달이 지구의 물을 끌어당기고 밀치는 것이다. 지
구의 한쪽에서 밀물 현상이 생기면, 그 반대쪽에는 썰물 현상이
일어난다. 지구 전체에서 밀물이나 썰물 현상이 똑같이 일어날
수는 없다.

"그래…… 쿱바는 나이가 많았잖아. 모르긴 해도 여든은 되었
을 텐데."

엄마가 중얼거렸다.

프랑크는 책을 덮고 학교의 과학 수업을 떠올렸다. 어쩌면 아
이들은 달에 대해 배울 때, 천장의 불을 끄고 달에 대한 영화를
볼지도 모른다. 영화가 끝나면 외르겐이 불을 켤 것이고, 에델은
평소와 다름없이 이상한 말을 토해 낼 것이다. 예를 들어, "난 썰
물이 싫어!"라고 말이다.

"그건 왜지?"

선생님은 분명 그렇게 물을 것이다.

"바닷물이 쑥 빠지면 해안에는 미끈미끈한 해초와 미역이 드
러나잖아요. 어휴, 생각만 해도 싫어요!"

"그건 남자 어른들이 허리를 굽힐 때 셔츠와 바지 사이의 피부
가 드러나는 것과 마찬가지예요."

알렉산드라는 이렇게 말할 것이다.

"맞아. 어휴, 정말 싫어. 엉덩이가 보일 수도 있잖아! 썰물 때도 마찬가지야!"

에델은 분명 이렇게 맞장구를 칠 것이다.

선생님은 수업을 마치며 긍정적인 결론을 내리기 위해 이렇게 말할 것이다.

"달은 하늘의 장식품이라고도 할 수 있단다. 보름달이 환하게 뜨면 우린 늦은 저녁 시간에도 손을 잡고 산책을 할 수 있어."

"사람들은 여든 살을 넘기면 한계를 느끼게 될 거야. 그렇지, 프랑크?"

"사람들은 돈을 위해선 무슨 일이라도 하는 것 같아요."

"쿱바가 도랑에서 쓰레기를 주웠던 것은 돈 때문이 아냐."

"엄마가 친절경진대회를 열지 않았더라면 쿱바는 도랑에서 쓰레기를 줍지 않았을 거예요."

프랑크는 베란다로 나가 보았다. 네모난 호텔 수영장은 위에서 내려다보니 마치 벽에 걸어 놓은 그림처럼 보였다. 반바지와 비키니를 입은 사람들은 그림 속에 들어갔다가 나오기도 하고, 액자의 가장자리에 걸터앉아 다리를 달랑거리다가 그림 속으로 뛰어들기도 했다.

수영장에서는 밀물과 썰물 현상을 볼 수 없다. 항상 가장자리를 넘칠 듯 말 듯 물이 찰랑거릴 뿐이다.

엄마는 프랑크에게 로비에 있는 편의점에 가서 감자 칩을 더 사 오라고 시켰다. 편의점 앞에는 마그누스가 서 있었다. 프랑크는 모른 척 그를 지나치려 했지만, 마그누스는 마치 외국인 어른처럼 손을 들어 악수를 건넸다. 프랑크는 뻣뻣하게 그의 손을 잡아 쥐었다.

"구두닦이 소녀에 대한 일은 내가 좀 심했던 것 같아."

마그누스가 말했다.

"응."

"난 아무렇지도 않았지만 네게 좀 충격적인 일이었던 것 같네. 난 집에서 컴퓨터 게임을 자주 해. 게임을 하다 보면 총으로 머리를 쏘고 머리통 밖으로 흘러나오는 뇌를 볼 때가 있어. 허공에서 사람을 산산조각 내기도 하고 땅에 쓰러진 사람들을 불도저로 밀어 버리기도 하지. 이처럼 갖가지 끔찍한 모습을 보다 보면 어느새 익숙해져 버려. 그래서 난 네가 구두닦이 소녀가 맥주를 마셔도 놀라지 않을 거라고 생각했어."

프랑크는 아무 말도 하지 않았다.

"다음번엔 좀 더 나은 걸 보여 줄게."

"다음번이라고?"

"응."

"알았어."

프랑크와 엄마는 저녁이 되자 각자의 핸드폰만 들여다보았다. 엄마는 뉴스를 확인해 보았지만 쿱바가 죽었다는 기사는 찾을 수 없었다. 하지만, 통학 버스가 사라져서 학부모들이 학생들을 학교까지 차를 태워 주었다는 기사는 볼 수 있었다. 어떤 학부모들은 있을 수 없는 일이라고 화를 냈고, 또 다른 학부모들은 버스 기사도 가끔 쉴 때가 있어야 한다고 말했다.

프랑크는 모래와 바닷물을 배경으로 자신의 두 발을 찍은 사진을 친구들에게 보냈다. 답장을 받기까지는 꽤 오랜 시간이 걸렸다. 데니사는 마치 장총처럼 어깨에 파리채를 걸친 자신의 사진을 보냈다. 그 애는 동네의 집집마다 돌아다니며 파리를 잡아 준다고 했다.

"이건 매우 착한 행동이야. 꼭 네가 너희 엄마에게 알려드렸으면 좋겠어!"

프랑크는 데니사의 아이디어가 마음에 들었다. 만약 집에 있었더라면 그도 집집마다 파리를 잡아 주기 위해 데니사와 함께 다녔을 것이다. 여름에는 몇 분만 창문을 열어 놓아도 집 안으로 파리가 들어온다. 다시 나갈 곳을 찾지 못한 파리는 윙윙 소리를 내며 창문이란 창문은 다 찾기 마련이다. 파리들은 창문이 나갈 구멍이라 생각할 것이다. 파리들은 마치 물수제비를 뜬 돌멩이가 수면에 부딪치는 것처럼 창문에 부딪힌다. 누가 보면 파리들은 머리끝까지 화가 나 있다고 생각할지도 모른다.

하지만 프랑크가 집에 없기 때문에 데니사는 혼자 다녀야 했다. 너무나 세게 내리쳤기 때문에 파리들은 몸 밖으로 터져 나온 자신들의 내장 속에 파묻힐 정도였다. 동네의 한 아주머니가 데니사를 칭찬해 주었다.

"참 재빠르구나."

"네."

"파리가 죽었으니 그렇게 여러 번 내리치지 않아도 된단다."

그녀는 휴지를 손에 들고 데니사의 뒤를 졸졸 따라다녔다.

"거기서 떨어지지 않으려면 조심해."

"앗, 파리가 옆 창문으로 날아갔어. 잠깐만! 잠깐만 기다려 봐! 내가 얼른 튤립 꽃병을 치울게!"

그녀는 파리가 자꾸 음식 위에 앉는다며 화를 냈다. 한 번은 손님이 와서 갓 구운 빵에 치즈를 얹고 잼을 발라 대접한 적이 있었다. 손님은 그것이 건포도 빵인 줄 알고 먹었다. 나중에 알고 보니 건포도라고 생각했던 것은 파리였다.

데니사가 방문했던 다음 집엔 혼자서도 파리를 잘 잡을 수 있는 할아버지가 살고 있었다.

"파리는 불빛을 찾아간단다. 방 안에 있는 파리를 밖으로 내보내려면, 그 방의 불을 끄고 다른 방의 불을 켜 놓으면 돼. 그러면 파리들은 불이 켜진 방으로 날아가겠지. 그런 식으로 평소 사용하지 않는 방에 파리를 모은 후에 불을 끄고 창문을 열어 두면 된단다. 그러면 창문 밖으로 날아가게 되지."

데니사는 미술 시간에 자신의 이름과 전화번호를 쓴 명함을 만들었다. 그리고 그 명함을 동네 우체통에 빠짐없이 넣었다. 성가신 파리 때문에 귀찮아하는 사람들이 있다면 명함에 적힌 전화번호를 누르고 데니사를 부르기만 하면 된다.

"그게 전부야?"

오스카가 물었다.

"아냐. 내가 얼마나 재빠른지 알게 된다면, 그들은 다른 일에도 도움이 필요하다며 내게 전화를 할 거야. 예를 들어, 잔디 깎는 일이라든지……. 나이가 많은 사람들은 힘이 없어서 잔디 깎는 기계의 시동줄을 힘껏 잡아당길 수가 없잖아. 손목이 약해져서 그래. 하지만 난 아직 손목이 튼튼하거든!"

"잔디도 깎아 줄 거니?"

"아냐. 난 잔디 깎는 기계의 시동만 걸어 줄 거야. 잔디 깎는 일은 그들이 직접 하면 돼."

"참 착한 일 같긴 해."

오스카는 데니사의 명함을 찬찬히 살펴보며 말을 이었다.

"하지만 네가 친절경진대회에서 1등을 할 수는 없을 것 같아."

돈으로 할 수 있는 것

다음날, 아침 식사를 마친 엄마와 프랑크는 작은 슈퍼마켓에 들렀다. 엄마는 토마토를 샀고, 프랑크는 과일 맛 캐러멜을 샀다.

"오늘 마그누스와 함께 놀아도 될까요?"

프랑크가 엄마에게 물어보았다.

"물론이지. 그런데 그 애는…… 뭐랄까, 좀 경박하지 않니?"

"조금 그런 것 같기도 해요."

프랑크는 경박하다는 것이 무슨 뜻인지 잘 몰랐지만 대충 대답했다.

"너희 둘은 함께 있을 때 뭘 하며 시간을 보내니?"

"그냥 걸어요."

"그 애가 네게 나쁜 영향을 미치지만 않았으면 좋겠구나."

"그런 일은 없을 거예요."

"그리고 갑자기 내일 아침에 눈을 떴는데 네가 낙하산에 매달려 있다거나 그런 일도 없었으면 좋겠어."

"걱정 마세요."

"약속할 수 있겠니?"

"네, 약속할게요."

프랑크는 피오르에 천천히 들어오는 거대한 크루즈 선박처럼 걸으려 했다. 마그누스는 구경거리가 있는지 주변을 둘러보며 조금 앞장서서 걸었다. 두 사람은 어느덧 산책로를 벗어나 아래쪽 선착장에 도착했다. 그곳에는 한 무리의 사람들이 모여 커다란 보트를 바라보고 있었다. 마그누스는 그것이 보트가 아니라 요트라고 했다. 그는 커다란 보트를 요트라고 부른다고 가르쳐주었다.

요트의 하얀 갑판 위에는 머리카락이 한 오라기도 없는 남자가 선글라스를 끼고 수영복 바지를 입은 채 앉아 있었다. 그의 주변에는 서로 다른 색의 비키니를 입은 여자 세 명이 비스듬히 누워 있었다. 분홍색, 갈색, 흰색의 비키니였다. 요트 뒤편에는 적어도 여자 두 명이 더 있었다.

"우아!"

마그누스가 감탄했다.

요트를 구경하는 사람들은 남자들밖에 없었다. 어떤 이들은 요트에 대해 이야기를 나누고 있었고, 다른 이들은 비키니를 입은 여자들을 바라보고 있었다. 날씬한 여자 한 명이 유리잔을 가

저와 대머리 남자에게 건넸다. 그녀의 비키니는 황금으로 만든 듯 반짝반짝 빛이 났다. 요트를 구경하던 무리 속에 있던 한 남자가 휘파람을 휘익 불었다. 요트 위에 있던 사람들은 휘파람 소리에 전혀 개의치 않았다.

"여자 다섯 명! 돈이 많으면 저렇게 살 수도 있어!"

"저 여자들은 딸일지도 모르잖아."

마그누스는 프랑크의 말에 큰 소리로 웃었다.

"나이로 보면 그런 것 같아."

프랑크가 말했다.

마그누스와 프랑크도 무리 속에 섞여 요트 구경을 했다.

그 순간, 프랑크의 전화가 울렸다. 시간이 너무 많이 지났다며 얼른 점심을 먹으러 오라는 엄마의 전화였다. 프랑크는 "네.", "알았어요.", "금방 갈게요."라고 대답했다. 마그누스는 프랑크를 바라보며 체념한 듯 미소를 지었다.

"기다려."

프랑크가 말했다.

마그누스는 대답 대신 손을 내밀었다. 프랑크는 잠시 주저했다. 주머니의 지퍼가 고장났으면 좋겠다고 생각했지만 지퍼는 너무나 부드럽게 잘 열렸다. 프랑크는 주머니에서 새 지폐 한 장을 꺼내 마그누스의 손에 건네주었다.

엄마는 새로운 레스토랑에서 점심을 먹고 싶다고 했다. 둘은 산책로 반대편에 있는 레스토랑으로 들어갔다. 테이블은 푸른색 체크무늬 테이블보로 덮여 있었다.

"빨간색 체크무늬였다면 더 좋았을 텐데. 빨간색 체크무늬는 이탈리아를 연상시키거든."

엄마가 말했다.

"여긴 이탈리아가 아니잖아요."

"그렇긴 하지만…… 네가 웨이터에게 한번 물어볼래?"

"뭘요?"

"빨간색 체크무늬 테이블보를 마련해 주면 안 되냐고 한번 물어봐."

프랑크는 다른 테이블을 바라보았다. 모두 파란색 체크무늬 테이블 보였다.

"저는 빨간색 체크무늬 테이블보를 영어로 뭐라고 하는지 몰라요."

프랑크가 말하자 엄마는 실망한 표정을 지었다.

"알았어."

두 사람은 아무 말도 하지 않고 각자 메뉴를 확인했다.

"중학교에 가면 배울 거예요."

엄마는 프랑크의 말에 대답을 하지 않았다. 엄마는 샐러드를 주문했고, 프랑크는 오믈렛을 주문했다. 오믈렛에는 양파가 들어 있었지만 포크로 골라내면 된다고 생각했다. 프랑크는 핸드폰을 확인했다. 새로 온 문자 메시지는 없었다. 두 사람은 거의 30분 동안 아무 말 없이 주문한 음식이 오기만을 기다렸다. 엄마가 화장실에 간다며 자리에서 일어났다. 프랑크는 엄마가 정말 화장실에 가고 싶어서 일어났는지, 아니면 푸른색 체크무늬 테이블 위에 흐르는 어색한 침묵을 피하기 위해 잠시 자리를 비우는 것인지 알 수 없었다.

음식이 테이블에 도착하자마자 프랑크의 주머니 속에 있던 핸드폰이 울렸다. 프랑크는 오스카나 데니사에게서 온 문자 메시지일 것이라고 짐작했지만, 확인해 보니 그것은 에델에게서 온 것이었다. 이전에는 에델에게서 문자 메시지를 받은 적이 단 한 번도 없었다.

"음식이 식기 전에 얼른 먹어."

엄마가 말했다.

"에델에게서 온 문자 메시지예요."

"에델? 그 애의 부모는 무슨 생각으로 그런 이름을 자식에게 지어 주었는지 모르겠구나."

엄마가 주문한 샐러드에는 닭고기와 사각형의 치즈 조각이 들어 있었다. 프랑크의 오믈렛에는 구운 달걀과 소시지, 버섯과 양파 조각이 들어 있었다.

"에델이 우리 보고 얼른 집에 돌아오래요."

엄마가 미소를 지었다.

"에델이 너를 좋아하나 보구나."

"아니에요. 에델이 보낸 메시지에는 이렇게 적혀 있어요. 우리 개가 사라졌어! 얼른 돌아와!"

"무슨 뜻일까? 우리더러 얼른 집에 돌아와서 자기 개를 찾아 달라는 거니?"

"그런 일이 생겼던 건 우리가 집에 없기 때문이래요. 아니, 엄마가 집에 없기 때문이라는 뜻이에요. 친절경진대회를 열었던 건 엄마였잖아요. 그런데 엄마가 집에 없으니 사람들이 착한 일을 할 마음이 사라져 버린 거예요."

엄마가 콧방귀를 뀌었다.

"그게 에델의 개와 무슨 상관이니?"

"에델은 누군가가 자기 개를 납치했다고 생각하고 있어요."

"쳇! 설사 내가 납치범이라 하더라도 에델의 개는 사양할 것 같아. 거저 줘도 안 가져갈 거야."

프랑크는 엄마의 말에 동의했다. 에델이 키우는 작은 개는 쉴 새 없이 짖고, 사람들을 졸졸 따라다니며 귀찮게 했다. 아마도 그 개는 이 세상에서 자기가 제일 크다고 생각할지도 몰랐다.

"우리가 없는 사이에 마을에선 이상한 일이 계속 일어났어요. 쿰바가 도랑에서 쓰러졌고, 누가 헬게 뮈르의 잔디 깎는 기계의 시동줄을 끊어 놓았고, 학교 통학 버스는 스웨덴으로 가 버렸고,

이젠 에델의 개가 사라졌어요."

엄마는 말없이 음식을 씹어 넘겼다. 입안에 음식이 가득 들어 있으면 말을 하는 대신 생각을 해야 하는 것만 같았다.

"내가 마을에 없으니 착한 일을 하려고 노력을 하지 않나 보지, 뭐. 하지만 그렇다고 해서 하룻밤 새에 동네 사람이 개 도둑이 될 리는 없잖아. 쿱바의 일은 좀 마음이 아프긴 해. 그렇지만 네가 지금 줄줄이 말했던 것은 언제든 일어날 수 있는 사소한 일이라고 생각해."

"사소한 일이라고요? 통학 버스가 스웨덴으로 가 버린 것도요?"

"모기에 물린 자국보다 좀 더 크다고 하자."

엄마가 말했다.

프랑크는 포크로 양파 조각을 걷어내 접시 가장자리에 모았다. 마치 선생님이 교실에서 떠드는 아이들을 한데 모아 복도로 내보내는 것처럼.

"우리가 여행을 가려고 했던 날 엄마도 그렇게 말했잖아요. 우리가 너무 일찍 떠나는 게 아니길 바란다고요. 사람들이 착한 일을 하는 게 습관이 되었으면 좋겠다고도 했잖아요."

"그랬지. 하지만 개와 고양이가 없어지는 건 자주 있는 일이란다. 동물들은 가끔 바람을 쐬기 위해 며칠씩 집을 나갔다가 다시 돌아오기 마련이야. 달라진 게 있다면 집으로 돌아온 후엔 이전보다 훨씬 더 배가 고프다는 것뿐이야."

프랑크는 천천히 음식을 씹으며 고개를 절레절레 저었다.

"난 우리가 너무 일찍 마을을 떠났다고 생각해요. 앞으로 상황이 더 악화될 것 같아요. 이게 시작일 뿐이라는 생각이 들어요."

점심 무렵 프랑크는 마그누스와 만났다. 마그누스는 프랑크에게 이전에는 보지 못했던 것을 보여 주겠다고 이미 약속한 터였다. 마그누스는 프랑크가 이전에 무엇을 보지 못했는지 알 리가 없었지만, 내심 확신하는 듯했다. 2분만 걸어가면 되는 거리였다. 프랑크는 터벅터벅 마그누스의 뒤를 따랐다. 두 사람은 요트 뒤에 따르는 구명보트처럼 산책로를 함께 걸으며, 푸른색 옷을 입고 구걸하는 아프리카 여인을 지나쳤다. 그녀는 엉금엉금 기며 땅에 떨어진 동전을 줍고 있었다. 누군가 길을 가다 그녀의 구걸 통을 발로 찬 모양이었다. 일부러 그랬는지, 모르고 그랬는지는 알 수 없었다. 그녀가 고개를 들었다. 비뚤어진 코 위에 자리한 하얗고 공허한 눈동자가 프랑크의 눈동자와 마주쳤다.

마그누스와 프랑크는 호텔 옆에 자리한 카페 앞에서 발을 멈추었다. 카페 옆에는 물놀이 용품을 파는 가판대가 있었다. 산책로에서 바닷가로 이르는 내리막길은 매우 가팔랐다. 만약 거기에서 떨어진다면 심하게 다칠 것이 틀림없었다. 그 때문에 길옆에 울타리가 세워져 있는 것 같았다.

"저기 빨간 반바지에 하얀 티셔츠를 입은 남자아이 보이지?"

마그누스가 말했다.

"지금 물을 마시고 있는 애?"

한 남자아이가 울타리 옆에 서서 물병을 비우고 있었다.

"난 방금 저 아이를 찾아냈어. 화장실에 가려고 제일 앞쪽에 줄을 서 있더라고."

마그누스가 가리키는 소년은 그곳에 사는 아이처럼 보였다. 뼈가 앙상한 어깨에 등을 꼿꼿이 세운 소년은 금방이라도 무엇을 가져오기 위해 달릴 준비가 되어 있는 것 같았다. 대부분의 관광객들은 소년에 비해 살이 통통한 편이었다.

"저 아이가 왜?"

프랑크가 물었다.

"저 애가 아무 일도 하지 않는다면 난 내 돈을 돌려받을 거야."

"네 돈?"

마그누스가 대답 대신 고개를 끄덕였다. 프랑크는 그 돈은 자기 돈이라고 말하고 싶었다. 곧, 마그누스가 고개를 끄덕였던 것은 소년에게 주는 신호였다는 것을 깨닫게 되었다.

프랑크는 앞으로 무슨 일이 벌어질지 전혀 알 수 없었다. 아니, 어쩌면 속으로는 대충 짐작하고 있었을지도 모른다. 프랑크는 울타리 너머로 상체를 굽혀 아래를 내려다보았다. 소년의 바로 아래쪽에는 뚱뚱한 남녀 한 쌍이 누워 일광욕을 하고 있었다.

그들은 모래 위에 수건을 깔고 그 위에 누워 있었다. 여자는 선글라스를 끼고 있었고, 남자는 눈 위에 티셔츠를 덮고 있었다.

첫 번째 물방울은 여자에게 떨어졌다. 여자는 몸을 움찔했지만 소리를 지르진 않았다. 그녀에게 떨어졌던 물방울은 그리 차갑지 않았기 때문이었다. 그녀는 고개를 들어 남자를 바라보았다. 아마도 옆에 누워 있던 남자가 장난을 치는 줄 알았을 것이다. 하지만 남자는 여전히 티셔츠로 눈을 가린 채 꼼짝 않고 누워 있었다. 곧, 여자는 자신에게 떨어졌던 것이 뭔가 이상하다는 것을 깨달았다. 여자가 상체를 일으켜 위를 바라보았다.

소년이 누고 있던 오줌이 그녀의 눈을 정면으로 맞추었다. 지금까지 단 한 번도 본 적이 없는 광경이었다. 소년은 몸을 돌려 남자에게 오줌을 누기 시작했다. 동시에 여자가 비명을 질렀다. 남자가 깜짝 놀라 몸을 일으켰다. 여자의 까마귀 소리 같은 비명 때문이었는지, 아니면 소년의 오줌 때문인지는 알 수 없었다. 어쩌면 둘 다였을 것이다.

여자가 낯선 외국어로 소리치며 울타리 위에서 그들에게 오줌을 누고 있는 소년을 가리켰다. 남자도 위협적으로 소리를 치기 시작했다. 남자는 무거운 몸을 일으키려 했지만 마음처럼 잘 되지 않는 것 같았다. 그는 몸을 일으키는 데 꽤 많은 시간을 소비했다. 그사이에 소년은 남자의 반짝이는 대머리에 오줌을 누었다. 남자의 머리를 맞춘 오줌은 사방팔방으로 튀었다. 남자가 버럭 소리를 질렀다. 프랑크는 멍하니 입을 벌린 채 제자리에 꼼짝 않고 서 있었다. 마그누스는 크게 소리를 내어 웃었다. 오줌을 누던 소년은 갑자기 두려워졌는지 바지를 추켜올린 후, 울타리를 휙 뛰어넘어 어리둥절해하는 관광객들 사이로 자취를 감추었다.

모래밭에 누워 있던 남자와 여자는 돌계단을 뛰어올라 소년이 사라진 산책로로 달려갔다. 두 사람은 달리면서도 계속 주변을 두리번거리며 큰 소리로 욕을 했다. "정말 아무도 못 봤어요? 왜 아무도 소년을 잡지 않았나요? 모두 눈이 멀었나요?" 하지만 아무도 그들을 도와주지 않았다. 한 여인이 소년이 사라진 두 갈래 길을 가리켰을 뿐이었다.

마그누스는 재밌는 광경을 보았던 것을 기념하기 위해 아이스크림 두 개를 샀다. 그는 터져 나오는 웃음을 참으려 애를 썼다. 그러나 프랑크의 얼굴을 본 그는 결국 큰 소리로 웃음을 터뜨리고 말았다.

"너도 봤지?"

"응."

프랑크는 마그누스가 건네주는 아이스크림을 받아들며 대답했다.

"웃기지?"

"아니."

"왜? 그렇게 웃기는 광경을 보면서도 웃기지 않는다고?"

마그누스가 아이스크림을 크게 한 입 베어 물며 말했다. 프랑크는 손에 쥔 아이스크림을 가만히 바라보기만 했다.

"만약 소년이 그들에게 잡혔다면 어떡할 뻔했어?"

"그게 왜?"

"소년이 맞을 수도 있잖아."

"그래서?"

"그 애가 고자질을 하면 어떡하려고?"

"딱 잡아떼면 그만이야. 도망을 쳐도 되고."

프랑크는 고개를 절레절레 저었다. 그들은 편의점을 나와서 사람들 사이를 헤치며 길을 걷기 시작했다. 마그누스는 허겁지겁 아이스크림을 먹었고, 프랑크는 마치 불이 켜진 양초처럼 조심스레 아이스크림을 손에 들고 조금씩 먹었다.

"평생 기억에 남을 일이라고 생각하지 않니?"

"그 애에게 미리 돈을 주었니?"

"응."

"그 애가 돈만 받고 도망을 칠 수도 있었잖아?"

"정직한 소년이었어. 첫눈에도 알 수 있었다고."

마그누스는 마치 아이스크림이 작대기에 녹아들어 간 것처럼 작대기를 입에 넣고 쪽쪽 빨았다. 프랑크는 아이스크림을 먹고 싶은 마음이 사라졌다. 아이스크림이 녹아 그의 손가락 사이로 흘러내리기 시작했다.

마그누스는 근처 편의점으로 들어가 냅킨을 가져왔다. 그는 프랑크가 마치 조그마한 어린아이라도 되는 것처럼 그의 아이스크림을 휴지통에 집어넣고 냅킨을 건네주었다.

"그냥 재밌으라고 한 일이었어. 우린 한바탕 크게 웃을 수 있었고, 그 애는 돈을 벌 수 있었어. 몇 초 만에 1천 크로네를 버는 건 쉽지 않아. 그 애를 불쌍하다고 생각할 필요는 없어. 걔는 그 돈으로 가족들을 위해 맛있는 음식을 살 수 있을 테니까."

"너 같으면 그런 일을 할 수 있겠니?"

프랑크가 냅킨으로 손가락을 닦으며 물었다. 냅킨은 두껍고 매끈매끈해서 그리 큰 도움이 되지 않았다.

"그건 전혀 다른 차원의 일이야."

마그누스가 대답했다.

"어째서?"

"만약 그 남자와 여자가 나를 잡았더라면 분명히 내게 주먹질을 했을 거야. 하지만 대부분의 사람들은 조그마한 아이들에게 손찌검을 하지 않아."

두 사람은 침묵을 지키며 발을 옮겼다. 프랑크는 화창한 햇살을 받으며 휴가를 즐기는 사람들을 바라보았다. 마그누스가 곁눈질로 프랑크를 쳐다보았다.

"걱정할 필요 없어."

"하지만 그 관광객들은……."

"어휴, 그건 오줌일 뿐이야. 샤워를 해서 씻어 버리면 그만이라고. 넌 물속에서 얼마나 많은 사람들이 오줌을 누는지 아니? 넌 오줌물에서 수영을 한다 해도 과언이 아냐. 다른 점이 있다면 샤워하기 전에 오줌물에 몸을 담그느냐, 샤워하고 나서 오줌물을 맞느냐 하는 것뿐이야."

프랑크가 마그누스를 빤히 쳐다보았다.

"사람들이 물속에서 오줌을 눈다고?"

"응. 몰랐어?"

"누가 그런 말을 했니?"

"척 보면 알잖아. 바닷가에서 일광욕을 하거나 헤엄을 치는 사람들이 화장실 가는 걸 본 적이 있니? 그 사람들은 모두 물속에서 볼일을 보기 때문에 그런 거야."

프랑크는 단 한 번도 그런 생각을 해 본 적이 없었다. 일광욕을 하다가 물속에 들어가는 사람들은 헤엄을 치기 위해 들어간다고만 생각했다. 그런데 어떤 사람들은 단지 볼일을 보기 위해서 물속에 들어간다고?

"너도 그러니?"

"물론이지!"

마그누스가 당연하다는 듯 대답했다.

그들의 앞에는 에어 매트리스를 옆에 낀 여자아이 한 명이 걸어가고 있었다. 어머니로 보이는 여자가 아이를 부르자 아이가 몸을 돌렸다. 그 바람에 아이가 들고 있던 매트리스가 웨이터의 엉덩이를 건드렸고, 웨이터는 손에 들고 있던 접시를 땅에 떨어뜨렸다. 그 모습을 본 프랑크는 자기도 모르게 미소를 지었다.

"어쨌든 재미있었지? 그렇지?"

마그누스가 물었다.

"하지만 그다지 좋은 일이라고는 할 수 없었어."

"난 좋은 일인지 나쁜 일인지 묻지 않았어. 난 그게 재미있었냐고 물어봤을 뿐이야."

"어…… 응."

프랑크가 주저하며 대답했다.

두 사람은 각자의 엄마가 있는 곳으로 돌아갈 때까지 아무 말도 하지 않았다.

프랑크는 엄마의 옆에 드러누웠다. 엄마는 모자를 얼굴에 덮어쓴 채 코를 골고 있었다. 배 위에 펼쳐져 있던 책은 엄마가 숨을 쉴 때마다 파도 위의 에어 매트리스처럼 올라갔다 내려갔다를 반복하며 움직이고 있었다.

모든 일은 균형을 이루기 마련

아무 곳에나 차를 주차하는 것은 불법이다. 스웨덴에서도 마찬가지다. 버스 기사는 이왕 불법 주차를 할 바에는 조그만 경차보다는 커다란 버스가 낫다고 말했다. 버스는 견인하기에 그리 쉽지 않으니 말이다.

"노란 벽과 파란 테이블."

괴짜가 버스에서 내리며 말했다. 좌석에 비스듬히 누워 잠을 잤던 그들의 머리는 옆으로 납작하게 눌려 있었다.

"꼭 텔레비전에서 보았던 그 카페일 필요는 없잖아요?"

기사가 말했다.

"꼭 그 카페라야만 해요."

"당신이 벽과 테이블을 마실 건 아니잖아요. 중요한 것은 커피예요. 그렇죠?"

"그건 맞는 말이에요."

두 사람은 여러 개의 카페를 지나쳤다. 괴짜는 기사에게 카페 안으로 들어가서 물어보라고 등을 떠밀었다. 그곳 사람들은 노르웨이어를 사용하지 않았다. 하지만 버스 기사가 노르웨이 말을 천천히 하니 스웨덴 사람들은 다 알아듣는 것 같았다. 국경을 사이에 둔 서로 다른 나라이지만, 완전히 서로 다른 나라 같지는 않았다. 우유는 우유, 컵은 컵. 하지만 자기 자신과 상대방을 가리키는 말은 조금 달랐다.

"내가 '니'인가요?"

"아니에요. '니'는 당신이라는 뜻이랍니다."

계산대 뒤에 서 있는 점원은 턱수염과 콧수염을 기른 남자였다. 그의 입술은 수염에 가려 거의 보이지 않았다.

"여기서 커피를 파나요?"

괴짜가 점원에게 물었다.

"네, 여기는 커피를 파는 카페입니다."

"우유로 커피에 그림을 그릴 수 있나요?"

"네……."

"성탄절 트리도?"

"네."

"하트도?"

"네."

괴짜는 잠시 생각에 잠겼다.

"고양이도?"

"고양이요?"

점원이 잠시 생각에 잠겼다.

"그건 못 만들어요. 어려울 것 같아요. 하지만 원하신다면 시도는 해 볼게요."

"그럴 필요는 없어요. 바퀴는 만들 수 있나요? 버스 바퀴?"

점원은 괴짜와 버스 기사를 번갈아가며 바라보았다.

"네. 여름 바퀴를 만들어 드릴까요, 겨울 바퀴를 만들어 드릴까요?"

괴짜는 점원의 말에 큰 소리로 웃었다. 카페 안에 있던 사람들이 그의 웃음소리에 일제히 고개를 돌려 괴짜를 바라보았다.

두 사람은 작고 동그란 테이블 앞에 자리를 잡고 앉았다. 테이블은 너무나 작아 커다란 쟁반을 올려 둘 수도 없을 정도였다. 두 사람은 각자의 커피 잔을 내려다보았다.

"첫 모금을 마시고 나면 바퀴가 사라질 거예요."

버스 기사가 괴짜에게 말했다.

"그렇다면 아주 크게 첫 모금을 마셔야겠군요. 그래야 남은 커피를 마실 때 지루하지 않을 테니까. 그리고 우린 커피 두 잔을 시켜야 해요."

"두 잔이라고요?"

"버스 바퀴는 네 개잖아요."

"그렇군요. 한 사람이 두 잔씩 마셔야겠네요."

괴짜가 커피 잔을 들어 크게 한 모금 들이키고 눈을 지그시 감았다. 그의 입속에는 하얀 우유 바퀴가 자리하고 있었다. 그는 커피를 삼키기 전에 바퀴를 입속에서 몇 번 굴렸다. 그가 눈을 뜨고 천장을 바라보았다. 벽 위쪽에는 낡은 주전자 하나가 걸려 있었다. 주전자들의 천당도 있을까.

곧 두 사람은 집으로 되돌아가기 위해 버스에 올라탔다. 오랜 시간이 걸리는 여행이었지만, 두 사람은 개의치 않았다. 배 속에 바퀴가 있으니 몇 시간 동안 버스를 타는 것은 아무 문제도 되지 않았다.

엄마는 금세 잠이 들었다. 프랑크는 뜬눈으로 생각에 잠겨 이리저리 뒤척였다. 가끔 천장의 환풍기에서 나는 소리를 제외한다면 호텔 방 안에는 아무 소리도 들리지 않았다. 프랑크는 관광객들에게 오줌을 눈 소년이 집에선 어떻게 지낼지 상상했다.

문득, 엄마도 지중해 바닷물 속에서 오줌을 눈 적이 있는지 궁금해졌다. 마을은 지금 어떻게 돌아가고 있는지도 궁금해졌다. 내일이면, 개나 버스, 또는 잔디 깎는 기계의 시동줄이 사라진 것보다 훨씬 이상한 일이 연이어 일어날 것 같은 불길한 생각이 들었다. 프랑크는 미니 골프장을 떠올렸다. 데니사는 미니 골프장 사진을 찍어 프랑크에게 보내 주었다. 나무 꼭대기에는 3학년 남학생 한 명이 6학년 여학생과 함께 앉아 있었다. 보아하니 3학년 남학생이 최고 기록과 동일한 기록을 세운 것 같았다. 이제 나무 꼭대기에는 두 사람이 앉아 있다. 모래 놀이터에서 몸을 일으키는 것도 힘겨워할 정도로 조그마한 3학년 학생이 어떻게 최고 기록을 세울 수 있었을까. 프랑크는 아무리 생각해도 이해할 수가 없었다. 더군다나 그 학생은 미니 골프장을 만들 때 못질을 한 적도 없는데! 미니 골프장의 모습을 떠올린 프랑크는 어느새 스르르 잠에 빠져 버렸다.

데니사와 오스카도 각자의 집, 각자의 침대 위에서 잠을 잤다. 마을은 쥐죽은 듯 고요했다. 프랑크는 다음날이 되면 분명 이상한 일이 생길 것이라 짐작했다.

하지만 다음날 날이 밝기도 전에 이미 이상한 일은 일어나 버렸다. 그 일은 마을이 정적에 빠져 있던 한밤중에 일어났다. 30분에 한 대씩 지나가던 차들이 1시간에 한 대씩 지나갈 정도로 거리의 움직임도 뜸해졌다. 새벽 4시, 마지막으로 차 한 대가 지나갔다. 주유소 편의점에서 근무하는 여인이 일을 마치고 퇴근하던 참이었다. 마을을 지나치던 여인은 지금껏 한 번도 못 보았던 밝은 불빛을 발견했다. 그것은 여느 가로등 불빛과는 달랐다. 그것은 살아 있는 불빛이었다. 그녀는 브레이크를 밟았다. 불빛은 농부의 정원에서 흘러나오고 있었다. 농부는 가끔 낙엽이나 낡은 목재를 태우긴 했지만 정원에서 불을 피운 적은 없었다. 한밤중에 불을 피운 적은 더더욱 없었다. 그녀는 차를 돌려 농부의 집으로 가서 초인종을 눌렀다. 대문을 두드리며 그의 이름을 부르고 싶었지만, 그녀는 그의 이름이 무엇인지 알지 못했다.

"얼른 나와 보세요! 불이 났어요! 얼른 나와 보시라니까요!"

농부가 티셔츠를 거꾸로 입은 채, 벽에 걸린 물 호스를 쥐고 급히 정원으로 뛰어나왔다. 정원에는 서로 다른 네 곳에서 불꽃이 피어오르고 있었다. 그는 호스를 당겨 가장 가까운 곳의 불길부터 끄려 했지만 이미 때는 늦은 것 같았다. 이미 다 타들어 가고 검은 재만 남아 있을 뿐이었다. 미니 골프장은 마치 노란 불꽃으로 이루어진 모자를 쓰고 있는 것만 같았다. 그는 골프장 주변의 땅에 물을 뿌렸다. 불꽃이 더 번지지 않게 하기 위해서였다.

여자가 숨을 가쁘게 쉬었다.

"석유 냄새가 나요."

그녀는 주유소 편의점에서 일을 하고 있었기에 석유에서 어떤 냄새가 나는지 잘 알고 있었다.

"네, 그러네요."

"누가 일부러 불을 지른 것 같아요."

농부가 물을 잠갔다. 힘 빠진 호스가 그의 손 안에서 축 늘어졌다.

"귀를 기울여 보세요."

그가 말했다.

불꽃이 타닥타닥 타들어 가는 소리가 났다. 마치 불꽃은 저마다 누가 먼저 더 많이 태우는지 내기하고 있는 것 같았다.

"끔찍하군요."

여자가 말했다.

두 사람은 서로에게 좀 더 가까이 다가섰다. 불꽃 옆에선 서로 가까이 서 있어야 할 것만 같았다.

"그렇군요. 하지만 불꽃은 보기에 좋아요. 타는 소리도 좋지요. 제가 어렸을 때는 자주 야외에서 텐트에서 캠핑을 하며 모닥불을 피우곤 했어요."

여자가 말하는 남자를 쳐다보았다. 남자는 불꽃을 뚫어지게 바라보았다.

"누가 우리 집 정원에 불을 지르면 난 마구 화를 냈을 거예요."

여자가 말했다.

"이 소리를 들으면 어떤 생각이 나나요?"

"불꽃이 타들어 가는 소리 말인가요?"

"네."

여자는 한참 귀를 기울이더니 고개를 절레절레 저었다.

"아무 생각도 나지 않아요."

"도시락을 열 때 달그락거리는 소리를 닮지 않았나요?"

남자가 여자를 쳐다보았다. 여자는 불꽃만 바라보았다.

"네, 저는 매일 도시락을 가지고 다녀요."

방금 아침 식사를 한 프랑크는 여전히 배가 불렀지만 더 참을 수가 없었다. 그는 손가락 한 개를 허공으로 올린 후 "헬로!"라고 외쳤다. 어깨에 네모난 가방을 맨 남자가 의외라는 표정으로 발을 멈추었다.

"코코로사 하나 주세요."

프랑크가 말했다. 프랑크는 외국에 있기 때문에 영어로 말을 해야만 했다.

남자는 일광욕 침대 쪽으로 다가와 가방의 뚜껑을 열었다. 김이 모락모락 피어올랐다. 그가 코코로사 하나를 꺼내 프랑크에게 건네주자 프랑크의 얼굴엔 실망한 기색이 어렸다.

코코로사는 옥수수였다. 프랑크는 따끈한 옥수수에 냅킨을 돌돌 말았다. 옥수수에는 무언가가 발라져 있었다. 프랑크는 그것이 버터라고 짐작했다. 엄마가 옥수수 값을 지불했다. 프랑크는 남자가 발을 돌리기를 기다렸다가 옥수수를 한 입 베어 물었다. 옥수수 알갱이는 조그만 수영복 모자를 닮았다. 맛도 수영복 모자와 비슷했다. 그가 코코로사를 거의 팔지 못했던 것을 이해할 수 있었다. 그가 "무 사세요."나 "포도씨 팝니다."라고 소리쳤어도 달라질 것은 없을 것 같았다.

"이건 문화야."

엄마가 말했다. 엄마는 프랑크가 남긴 옥수수를 다 먹었다.

마그누스는 말하는 것을 좋아했다. 그건 엄마도 마찬가지였다. 하지만 엄마는 프랑크가 대답할 수 없는 말을 주로 했다. 때문에 마그누스가 하는 말은 엄마가 하는 말보다 더 중요하게 느껴졌다. 예를 들어, 두 사람이 그늘 아래 벤치에 앉아 구슬치기하는 노인들을 바라보고 있을 때, 마그누스는 이렇게 말했다.

"넌 어떤 것을 원하니? 재밌는 일, 아니면 지루한 일?"

"뭘? 무슨 뜻이야?"

프랑크가 되물었다.

"내 말이 무슨 뜻이냐고? 난 아주 간단한 질문을 던졌을 뿐이야. 재밌는 일을 하고 싶은지 지루한 일을 하고 싶은지."

"물론, 재밌는 일이겠지."

"좋아. 나도 마찬가지야. 넌 웃고 싶니, 아니면 시무룩하게 있고 싶니?"

"그건 같은 질문이잖아."

"웃고 싶은지 기분 나빠하고 싶은지 물었어."

"물론, 웃고 싶지."

"난 재밌는 일을 하면서 웃고 싶어. 하지만 모든 사람이 항상 기뻐하며 웃을 수는 없잖아. 예를 들어, 네가 축구 경기에서 이겼다고 하자. 너는 기쁘겠지만, 경기에서 진 상대방은 기분이 나쁘겠지."

"탁구 경기도 마찬가지라고 생각해."

프랑크의 말에 마그누스는 인상을 찌푸리며 말했다.

"어떤 상황에선 모든 사람이 함께 슬퍼할 때도 있어. 예를 들어, 한 자동차 운전자가 어린 여자아이를 치었다고 하자. 여자아이는 병원으로 가야 하고, 아이의 부모는 슬퍼하겠지. 운전자도 슬퍼할 거야. 이런 경우엔 모두가 슬퍼하게 돼. 그렇지?"

"응."

"그 반대의 경우도 있어. 혀가 짧아 발음을 못하는 아이가 있다고 해 보자. 그 아이는 발음을 제대로 하기 위해 꽤 오랫동안 연습을 했고, 마침내 성공하게 되었어. 그러면 아이도 기뻐할 것이고, 아이의 부모님도 안도를 하며 매우 자랑스러워할 거야. 즉, 모두 기뻐하는 상황이 되는 거지."

"응."

"하지만 시간이 좀 흐른 후엔 모든 일은 균형을 이루기 마련이야. 교통사고를 당해 병원으로 실려 갔던 여자아이는 친구들이 초콜릿과 도널드 만화책을 들고 병문안을 올 때마다 기뻐하겠지. 친구들은 여자아이의 깁스 위에 사인펜으로 힘이 나는 말을 적어 주고, 함께 까르르 웃음을 터뜨릴 거야. 계속 슬퍼하진 않는다는 말이지. 반면, 마침내 발음을 제대로 할 수 있게 된 아이는 이전엔 제대로 말할 수 없었던 여러 가지 단어들을 입 밖으로 내어 놓을 거야. 그 중에는 분명히 나쁜 말도 있을 거라고. 예를 면……."

마그누스가 생각에 잠겼다.

"똥구멍."

프랑크가 말했다.

"하하하, 맞아."

마그누스가 웃음을 터뜨렸다. 두 사람은 갖가지 단어들을 말하며 함께 큰 소리로 웃었다. 옆에서 구슬치기를 하던 노인들이 그들을 향해 고개를 돌렸다. 프랑크와 마그누스가 그들이 구슬을 치는 모습을 보며 웃는다고 생각했기 때문일 것이다.

"그러니까 말이야……."

마그누스가 선글라스를 벗어 머리가 헝클어지지 않았는지 유리알에 비추어 보았다.

"결국엔 모든 일이 균형을 이루기 마련이라고."

"응, 하지만……."

마그누스는 프랑크가 말을 채 맺기도 전에 세차게 고개를 저었다.

"그렇지 않은 경우는 없어."

마그누스는 아이스크림을 사 주겠다며 일어섰다. 프랑크는 총총걸음으로 앞을 지나쳐 가는 한 남자를 바라보았다. 그는 산책로까지 가면서 발걸음을 옮길 때마다 방귀를 뀌었다. 화장실을 찾고 있는 게 분명했다. 프랑크는 바닷물 속에서 오줌을 누는 사람은 있을지 몰라도 똥을 누는 사람은 없을 것이라고 생각했다.

마그누스가 콘 아이스크림을 두 개 사 왔다. 콘은 손으로 쥘 수도 있고 먹을 수도 있으니 일석이조였다. 초콜릿 아이스크림 위에는 감초 가루가 뿌려져 있었고, 감초 아이스크림 위에는 초콜릿 가루가 뿌려져 있었다. 마그누스는 입을 벌린 채 콘을 씹어 먹었다.

"하지만 다른 사람에게 돈을 주면서 나쁜 일을 하라고 시키는 건 아주 잘못된 일이야."

"아냐. 단 한 가지 잘못된 점이 있다면 우리가 필요 이상으로 많은 돈을 준다는 거지. 여긴 모든 게 다 비싸. 아시아의 어떤 나라에는 2백 크로네만 줘도 청부 살인을 해 주는 사람이 있대."

"청부 살인?"

"응. 청부 살인을 직업으로 하는 사람도 있대."

"네가 어떻게 알아?"

"난 그냥 알고 있을 뿐이야. 너도 죽이고 싶은 사람이 있니?"

"뭐? 없어!"

"네가 직접 죽이는 게 아니라 다른 사람을 시켜서 죽이고 싶은 사람이 있냐고 물어본 거야."

"없어."

"너희 학교에 불량배들은 없니?"

"있긴 있지만, 그다지 나쁜 아이는 아냐. 단지 다른 아이들이 지나가면 웅덩이에 서 있다가 물을 튀기며 욕을 할 뿐이야."

저 멀리서 기계 소리가 윙윙 들려왔다. 프랑크가 고개를 돌리니, 누군가가 기계로 커다란 악어 모양의 풍선에 바람을 넣고 있는 중이었다.

"그 아이가 죽었으면 좋겠다고 생각한 적은 없어?"

마그누스가 물었다.

"없어. 그냥 멀리 사라져 버렸으면 좋겠다고 생각한 적은 몇 번 있었지만."

"그건 훨씬 비싸."

"뭐가?"

"사람들을 다른 곳으로 보내는 일. 시간도 더 오래 걸리지. 게다가 다시 돌아올 가능성도 크거든. 만약 그가 다시 돌아온다면 네가 그곳을 떠나야 할 거야. 그래서 멀리 보내는 것보다 죽여 버리는 게 훨씬 쉬워."

프랑크는 무릎 위에 닿는 마그누스의 손길을 느낄 수 있었다. 마그누스의 손바닥은 하늘을 향하고 있었다. 마치 발코니에서 손을 흔드는 왕실 귀족의 손 같았다. 그 손은 텅 비어 있었다.

"한 장 더 있지?"

마그누스의 손가락 끝이 까딱까딱 움직였다.

"하지만…… 너 설마 우리가 방금 한 이야기를……."

"프랑크!"

"아, 미안."

"여긴 아시아가 아냐."

프랑크는 마그누스가 차라리 "너 미쳤니?"라든가 "넌 나를 뭘로 보는 거니?"라는 말을 했더라면 훨씬 좋았겠다고 생각했다. 그의 마지막 말은 마치 아쉽게도 여기는 아시아가 아니기 때문에 청부 살인을 할 수 없다는 말처럼 들렸다.

프랑크는 반바지의 주머니를 만져 보았다. 주머니 속에는 지폐 한 장이 남아 있었다.

"글쎄…… 난 잘 모르겠어."

프랑크가 머뭇거리며 말했다.

"결정은 네가 해."

프랑크는 아랫입술을 꾹 깨물었다. 마그누스 같은 아이와 함께 있다 보면 아랫입술을 잘근잘근 깨물 일이 자주 일어난다. 그는 엄마와는 정반대의 사람이었다. 엄마는 사람들에게 착한 일을 하게 하려고 돈을 주고, 마그누스는 사람들에게 나쁜 일을 하게 하려고 돈을 준다.

"맥주는 절대 안 돼."

"알았어."

"대변이나 소변과 관련된 일도 안 돼."

"좋아."

"조그만 아이들에게 뭔가 시켜도 안 돼."

"아이들도 안 된다고?"

"안 돼! 절대 안 돼!"

마그누스가 주먹을 쥐었다. 마치 프랑크에게 돈을 받을 것인지 받지 않을 것인지 손가락들이 모여 회의를 하는 것만 같았다. 손톱이 살갗 속에 파고들었다. 다시 손이 펼쳐졌다. 이전과 마찬가지로 텅 비어 있었다. 프랑크는 주머니에서 마지막 지폐 한 장을 꺼냈다. 여러 번 꼬깃꼬깃 접힌 지폐는 마그누스의 손으로 옮겨 갔다. 마그누스는 돈을 받아 쥐자마자 마치 파리를 발견한 식충식물처럼 손을 오므리더니 몸을 일으켰다.

"오늘 중으로 연락할게. 생각할 시간이 필요해."

프랑크는 여전히 마을에서 정확히 무슨 일이 있었는지 잘 모르고 있었다. 온 마을에 차가운 연기가 자욱했고 불에 그을린 냄새가 가득했지만, 아무도 프랑크에게 무슨 일이 있었는지 자세하게 설명해 주지 않았던 것이다. 아이들은 학교에 가야 하니 농부의 집으로 가서 살펴볼 수도 없었을 것이다. 하지만 주유소 편의점에서 일하던 여자는 잠시 눈을 붙인 후 농부의 집으로 다시 가 보았다. 농부 롤프는 이미 재를 한데 모아 버린 후였다. 그는 계단에 앉아 까맣게 그을린 잔디를 바라보고 있었다.

"좀 늦었어요."

여자가 말했다. 그녀는 오래 머무르지 않으려는 듯 자동차에 몸을 비스듬히 기댔다.

"그 소리가 그리울 것 같아요."

그가 말했다.

"무슨 소리요? 불꽃이 타들어 가는 소리 말인가요?"

"아뇨. 아이들의 소리 말이에요. 저는 아이들이 웃고 떠드는 소리를 듣기 위해 창문을 열어 놓곤 했답니다. 말다툼하는 소리도 제 귀에는 귀엽게만 들렸지요."

두 사람은 까맣게 타들어 간 사각형의 미니 골프장을 바라보았다. 두 사람의 시선은 같은 곳을 향하고 있었다. 지난 밤, 화재 현장을 함께 보았던 사람도 그 둘이었다. 눈앞에 남아 있는 것은 지난밤의 자취뿐이었다.

"누가 이런 짓을 했을까요?"

그가 고개를 저었다.

"끔찍한 일이에요. 온 동네 사람들이 당신이 좋은 일을 했다고 입을 모아 칭찬했는데…… 아이들도 당신을 좋아했고……."

그녀가 말했다.

"오, 그랬나요?"

"새로 만들 건가요?"

농부는 따가운 햇살에 눈이 부셔 한쪽 눈으로만 그녀를 바라보았다. 마치 그녀를 향해 윙크를 하는 것만 같았다.

"아이들 말인가요?"

"아뇨. 하하. 미니 골프장 말이에요!"

그는 조금도 주저하지 않고 바로 고개를 저었다.

"지금은 그러고 싶지 않아요. 그건 그렇고 커피 마실까요?"

"네? 아…… 괜찮아요."

"시간 있으신가요?"

"아니…… 저는……."

적절한 핑곗거리를 찾지 못한 그녀는 말을 맺지 못했다. 그녀가 해야 할 일은 주유소로 출근하는 것뿐이었지만, 일을 시작하기까지는 아직 한참이나 여유가 있었다. 그녀는 야간 근무를 할 예정이었기 때문이다.

"저…… 커피는 싫어요. 커피를 마시면 잠을 푹 잘 수가 없거든요."

잠시 후, 두 사람은 빨간 과일 주스를 각자 한 컵씩 들고 계단 위에 나란히 앉았다. 그녀는 마치 계단이 의자라도 되는 양 편안하게 앉아 컵에 날아드는 날벌레를 손으로 쫓았다.

"지난밤엔 당신 이름이 롤프인지 라스인지 정확히 몰라서 그냥 얼른 나오라고만 소리쳤어요."

"라스는 제 동생이고, 저는 롤프예요."

다이빙대 위의
아프리카 여인

학교는 쉬는 시간이 되었고, 산책로에선 점심시간이 되었다. 프랑크에게 문자 메시지가 도착했다. 평범한 메시지는 아니었다. 무더운 날이었지만, 메시지를 읽는 프랑크의 몸에는 한기가 스며들었다. 가장 좋아하는 피자가 눈앞에 있었지만, 그는 입맛이 사라져 한 조각도 먹을 수가 없었다. 프랑크는 얇은 피자 위에 올려진 햄과 파인애플을 바라보기만 했다.

"왜 그러고 있어?"

엄마가 프랑크의 얼굴을 빤히 쳐다보며 물었다.

프랑크는 오스카가 보낸 짤막한 문자를 읽고 또 읽었다.

"무슨 일이야?"

엄마가 목소리를 높이자 옆 테이블에 앉아 있던 사람들이 그들을 향해 일제히 고개를 돌렸다.

"미니 골프장이……."

프랑크가 속삭이듯 나직이 말했다.

"그게 어떻게 되었는데?"

"불에 타 버렸대요."

엄마가 포크를 내려놓았다.

"우리 동네에 있는 거?"

"네."

"누가 메시지를 보냈지?"

"오스카요."

"다른 말은 없고?"

"없었어요."

"사진도 보내 왔어?"

"아뇨."

프랑크와 엄마는 눈도 깜빡하지 않고 서로를 바라보았다. 프랑크의 눈이 젖어 오기 시작했다. 엄마는 냅킨 한 장을 프랑크에게 건네주고, 포크를 접시 위에 내려놓았다. 할 말은 너무나 많았지만 두 사람은 아무 말도 하지 않았다. 만약 두 사람이 말을 했다면 그 대화는 아마 대충 이러했을 것이다.

'저절로 불이 나진 않았을 거라고 생각해.'

'저도 그렇게 생각해요.'

'누가 일부러 불을 지른 건 아닐까?'

'그럴지도 몰라요.'

'도대체 누가 그런 짓을 했을까?'

'글쎄요. 저도 모르겠어요.'

두 사람의 시선은 마치 머릿속에 있는 생각 조각을 더듬는 듯 이리저리 움직였다. 그 시선을 고정시키기엔 테이블이 가장 적합한 장소였다.

쿱바는 도랑에서 쓰러졌고, 헬게 뮈르의 잔디 깎는 기계의 시동줄이 끊어졌고, 통학 버스는 말도 없이 스웨덴으로 가 버렸고, 에델의 개가 사라졌고, 이젠 미니 골프장마저 불에 타 버렸다. 1백만 크로네의 상금은 목줄을 잃어버린 사냥개처럼 활개 치며 돌아다니고 있었다. 집집마다 초인종을 누르고 줄행랑을 치고 있는 것이다. 온 동네 사람들의 집에는 사방 벽마다 1백만 크로네의 상금이 시계처럼 째깍째깍 움직이고 있었다.

거동을 못하는 사람들을 위해 일했던 엄마는 제멋대로 활개를 치는 1백만 크로네를 동네에 뿌려 놓은 것이다.

"우리가 너무 일찍 마을을 떠난 것 같아요."

프랑크의 말에 엄마는 아무 대답도 하지 않았다.

밖을 내다봐!

마그누스의 문자 메시지였다. 프랑크와 엄마는 호텔 방 안으로 들어왔고, 엄마는 이미 침대에 누워 잠을 자고 있었다. 프랑크는 시도 때도 없이 잠을 자는 엄마를 이해할 수 없었다. 프랑크는 숙제를 하려 했지만 집중을 할 수가 없었다. 생각은 여덟 시간이나 떨어진 곳, 불에 타 버린 롤프의 정원에서 떠날 줄을 몰랐다. 그는 오스카가 대답할 수 없는 질문을 메시지로 보냈다. 데니사는 직접 죽인 파리 사진을 찍어 프랑크에게 보냈다. 프랑크는 책에 묻어 있는 조그만 모래 알갱이를 입으로 훅 불었다.

마그누스의 문자 메시지에 궁금해진 프랑크는 베란다로 나가 보았다. 수영장은 사람들로 가득했다. 한 어린이가 햇살이 잘 들어오는 테라스에 젖은 발자국을 찍으며 놀고 있었다. 안전요원은 높다란 의자에 앉아 핸드폰을 들여다보고 있었다. 프랑크는 저 멀리서 들려오는 지중해의 파도 소리를 들을 수 있었다.

프랑크는 화장실로 가면서 마그누스의 메시지를 한 번 더 읽어 보았다. 느낌표 밑에 자리한 까만 점을 바라보았다. 그것을 보노라니 새카맣게 타 버린 골프공이 떠올랐다. 이제 프랑크는 농부 롤프의 정원에 있는 나무 꼭대기에 위에 올라갈 일이 없을 것이다.

화장실에서 볼일을 보고 나온 프랑크는 바깥에서 들려오는 시끌벅적한 소리에 귀를 기울였다. 소동이 일어난 것 같았다. 사람들이 무언가 외치는 소리도 함께 들렸다. 엄마는 여전히 자고 있었다. 프랑크는 서둘러 베란다로 나가 보았다. 소리가 어디서 들려오는지 알아내는 것은 어렵지 않았다. 사람들의 시선이 향하는 곳으로 눈만 돌리면 되었으니까. 사람들은 다이빙대를 바라보고 있었다. 일광욕을 하던 사람들도 몸을 일으켰다. 수영장에서 놀던 아이들이 가장자리로 피했다. 빨간 반바지를 입은 안전요원이 높다란 의자에서 내려왔다. 모두들 다이빙대 위를 바라보고 있었다.

다이빙대 위에는 한 여인이 서 있었다. 푸른색 옷을 입은 아프리카 여인. 하루도 빠짐없이 산책로에서 구걸하던 그녀가 이제 다이빙대 위에 서 있는 것이다. 그녀는 온몸에 푸른색 천을 둘둘 감고 있었다. 그녀의 허리가 구부정한 것으로 보아 프랑크는 그녀가 다이빙대 아래 수영장 물을 내려다보고 있는 것이라 짐작했다.

안전요원이 마치 말을 듣지 않는 개에게 야단을 치듯 엄한 목소리로 그녀에게 소리쳤다. 주변에 있던 사람들도 각각 다른 언어로 그녀에게 소리쳤다. 모르긴 하지만, "얼른 내려오세요!" 또는 "미쳤어요?"라는 뜻이었을 것이다. 그녀의 앙상한 몸을 받치고 있던 다이빙대가 살짝 흔들렸다.

프랑크는 수영장 옆에 팻말이 있다는 것을 잘 알고 있었다. 팻말에는 수영장에 들어가기 전에 꼭 샤워를 해야 한다는 말이 적혀 있었다. 푸른색 옷을 입은 여인은 한동안 몸을 씻지 않았을 것이다. 프랑크는 산책로를 걸을 때마다 그녀를 지나쳤다. 날이 무더웠기 때문에 내복을 입는 사람은 없을 것이다. 그럼에도 그녀의 옆을 지나칠 때면 오랫동안 빨지 않은 퀴퀴한 내복 냄새가 났다. 밤이 되면, 그녀는 벤치 위나 벤치 아래에서 잠을 잘 것이다.

프랑크는 마그누스를 발견했다. 안전요원은 다이빙대 위로 올라가기 위해 사다리를 오르는 중이었다. 마그누스는 수영장 옆에 무리를 지어 구경하는 사람들 사이에 서 있었다. 다른 사람들은 놀란 표정으로 입을 벌리고 있었지만, 마그누스는 팔짱을 낀 채 얼굴 가득히 미소를 머금고 있었다. 그가 프랑크를 발견하고 손을 흔들었다. 프랑크는 그에게 손을 흔들지 않았다. 단지 다이빙대 위에 올라간 안전요원을 바라볼 뿐이었다.

안전요원은 이러한 돌발 상황에 대처하기 위해 교육을 받았을 것이다. 하지만 그는 다이빙대 끝에 서 있는 여인에게서 몇 미터 떨어진 곳에 멍하니 서 있을 뿐이었다. 그는 여인에게 다가가지 않았다. 여인에게 손을 대고 싶지 않았기 때문일까. 적어도 여인에게 이성적인 말을 건네며 침착하게 다가가야 하지 않을까. 프랑크는 그러한 장면을 영화에서 꽤 자주 보았다. 지붕 위에서 아래로 뛰어내리려는 사람들에게 경찰이 다가가 최악의 상황을 피하기 위해 말을 건네며 구해 내는 장면을. 대부분은 지붕 난간에 아슬아슬하게 매달려 있던 사람들이 결국 마음을 돌리는 것으로 결말이 났다.

안전요원이 천천히 여인에게 다가갔다. 그는 마치 두려워 어쩔 줄 모르는 짐승에게 최면을 걸듯 단조로운 말투로 나직이 말하며, 그녀에게 손을 내밀었다. 프랑크는 더 잘 보기 위해 베란다 난간에 손을 얹고 상체를 앞으로 쑥 내밀었다. 수영장 주변에는 정적이 흘렀다. 프랑크는 갑작스러운 정적에 엄마가 잠에서 깨지 않았을까 걱정되어 고개를 돌려 방 안을 들여다보았다.

안전요원이 몇 발자국 더 가까이 다가가자 여인이 물로 뛰어들었다. 모든 것은 영화에서 보던 것보다 훨씬 빨리 진행되었다. 영화에서는 꽤 오랫동안 말을 주고받았다. 하지만 현실에서는 여인이 몸을 좀 더 구부정하게 만든 후 바로 물에 뛰어들었다. 영화와 비슷한 장면이라고 한다면 안전요원이 몸을 앞으로 던지며 팔을 쭉 뻗었다는 것이다. 하지만 그의 손에 잡힌 것은 여인의 푸른 천뿐이었다. 그 때문인지 여인이 물에 빠지는 것은 몇 초 연기되었다. 그녀의 몸은 공중에 붕 떴고 푸른 천이 허공에서 그녀의 목을 조아들었다. 그녀의 목에서 가래가 끓는 듯한 기괴한 소리가 났다. 마치 프랑크가 아파서 빈속으로 구토했을 때와 비슷한 소리였다. 모여 있던 사람들이 비명을 질렀고, 안전요원은 손을 놓았다. 여인은 물에 풍덩 빠졌다.

여인은 수면 위로 금방 떠오르지 않았다. 다이빙대에서 뛰어내리는 사람들은 물에 들어가자마자 바로 고개를 수면 위로 치켜든다. 하지만 푸른 옷의 여인은 물속에서 꽤 오랫동안 머물렀다. 옷이 몸에 둘둘 감겨 방해가 되었던 것은 아닐까.

"익사할 것 같아요."

프랑크가 베란다에서 소리쳤다.

그의 말을 귀담아 듣는 사람은 아무도 없었다. 모두들 프랑크와 똑같은 말을 소리치고 있었기 때문이다. 저마다의 언어로. 수영장 주변에는 수많은 사람이 모여 있었지만 그들은 아무것도 하지 않고 그저 가만히 서 있을 뿐이었다. 그들은 안전요원이 내려오기를 기다렸다. 물에 빠진 사람을 구하는 것은 안전요원이 해야 하는 일이니까! 안전요원은 다이빙대에서 여인을 따라 바로 물에 뛰어내렸어야 했다. 하지만 그는 다이빙대 위에 서서 아래를 내려다보기만 했다. 잠시 후, 그가 사다리를 타고 내려오기 시작했다.

프랑크는 호텔 방을 쏜살같이 뛰쳐나갔다. 신발도 신지 않고 계단을 내려가 숨을 헐떡이며 달렸다. 문득, 과학 수업 시간의 광경이 머릿속을 스쳤다. 부리로 나무둥치를 쪼아 대며 북소리를 내는 딱따구리에 대한 영화를 본 기억이 났다. 딱따구리들이 나무를 쪼는 것은 다른 딱따구리들을 불러들이거나, 또는 겁을 주어 쫓아내기 위해서라고 했다. 딱따구리의 소리는 마치 한기에 몸을 부르르 떨 때 이빨이 딱딱 마주치는 소리와 비슷했다. 영화를 본 후에, 학생들은 교실 벽에 머리를 부딪치며 딱따구리 흉내를 냈다. 세게 부딪치지는 않았지만 그 속도는 매우 빨랐다. 아이들은 딱따구리로 살아간다는 것이 어떤 것인지 직접 느껴 보고 싶었던 것이다. 하지만 옆 교실에서 시끄럽다며 항의를 하는 바람에 그 실험은 오래 가지 못했다.

프랑크의 발은 달걀을 풀 때의 엄마 손처럼 빨리 움직였다. 나무둥치를 쪼아 대는 딱따구리의 부리처럼 빨리 움직였지만, 매우 수줍은 딱따구리처럼 소리는 거의 나지 않았다. 만약 프랑크가 넘어진다면 크게 다칠 것이 틀림없었다. 그는 1층으로 내려가 건물 밖으로 나갔다. 화분을 지나 수영장 가장자리에 모여 멍하니 서 있는 사람들 사이를 헤치고 들어갔다. 수영장 한가운데에 여인의 푸른 옷이 둥둥 떠 있었다. 프랑크는 두 남자 사이를 밀치며 "저리 비켜요!"라고 소리쳤다. 하지만 그의 발은 그 말이 입 밖으로 나오기도 전에 이미 두 남자를 지나쳤다. 그들은 깜짝 놀라 얼른 길을 비켜 주었다.

프랑크는 물속에 뛰어들었고 그 바람에 물을 한 모금 마셨다. 수영장 물은 바닷물보다 더 따스했고, 짜디짠 소금 맛 대신 소독약 냄새가 났다. 누군가 외치는 소리가 들렸다. 프랑크에게 외치는 소리일까? 프랑크는 수면 위로 얼굴을 내밀었다. 두 눈에 물이 가득 차 앞을 볼 수 없었지만, 손으로 물을 훔칠 시간도 없었다. 그는 허파와 목과 입속에 있던 물을 뱉어 냈다. 여인이 있을 것이라 생각되는 곳으로 가며 눈에 들어간 물을 훔치려 애를 썼다. 누군가가 다시 소리를 쳤다. 프랑크에게 어느 쪽으로 가라고 지시를 하는 것 같기도 했다. 하지만 프랑크는 그들의 도움이 필요 없었다. 이미 여인의 푸른 옷에 손이 닿았기 때문이었다. 고개를 들어 소독약으로 가득 찬 물에 둥둥 떠 있는 푸른 옷을 바라보았다. 프랑크는 여인의 팔이나 다리, 또는 머리카락을 잡아

보려 시도했지만, 손에 잡히는 것은 아무것도 없었다. 손으로 눈을 비벼 물을 훔쳤다. 푸른 옷은 텅 비어 있었다. 프랑크는 여인이 물속에 있다고 짐작했다. 심호흡을 하고 코를 쥔 후, 물속으로 들어갔다. 누군가가 다시 소리를 쳤다. 프랑크는 물속을 살펴보려 눈을 떴지만 보이는 것은 아무것도 없었다. 숨을 멈추고 어둑한 물속을 이리저리 살펴보던 프랑크는 결국 포기할 수밖에 없었다. 프랑크가 수면 위로 고개를 들었다.

수영장 밖에는 안전요원이 무릎을 꿇고 앉아 갈색의 무언가 위로 몸을 굽혔다. 그의 반바지는 물에 흠뻑 젖어 있었다. 갈색의 무언가는 헐떡이며 숨을 몰아쉬고 있었다. 보아하니 안전요원이 이미 물에 빠진 여인을 구해 낸 것 같았다. 프랑크가 계단을 내려올 때 이미 구해 낸 것이 틀림없었다. 그녀는 팬티 차림이었다. 안전요원이 그녀의 뺨을 살짝 때리자, 여인이 기침을 했다. 프랑크는 물속에 홀로 서 있었다. 사람들은 프랑크를 손으로 가리켰다. 웃음을 터뜨리는 사람도 있었다. 혼자 어쩔 줄 몰라 하며 물속으로 들어가 겨우 푸른 옷 한 자락을 건져 올렸던 프랑크의 모습은 분명 웃음을 자아내기 충분한 장면이었을 것이다.

"프랑크?"

베란다에서 엄마의 목소리가 들렸다.

프랑크는 물속에서 푸른 옷을 건져 올려 가장자리로 나왔다. 뭍에 올라온 프랑크는 푸른 옷을 여인의 발치에 내려놓았다. 여인이 한껏 몸을 웅크리고 마치 조그만 어린아이처럼 흐느껴 울기 시작했다. 그녀의 주름진 얼굴 위로 눈물이 흘러내렸다.

안전요원이 땅에 떨어져 있던 핸드폰을 집어 들었다. 프랑크는 핸드폰 때문에 안전요원이 다이빙대에서 물에 뛰어들지 않았다고 짐작했다. 그는 핸드폰이 물에 젖을까 봐 걱정이 되었던 것이다.

부스스한 머리의 엄마가 숨을 헉헉 몰아쉬고 있는 프랑크에게 뛰어왔다.

"무슨 일이야?"

엄마는 프랑크의 젖은 손을 꼭 쥐었다. 프랑크는 고개를 두리번거리며 마그누스를 찾았다. 하지만 마그누스는 이미 자취를 감춘 후였다.

여인이 울음을 멈추었다. 그녀는 여전히 몸을 웅크린 채 마치 장거리 경주를 방금 마친 사람처럼 숨을 헐떡이고 있었다. 사람들은 하나 둘 여인에게서 등을 돌렸다. 이미 일광욕 침대에 자리를 잡고 누운 사람도 있었다.

"물속에 뭔가 있어."

엄마가 말했다.

동시에 낯선 소년 한 명도 물 위에 떠 있는 무언가를 발견했다. 소년이 물속으로 뛰어들었다. 저 멀리 작은 종이 한 장이 둥둥 떠 있었다. 소년은 그것을 낚아채 뭍에 서 있던 친구에게 들어 보였다. 그것은 돈이었다. 1백 유로 지폐 한 장.

"그걸로 군것질을 실컷 할 수 있겠어!"

소년의 친구가 소리쳤다.

누군가가 흠뻑 젖은 푸른 옷의 물기를 짜냈다. 여인이 직접 물기를 짤 수 없다고 생각했을 것이다. 여인이 몸을 일으켜 옷을 걸쳤다. 그녀는 물기가 뚝뚝 흐르는 옷을 입고 마치 피오르에 침몰 중인 커다란 선박처럼 구부정한 몸으로 천천히 산책로를 향해 발을 옮겼다.

집으로 돌아가다

프랑크는 잠을 잘 수가 없었다. 수영장 가장자리에서 발가벗은 몸으로 흐느껴 울던 여인의 모습이 자꾸만 떠올랐다. 농부의 정원에서 불에 타 버린 미니 골프장도 떠올랐다. 그의 정원에 서서 불에 타들어 가는 미니 골프장을 바라보며 110^7을 누르는 자신의 모습도 떠올려 보았다. 하지만 숫자 0에는 소피에가 스마일리를 그려 놓았기 때문에 작동하지 않았다. 전화기는 그것이 숫자라고 생각하지 않았기 때문이다. 폴은 불꽃에 소시지를 구워 먹고 있었다.

마침내 프랑크는 잠이 들었다. 문득 눈을 뜨니 여전히 창밖은 캄캄했다. 누군가가 낯선 외국어로 소리치고 있었다. 남자 여러 명의 목소리였다. 프랑크는 그들이 도움을 필요로 한다고 생각했다. 그러나 자세히 들어 보니 그것은 도움을 요청하는 소리가

---

7 노르웨이의 소방서 전화번호. 한국의 119.

아니라 말다툼하는 소리였다. 아니, 노래를 부르고 있는 것일까? 영어 같은데? 합창을 하는 것 같기도 했다. 프랑크는 몸을 일으켜 커튼 밖을 내다보았다. 호텔 베란다에 한 무리의 남자들이 모여 앉아 술을 마시며 노래를 부르고 있었다. 그들의 방에서는 귀를 찢을 듯한 음악이 흘러나오고 있었고, 그들은 음악 소리에 지지 않으려는 듯 큰 소리로 대화를 나누고 있었다.

"무식한 사람들 같으니……."

엄마가 이불 밑에서 혼잣말을 했다. 엄마의 목소리는 습기 가득한 지하실에서 울려 나오는 소리 같았다.

"발가벗고 있는 것 같아요."

"세상에! 여긴 패밀리 호텔이야."

엄마가 말했다.

"앗! 남자 한 명이 베란다 밖으로 오줌을 누고 있어요."

"젠장! 이 호텔엔 야간 근무를 하는 경비원도 없는 모양이지?"

프랑크는 모든 일은 균형을 이루기 마련이라고 생각했다. 낮에 따스한 햇살 아래서 혜엄을 치며 즐기던 사람들은 밤에 시끌벅적한 소리에 잠을 이룰 수 없더라도 불평할 자격이 없다. 잠시 후, 잠을 자던 사람들이 하나둘 베란다로 나와 조용히 하라며 소리쳤다. 하지만 술을 마시며 노래하던 청년들은 코웃음을 치며 그들의 말을 우스꽝스럽게 흉내 낼 뿐이었다. 유리병이 바닥에 떨어져 깨지는 소리가 들렸다.

"세상에!"

엄마가 침대에서 벌떡 일어났다.

프랑크는 자기가 이 호텔에서 야간 근무를 하는 사람이 아니라 다행이라고 생각했다. 밤이 되어 모두들 잘 시간에 베란다에 나와 서로에게 욕을 하는 사람들을 진정시키기란 쉽지 않을 것이다. 프랑크는 만약 자기가 이 호텔의 경비원이라면 그들에게 다가가 무슨 말을 할까 곰곰이 생각해 보았다. 하지만 그런 말은 학교에서 배우지 않았다. 학교에서는 영어로 레스토랑에서 음식을 주문하는 것만 배웠다. "콜라 한 잔 주세요." 또는 "기차역까지 가는 길을 가르쳐 주시겠습니까?"가 전부였다. 베란다에 모여 앉아 술을 마시고 시끌벅적하게 노래를 부르고 오줌을 갈기는 사람들에게 어떤 말을 해야 하는지는 아직 배우지 못했던 것이다. "여러분, 좀 조용히 해 주시겠습니까?"라고 말하면 될까? 아니면 영화에서 보았듯이 문을 박차고 들어가서 "경찰이다!"라고 외치면 될까?

다시 베란다 난간에 유리병이 부딪쳐 깨지는 소리가 들렸다. 그 베란다 안쪽에는 다음 날을 위해 곤히 자고 있는 사람들이 있으리라.

"내일 사람들이 깨진 유리 조각에 발을 다칠 거야."

엄마가 급히 베란다로 나왔다.

술을 마시던 청년 한 명이 "바보, 멍청이"라고 소리 지르기 시작했다. 프랑크는 그들이 베란다로 나와 조용히 하라는 이웃들에게 소리 지르는 것이라 짐작했다. 사람들은 청년들을 향해 저마다 한 마디씩 외쳤다. "조용히 해!" 또는 "당장 그만두지 못해?"

그중에는 청년들에게 꽤 길게 소리치는 사람도 있었다. 여자의 목소리였다.

"지금 당장 그 바보 같은 짓을 멈추지 않는다면, 당장 너희들을 죽여 버릴 거야. 그뿐인 줄 알아? 너희들 무덤 위에 올라가 오줌을 갈길 테니 알아서 해!"

그것은 엄마의 목소리였다. 엄마는 외국에선 영어로 말을 했다. 언뜻 엄마는 버스 정류장에서 자란 사람 같기도 했다.

몇 초 동안 정적이 흘렀다.

"엄마……?"

엄마는 방에 불을 꺼 놓고 있었기 때문에 청년들은 소리가 어디서 들려오는지 알아채지 못했다. 잠시 후, 그들은 어둠 속에서 엄마를 발견하고 욕을 퍼부었다.

"닥쳐! 멍청한 암소 같으니!"

프랑크는 다음 말은 잘 알아들을 수 없었다. 단지 끝에 '뚱보' '똥구멍' 등의 끔찍한 말만 언뜻 들었을 뿐이었다. 프랑크는 엄마가 그런 말을 듣고 참을 리가 없다고 생각했다. 아니나 다를까, 엄마가 발을 구르며 침실로 들어왔다. 얇은 커튼이 엄마의 앞길을 가로막았지만, 엄마는 커튼을 옆으로 홱 밀쳤다. 로비에 내려가서 호텔 직원에게 말을 하겠다며 방문을 나섰다.

5분 후, 청년들은 조용해졌다. 엄마는 호텔 직원이 청년들을 쫓아냈다고 말했다. 청년들은 쫓겨나면서도 전혀 부끄러워하지 않았다고 했다. 그들은 호텔에서 쫓겨난 것을 오히려 자랑스러워할지도 몰랐다. 집에 돌아가면 친구들에게 자랑스레 할 이야기가 있을 테니까. "호텔에서 술 먹고 떠드는 바람에 쫓겨난 적도 있었어."라고.

프랑크는 누군가가 호텔 마당을 빗자루로 쓰는 소리에 잠을 깼다. 엄마는 전날 밤 너무나 화가 나서 잠을 푹 잘 수가 없었다고 했다. 침대에서 몸을 일으킨 프랑크는 엄마가 옷장에서 옷을 꺼내는 것을 보았다.

"오늘 집으로 가자."

"오늘요?"

"아침 식사를 한 후에."

"비행기표는요?"

"새로 샀어."

"비싸지 않나요?"

"상관없어."

공항으로 가는 버스 안은 너무나 비좁아 프랑크와 엄마는 무릎을 맞대고 앉아야만 했다. 프랑크는 데니사와 오스카에게 줄 선물도 사지 못했다. 프랑크가 샀던 기념품은 안초비를 넣은 올리브 한 통뿐이었다. 여행 가방 안에는 여전히 빈자리가 많이 남아 있었다. 하지만 이미 때는 늦었다. 버스는 구불구불한 해안 길을 따라 달렸다. 의자 등받이에 닿아 있던 엄마의 머리는 쉴 새 없이 좌우로 움직였다. 프랑크는 엄마가 스스로 머리를 움직이는지, 버스 때문에 흔들리는 것인지 확실히 알 수 없었다.

프랑크가 문자 메시지를 읽으려고 주머니에서 핸드폰을 꺼내자 엄마가 고개를 들었다.

"누구에게서 온 거니?"

엄마는 프랑크가 문자 메시지를 읽기도 전에 물었다.

"에델이 개를 찾았대요."

"그것 봐! 내가 뭐라고 했니! 언젠가는 스스로 돌아올 거라고 했잖아."

엄마가 의기양양하게 말했다.

프랑크는 에델의 문자 메시지를 끝까지 읽었다.

"동네의 어부가 외딴 바위섬에 있던 개를 발견했대요. 뭍에서 꽤 멀리 떨어진 섬이라고 했어요. 누군가가 일부러 그곳에 데려다 놓았나 봐요."

엄마는 의자에 등을 기대고 잠시 생각에 잠겼다.

"제기랄!"

문자 메시지에는 오해의 여지가 없었다. 만약 엄마가 개를 발견했던 어부에게 직접 전화를 해서 물어봤다 하더라도 그는 있는 그대로 이야기했을 것이다. 여가 시간에 낚시를 하기 위해 바다로 나갔던 그는 외딴 바위섬 위에 무언가 조그만 것이 앉아 있는 것을 보았다. 물에 흠뻑 젖은 갈색 개는 두려움에 떠는 작은 새처럼 신음하고 있었다. 개가 스스로 헤엄을 쳐서 바위섬까지 갔을 리는 없다. 분명 누군가가 그곳에 데려다 놓았을 것이다. 그리고 그는 배를 가지고 있는 사람일 것이다. 바람 한 점 없이 날씨가 좋았기에 망정이지, 그렇지 않았더라면 그 불쌍한 개는 거센 파도에 실려 바다 한가운데로 떠내려갔을지도 모른다.

만약 엄마가 에델에게 전화를 해서 물어봤더라면, 에델은 개를 찾아 기뻐했을 것이고 동시에 개를 납치했던 사람에게 화를 냈을 것이다. 에델은 누가 그런 짓을 했는지 반드시 알아낼 거라고 말할 것이다. 어쩌면 그는 미니 골프장에 불을 지른 사람과 동일 인물일지도 모른다. 폴일까? 혹시 폴이 한밤중에 미니 골프장으로 가서 불을 질렀던 건 아닐까? 하지만 폴에겐 보트가 없다. 문득, 에델은 언젠가 개를 산책시키다가 가게 앞에서 만난 한 남자가 욕을 했던 것을 기억해 냈다. 그는 에델의 개를 보고 이렇게 말했다. "입 다물어! 똥개 같으니!"

에델은 그가 보트를 소유하고 있다는 것도 알고 있었다. 보트를 움직이려면 석유가 필요하다. 석유가 있으면 큰 불을 낼 수도 있다. 에델은 화를 참을 수 없어 남자의 집을 찾아가 초인종을 눌렀다.

"너희 집 개?"

"네."

"바위섬에?"

"네, 맞아요."

그에게서 퀴퀴한 냄새가 났다. 얼굴은 면도를 하지 않아 수염이 더부룩했다. 현관에는 뒤집어진 양말이 흩어져 있었다.

"네 개는 목줄도 하지 않은 채 사방팔방으로 뛰어다녔지? 내가 만약 네 개를 잡았더라면 보트에 태워 바위섬까지 가지도 않았을 거야. 내 손에 잡혔더라면 쇠스랑으로 찔러 죽인 후에 가지치는 가위로 토막토막 잘라 우리 집 화단에 비료로 줬을 거야."

에델은 서둘러 집으로 돌아왔다. 그리고 개를 담요로 돌돌 말아 그날 하루 종일 무릎 위에 앉혀 놓고 쓰다듬어 주었다. 개는 여전히 젖은 몸으로 바위섬에 있는 줄로 착각하는지 가끔 몸을 부르르 떨었다. 잠시 후, 둘은 함께 소파 위에서 잠에 빠졌다.

"이제 제 말을 믿으시나요?"

프랑크가 버스 안에서 말했다.

"독수리 짓일 수도 있어."

엄마가 말했다.

두 사람은 비행기의 이코노미석에 자리를 잡고 앉았다. 엄마는 새 비행기표를 구했다. 수천 크로네나 할 정도로 비쌌지만 비좁기 그지없어 다리를 쭉 펼 수가 없었다. 좌석 앞에 마련된 화면도 없었다. 조종사와 함께 사용할 수 있는 화장실도 없었다. 프랑크의 옆자리에는 색연필로 앵무새를 그리는 조그만 여자아이가 앉아 있었다. 앵무새 그림 안에는 여러 개의 다른 숫자가 적혀 있었다. 아이는 숫자에 따라 서로 다른 색을 칠했다.

잠시 후, 아이는 프랑크에게 색연필을 좀 들고 있어 달라고 부탁했다. 조그만 테이블 위에 색연필을 올려 두었더니 자꾸만 바닥으로 굴러떨어진다고 했다. 프랑크는 색연필을 받아 들었다. 아이는 무슨 색을 칠해야 할지 확신이 서지 않으면 프랑크를 쳐다보았다. 그러면 프랑크는 고개를 끄덕이거나 고개를 저으며 대답을 해 주었다. 프랑크가 피곤함을 이기지 못하고 눈을 스르르 감았다. 손에는 여전히 아이의 색연필을 쥐고 있었다. 아이가 색칠을 하며 콧노래를 부르는 소리가 귓전에 닿았다. 가끔, 아이는 사용한 색연필을 프랑크의 주먹 속에 찔러 넣기도 하고 새 색연필을 프랑크의 주먹 속에서 빼가기도 했다. 마침내 비행기가 착륙했다. 누군가가 자리에서 일어나려는 프랑크의 어깨를 살짝 두드렸다. 아이의 어머니였다.

"고마워. 넌 참 착한 아이구나."

3장

다시 마을로

마을에
어둠이 내리면

농부 롤프의 외양간 뒤에는 폐품을 모아 두는 장소가 있었다. 그는 어디에 버려야 할지 모르는 것들을 모두 그곳에 모아 두었다. 프랑크는 폐품 더미로 다가가 타고 남은 미니 골프장 잔해를 신발 끝으로 툭툭 차 보았다. 석탄처럼 까만 덩어리가 그의 발끝에서 부서졌다. 그의 신발 끝에는 거뭇거뭇한 자국이 남았다.

"누가 불을 질렀는지 아직 아무도 모르니?"

프랑크가 데니사에게 물었다.

"불을 지른 사람만 알고 있어."

불에 탄 카펫은 원래 모습을 짐작하기가 쉽지 않았다. 데니사가 가져왔던 것은 흰색 별무늬가 있는 빨간색 카펫이었다. 외르겐이 가져왔던 것에는 눈송이 무늬가 있었고, 하늘색 카펫은 우울한 어머니와 함께 고양이 세 마리를 키우는 남자아이가 가져온 것이었다. 이젠 그 카펫들이 모두 까맣게 타 버렸다. 터널로 사용하기 위해 나탈리에가 가져왔던 둥근 파이프는 녹아서 마치 시무룩한 입모양처럼 납작하게 변해 버렸다.

"폴이 불을 지른 건 아닐까?"

프랑크가 말했다.

"아니, 폴은 물로 장난을 치는 아이야. 걔는 불하고는 전혀 상관이 없는 아이라고."

두 사람은 폐품 더미 주변을 돌며 까맣게 타 버린 물건들을 바라보았다. 파인애플 깡통, 빨간 과일 주스가 담겨 있던 종이컵, 레몬 향이 나던 물수건, 고양이가 잡으려 했던 작은 골프공, 비뚤게 박힌 못. 프랑크는 나무 꼭대기에 앉아 비꼬듯 코웃음을 치던 여자아이를 떠올렸다. 프랑크와 데니사는 죽었다 깨도 갱신하지 못할 최고 기록을 세웠던 아이.

데니사가 프랑크를 바라보았다. 프랑크는 울음을 참으려 아랫입술을 잘근잘근 깨물고 있었다.

대문 앞 계단에는 프랑크가 처음 보는 낯선 여자 한 명이 농부 롤프와 나란히 앉아 있었다. 네 사람은 인사를 주고받았다. 잔디밭에는 사각형 모양의 불에 그을린 자국이 남아 있었다. 그 사각형은 무덤을 파기 위해 표시해 둔 자국 같았다. 키가 큰 남자 어른 네 명의 무덤.

"미니 골프장이 불에 타 버려서 참 안타깝구나."

그녀의 머리카락은 불에 탄 잔디 색깔과 똑같았다.

"네."

프랑크와 데니사가 이구동성으로 말했다.

"불이 난 것을 처음 발견한 사람은 바로 나였단다. 한밤중에 일을 마치고 집으로 가다가 커다란 불꽃이 치솟는 걸 보았어."

"주변에 아무도 없었나요?"

"아무도 없었어."

"뛰어가서 몸을 숨기는 사람도 없었나요?"

"없었어. 그리고 너무나 조용했단다."

"경찰이 다녀갔나요?"

프랑크가 물었다.

농부 롤프는 머리를 저었다.

"신고는 하셨나요?"

"이런 조그만 일 때문에 경찰이 여기까지 올 리가 없어."

"조그만 일이라고요?"

프랑크가 되물었지만 아무도 말을 하지 않았다. 프랑크와 데니사는 발길을 돌렸다.

"우리 아빠는 불을 지른 사람을 꼭 찾아내서 전봇대에 묶어 둬야 한다고 하셨어. 다시는 그런 짓을 못 하도록 말이야."

데니사가 말했다.

"난 이게 한 사람이 한 짓이 아닐 거라고 생각해. 앞으로 이런 일이 계속 일어날 것 같아. 친절경진대회 상금을 받을 만한 사람이 생기면, 그가 상금을 받지 못하도록 방해하는 사람이 생겨날 거란 말이야. 자기가 상금을 받기를 바라기 때문이지."

"맞아."

데니사가 맞장구를 쳤다.

두 사람은 오스카의 집으로 갔다. 데니사가 새 티셔츠를 프랑크에게 보여 주었다. 빨간 티셔츠에는 파리채와 죽은 파리 한 마리가 그려져 있었다. 데니사는 인터넷에서 티셔츠를 샀다고 말했다. 티셔츠에 새길 문양을 말하면 판매자가 만들어 준다고 덧붙였다.

프랑크는 새 티셔츠를 사고 싶은 마음이 없었다. 집에 이미 빨래 걸이가 가득 찰 정도로 티셔츠가 많았기 때문이었다.

프랑크와 데니사는 교회 앞 자갈길을 함께 걸었다. 교회의 잔디밭에 들어가는 것은 금지되어 있었다. 오스카는 잔디를 밟는 것은 그 밑에 누워 있는 사람들에 대한 예의가 아니라고 말했다. 큰 소리로 웃는 것도 마찬가지라고 했다. 오스카는 커다란 물통을 들고 회색 비석 옆에 서 있었다. 각각의 회색 비석에는 서로 다른 두 종류의 날짜가 적혀 있었다. 비석 밑에 누워 있는 사람들의 첫 숫자와 마지막 숫자.

"안녕!"

프랑크가 인사를 건넸다.

"안녕!"

만약 오스카가 프랑크에게 휴가를 어떻게 보냈느냐고 물었더라면, 프랑크는 마그누스 이야기를 해 주었을 것이다. 하지만 오스카는 아무것도 묻지 않고 푸른색과 노란색 꽃에 물을 주고 있었다. 연갈색 흙은 물을 머금고 짙은 갈색으로 변했다.

"이건 제비꽃이라고 해. 추운 날에도 잘 견디기 때문에 4월쯤에 꽃을 심으면 돼."

오스카가 말했다.

"어?"

데니사와 프랑크는 동시에 영문을 모르겠다는 표정을 지었다.

오스카가 물통을 들어 올리자 흐르던 물이 멈추었다.

"4월."

오스카가 했던 말을 되풀이했다.

"그걸 네가 어떻게 알아?"

프랑크가 물었다.

"제비꽃은 묘지에서 흔히 볼 수 있는 꽃이야. 회양목과 로즈마리도 묘지에서 자주 볼 수 있어."

오스카는 무덤 여기저기를 가리키며 말했다.

"난 네가 굴착기에만 관심이 있는 줄 알았는데?"

프랑크가 말했다.

오스카는 옆에 자리한 비석으로 발을 옮겼다. 그곳에는 보라색 꽃이 피어 있었다.

"대부분의 사람들은 가족의 묘지를 매주 살필 만큼 시간이 많지 않아. 아주 멀리 떨어져 사는 사람들도 있지. 난 그런 사람들을 위해서 묘지를 보살펴 주고 용돈을 벌어."

오스카가 꽃에 물을 주었다. 물을 머금은 흙이 짙은 갈색으로 변하자 물의 양을 조금 더 늘렸다. 프랑크는 옆 묘지를 가리켰다. 거기에는 잎이 뾰족한 녹색 덤불이 자라고 있었다.

"저건 뭐야?"

"그건 푸른 바늘잎 식물이라고 해. 1년에 몇 센티미터밖에 자라지 않아."

"그런 건 누가 가르쳐 줬니?"

데니사가 궁금함을 참지 못하고 소리 높여 물었다.

"아빠가 가르쳐 주셨어."

프랑크는 주변을 둘러보았다. 하얀 울타리 안에는 수백 개의 비석이 서 있었다. 울타리 밖의 커다란 나무 위에는 검은색 새 한 마리가 앉아 있었다. 울타리 옆에는 작은 굴착기 한 대가 있었고, 그 옆에는 한 무더기의 흙과 직사각형 모양으로 파 놓은 구덩이가 보였다.

"저건 쿰바의 무덤이니?"

프랑크가 물었다.

"응."

오스카가 물통을 거두며 대답했다. 그들은 구덩이 쪽으로 함께 발을 옮겼다. 파 올린 흙은 다양한 갈색을 띠고 있었고, 그 속에는 회색빛 모래와 돌멩이도 듬성듬성 섞여 있었다. 흙에서 봄 냄새가 났다.

"네가 이 구덩이를 팠니?"

데니사가 물었다.

"조금. 처음에 조금 팠을 뿐이야. 나머지는 다 아빠가 하셨어. 왜냐하면 가장자리는 곧고 매끈해야 하거든."

프랑크와 데니사는 구덩이 가장자리로 가서 아래쪽을 내려다보았다. 구덩이의 벽 아래에는 검은색의 조그만 벌레들이 꼬물꼬물 움직이고 있었고, 구덩이 바닥에는 흙물이 고여 있었다.

데니사가 크게 숨을 들이쉬었다가 내쉬었다.

나무 위에 앉아 있던 검은색 새가 살짝 몸을 움직였다.

프랑크와 데니사가 몸을 굽혀 발아래 구덩이를 바라보았다. 고여 있는 물에 그들의 얼굴이 반사되었다.

"이건 현명한 일이라고 할 수 없어."

오스카가 한 발자국 뒤로 물러서며 말했다.

"뭐가?"

"다른 사람의 무덤을 내려다보는 일."

"왜?"

"그건 나도 몰라. 난 그런 짓을 하지 않은 지 꽤 되었거든."

오스카가 먼 곳으로 시선을 돌렸다.

프랑크와 데니사는 아무 말도 하지 않은 채 교회의 공동묘지를 나섰다. 그들이 땅에 묻히기까지는 아마 한참 남았을 것이다. 하지만 프랑크는 가슴 한구석에 이미 구멍이 뚫린 것 같았다. 어쩌면 데니사도 같은 느낌을 받았을지도 모른다. 평소에는 쉴 새 없이 재잘거리던 데니사가 그날은 이상하게도 너무나 조용했다.

다행히도 그들은 길에서 에델과 마주쳤다. 에델은 자기 개와 함께 선착장으로 가는 길이었다. 에델은 개가 자기를 바위섬으로 실어 간 보트를 보면 반응을 보일 것이라 믿었다. 프랑크와 데니사는 에델과 함께 선착장으로 갔다. 그들은 개 뒤를 따라가야만 했다. 앞이나 옆에 서서 걸으면 개가 계속 짖기 때문에 어쩔 수 없었다.

"굉장히 까다로운 개구나."

데니사가 말했다.

"아냐, 모든 일에 너무 열심이라서 그래."

에델이 자기 개 편을 들었다.

선착장에는 수많은 보트가 정박되어 있었다. 모두들 결백을 주장하듯 흰색을 띠고 있었다. 보트는 물 위에 둥둥 떠 있는 간이 부두에 동아줄로 매여 있었다. 파도가 몰아칠 때마다 부두에서 삐걱거리는 소리가 났다.

"저 끝까지 갔다가 여기로 되돌아 올 거야. 그 보트를 발견하면 멈춰서 짖어. 알았지?"

에델이 개에게 말했다.

"멈춰서 짖으라는 말이니, 멈춰 서서 짖으라는 말이니?"

프랑크가 물었다.

에델은 그 말이 무슨 뜻인지 모르겠다는 표정으로 프랑크를
바라보았다.

"그건 초인종 종을 누르는 것과 마찬가지야."

데니사가 옆에서 거들었다.

에델이 고개를 절레절레 저으며 부두로 내려갔다. 개는 짤막
한 다리로 에델의 앞을 폴짝폴짝 뛰어갔다. 부두 끝까지 갔다가
되돌아오던 길에, 모터 엔진이 장착된 조그마한 나무배 앞에 개
가 멈춰 서서 마구 짖기 시작했다. 에델이 말했던 그대로였다.

나무배의 엔진 옆에 있던 갈매기는 개가 짖는데도 무심한 표
정으로 한참을 앉아 있다가 귀찮다는 듯 날개를 펴고 하늘로 날
아올랐다.

에델은 개가 갈매기 때문에 짖었을지도 모른다고 생각했다.
에델은 다시 개를 데리고 부두 끝까지 갔다가 되돌아왔다. 이번
에는 개가 나무배를 향해 짖지 않았고, 싱그러운 바람을 맞으며
산책한다는 사실이 기쁜지 즐겁게 발을 옮겼다.

"우리 개를 납치했던 보트는 지금 바다에 있을지도 몰라."

에델이 말했다.

"어쩌면 네 개가 이미 다 잊어버렸을지도 모르잖아."

데니사가 말했다.

"그건 있을 수 없는 일이야. 너 같으면 불과 사흘 전의 일을 잊을 수 있겠니?"

"난 개가 아니잖아."

"개들은 사람만큼이나 똑똑해."

에델이 말했다.

"그렇게 똑똑해서 개들에게 목줄을 하니?"

데니사가 에델을 비꼬았다.

프랑크와 데니사는 에델과 개를 그곳에 남겨 두고 군것질거리를 사기 위해 가게로 발을 옮겼다. 프랑크는 길을 걸으며 주변을 둘러보았다. 엄마와 함께 지중해 바닷가에 있을 때, 마을에선 두 명의 여자가 짝을 이루어 다니며 집집마다 깃대에 페인트칠을 새로 해 주었다. 프랑크는 새로 단장한 깃대를 쳐다보았다. 깃대에선 반짝반짝 광이 나고 있었다. 마치 다음 국경일에 깃발을 올릴 것을 생각하며 기대감에 가득 차 있는 것 같기도 했다.

"우린 그 여자 두 명을 그냥 붓과 물통이라고 불렀어. 왜냐하면 한 사람은 삐삐 말랐고, 다른 한 사람은 통통했거든."

데니사가 말했다.

붓과 물통은 가게 앞의 아스팔트 위에도 페인트칠을 해 놓았다. 덕분에 그곳에 차를 주차하는 사람들은 그들이 그려 놓은 선에 맞추어 반듯하게 차를 세울 수 있게 되었다. 두 사람은 거기에 그치지 않고, 집집마다 돌아다니며 낡아서 색이 바랜 울타리에도 페인트칠을 해 주었다. 덕분에 울타리 안에 피어 있는 형형색색의 꽃들이 훨씬 아름답게 보였다. 공기 중에는 가을이 느껴졌고, 갓 페인트칠을 한 하얀 울타리 덕분에 하루가 더욱 환하게 느껴졌다.

"친절경진대회 상금은 그들이 받을 확률이 높은 것 같지?"

프랭크가 말했다.

그건 엄마가 원하는 것이기도 했다. 엄마는 사람들이 착한 일, 이웃에게 도움이 되는 일을 하길 원했다. 이제 마을은 이전보다 훨씬 깨끗하고 아름답게 보였다. 나란히 자리한 집들은 마치 필통 속에 가지런히 들어 있는 색연필을 보는 것 같기도 했다.

하지만 엄마가 미처 생각하지 못했던 것도 있었다. 하얀 페인트 색을 제대로 볼 수 없는 밤중에는 무슨 일이 일어날 것인지 전혀 예상하지 못했던 것이다.

사람들은 어둠 속에 홀로 남겨지게 되면 무슨 일을 할까. 햇살이 환할 때는 남들의 시선이 있으니 모두들 착한 일을 하려고 할 것이다. 하지만 어둠의 옷을 입고 나쁜 짓을 한 후에 재빨리 몸을 피하면 아무도 눈치 채지 못할 것이다.

다음날 아침 출근하던 가게 주인은, 아스팔트 위의 하얀 주차선 사이에 적혀 있는 글자를 발견했다. 그 글자들은 하얀 페인트로 대문짝만하게 적혀 있었다. '돌대가리', '매춘부', '소아성애자', '그보다 더 나쁜 것은'이라고 차례차례 적혀 있었고, 가게 문 바로 앞에는 '저능아'라고 적혀 있었다.

"아니, 세상에!"

가게 주인이 깜짝 놀라 소리쳤다.

오전 중에 가게를 방문했던 사람들은 '돌대가리' 칸에만 차를 세웠다. 다른 칸은 텅 비어 있었다.

"손님이 줄어들었어."

가게 주인이 낙담했다. 그에게 손님은 돈이나 마찬가지였다. 그는 알코올과 솔, 물뿌리개로 주차 칸 안에 적혀 있는 글자들을 지워야만 했다.

"이건 사보타주예요."

저녁을 먹던 프랑크가 말했다.

"그건 반달리즘이라고 하는 거야."

엄마가 말했다.

"얼른 수상자를 발표하고 상금을 나눠 주세요. 그러면 이런 일도 없어질 거예요. 더 나쁜 일이 벌어지기 전에 서둘러야 해요."

"난 아직 마음을 정하지 않았어."

학교 학생들은 매주 한 번씩 공짜로 사과 한 개를 먹을 수 있었다. 그 사과는 오스카의 이웃집 여자가 가져온 것이었다. 오스카는 그녀가 정원에서 라디오를 들으며 사다리를 타고 올라가 나무에 열린 빨간 사과를 딴다고 말했다. 그녀는 조심스레 박스에 담은 사과를 차에 실어 학교에 가져왔다. 사과는 참으로 달콤하고 맛있었다. 오스카의 이웃집 여인은 아이들을 위해 착한 일을 한 셈이었다. 모르는 것을 물어보려고 교무실에 간 소피에는 대답을 얻을 수 없었다. 선생님들 모두 입에 한가득 사과를 베어물고 있었기 때문이었다.

7학년 여학생 하나는 좋은 아이디어를 생각해 냈다. 소녀는 바구니가 달린 자전거를 타고 노인들이 사는 집을 방문했다. 거동이 불편한 노인들을 위해 대신 장을 봐 주는 일을 하기 위해서였다. 노인들은 소녀에게 사야 할 음식을 적은 목록과 돈을 주었고, 소녀는 자전거를 타고 가게에 가서 목록에 적힌 음식을 구입했다. 노인들은 자전거 바구니에 음식을 싣고 오는 소녀가 참 착하다고 입을 모아 칭찬했다.

폴은 다시 웅덩이 속에 자리를 잡고 서 있었다. 그 애는 친절 경진대회 상금을 이미 포기한 것 같았다. 이젠 폴이 지나가는 아이들에게 욕을 하면, 아이들도 지지 않고 입을 모아 "똥구멍 폴! 폴은 똥구멍!"이라는 말을 되돌려 주었다. 그 때문인지 폴은 아무 말도 하지 않고 웅덩이 물만 발로 첨벙거렸다. 폴의 웅덩이는 마을에 있는 유일한 분수라 해도 과언이 아니었다.

프랑크는 한 노부인을 방문하려는 데니사를 따라갔다. 노부인은 데니사에게 전화를 해 손목이 삐끗해서 일을 할 수 없다고 도움을 요청했다. 데니사는 파리채를 들고 만반의 준비를 한 후 집을 나섰다. 그녀는 길을 걸으면서 마치 콜라병을 흔들듯 파리채를 이리저리 흔들었다. 초인종을 누르니 노부인은 두 사람을 집 안이 아니라 베란다로 인도했다. 노부인은 그들에게 베란다 난간에 널어 놓은 담요를 털라고 시켰다.

"저는 파리를 잡으러 왔지 담요를 털러 온 게 아니에요."

데니사가 말했다.

"그건 거의 같은 일이야."

노부인은 데니사에게 담요 터는 도구를 건네주었다. 그건 테니스 라켓과 비슷하게 생겼지만 손잡이 부분은 훨씬 부드러웠다.

"아니오, 그건 완전히 다른 일이에요. 파리는 정확히 때려잡기가 정말 어려워요. 하지만 이 담요는 너무나 커서 아무 데나 쳐도 빗나갈 수가 없어요."

"알았어, 알았다고. 그럼 한번 해 봐!"

프랑크는 데니사의 파리채를 쥐고 옆에 서 있었다. 데니사는 베란다 난간에 기대 노부인이 시키는 대로 했다. 커다란 소리가 나면서 담요에서 먼지가 풀썩 피어올랐다. 온 마을 사람들이 동시에 담요를 청소한다면 불꽃놀이하는 소리가 날 것 같았다. 모르는 사람이 들으면 전쟁이 난 것이라 오해할지도 몰랐다.

"더 세게 때려 봐! 어휴, 안 되겠군. 내가 시범을 보여 주지!"

노부인이 담요 털이를 받아 쥐고 데니사보다 훨씬 세게 담요를 내리쳤다. 마치 자동차가 지나가고 난 사막처럼 거대한 먼지구름이 생겨났다. 노부인은 담요를 쉴 새 없이 내리쳤고, 담요에서 피어오르는 먼지구름은 조금씩 줄어들었다.

"이렇게 하는 거란다."

노부인이 뜬금없이 데니사의 엉덩이를 찰싹 때렸다.

매우 세게. 그러곤 노부인은 깔깔 웃으며 다시 한번 데니사의 엉덩이를 때렸다.

"아니, 지금 뭐 하시는 거예요?"

데니사가 엉덩이를 문지르며 소리쳤다.

"장난을 쳤을 뿐이야. 살살 때렸는데 뭘 이 정도로 그래?"

노부인이 여전히 웃는 얼굴로 말했다.

"불이 난 것처럼 아파요!"

"아니, 솔직히 말해 봐. 사실 그렇게 아프진 않았잖아?"

"아동학대범!"

데니사가 소리치며 담요를 베란다 난간 밖으로 밀어 버렸다. 담요는 아래쪽 화단의 덤불 위로 떨어졌다.

"너! 이리 와!"

노부인이 담요 털이를 들고 다시 데니사를 때리려 했다. 하지만 데니사와 프랑크는 이미 도망친 후였다. 데니사는 달리면서 "도와주세요!"라고 소리 높여 외쳤다.

노부인은 그들을 따라왔다. 모퉁이에 이르자 이웃 남자가 정원 덤불을 손질하고 있었다. 그를 본 노부인은 담요 털이를 쥐고 있던 손을 슬그머니 내렸다.

"저 할머니가 저를 때렸어요."

데니사가 소리쳤다.

정원을 손질하고 있던 남자는 노부인과 두 사람을 번갈아 쳐다보았다.

"세게 때린 건 아니에요."

노부인이 변명을 했다.

"아니에요. 아주 세게 때렸어요."

데니사도 지지 않고 말했다.

"장난을 좀 쳤을 뿐이랍니다."

이웃집 남자는 아무 말도 하지 않고 그들을 멍하니 바라보기만 했다. 그는 무슨 일이 있었는지 정확히 알지 못했기 때문에 침묵을 지키는 것이리라. 그가 아무 말도 하지 않고 가만히 서 있기만 하자, 데니사와 프랑크는 얼른 그곳을 빠져나가기 위해 다시 달리기 시작했다.

"어휴, 아파 죽겠어."

데니사는 달리면서도 계속 엉덩이를 문질렀다.

"할머니가 노망이 들었나 봐!"

프랑크는 파리채를 들고 데니사의 옆에서 달리며 소리쳤다. 그는 데니사의 뒤를 따라 달리면 안 된다고 생각했다. 누가 보면 그가 데니사를 쫓고 있는 것처럼 보일 것이 분명했기 때문이다.

두 사람은 데니사의 집으로 가서 방금 겪은 일을 부모님에게 설명했다. 하지만 데니사의 부모님은 그 할머니를 잘 알고 있다고 말했다. 매우 착한 사람이며 절대 나쁜 마음으로 그러진 않았을 것이라고 오히려 그 할머니를 두둔하기까지 했다.

"하지만 난 여전히 아픈걸……."

데니사가 엉덩이를 감싸 쥐며 말했다.

프랑크는 무엇을 해야 할지 갈피를 잡을 수가 없었다. 데니사를 위로하기 위해 그 애의 엉덩이를 쓰다듬어 줄 수는 없었기 때문이다. 프랑크는 대신 데니사에게 아이스크림을 사 주었다. 두 사람은 가게 앞에 서서 아이스크림을 함께 먹었다. 주차장에는 여전히 끔찍한 글자가 적혀 있었다.

"난 누가 에델의 개를 납치했는지도 모르고, 누가 미니 골프장에 불을 질렀는지도 모르고, 누가 여기에 페인트로 이런 글자들을 적어 놓았는지도 몰라. 하지만 난 누가 내 엉덩이를 때렸는지는 너무나 잘 알고 있어."

데니사가 말했다.

"난 적어도 그 할머니가 에델의 개를 배에 실어 갔다고는 생각하지 않아."

프랑크가 웃으며 말하자 데니사가 발끈해서 목소리를 높였다.

"웃을 일이 아냐! 내 엉덩이엔 멍이 들었을 거야. 복수를 해야겠어. 어떻게 하면 좋을까?"

프랑크는 어깨를 으쓱 추켜 보였다. 하지만 데니사는 끝까지 프랑크가 무슨 말을 해 주기를 기다렸다.

만약 프랑크에게 돈이 있었더라면 마그누스처럼 행동했을지도 모른다. 마그누스는 돈을 주고 다른 사람에게 일을 시켰다. 프랑크도 그렇게 할 수 있지 않을까. 예를 들어, 폴에게 돈을 주고 그 할머니 집에 몰래 들어가 침대에 누워 자고 있는 할머니의 엉덩이를 담요 털이로 세게 치라고 시킬 수도 있을 것이다.

그것이 바로 프랑크가 지난주에 배운 것이다. 사람들은 돈이라면 무슨 일이든 할 수 있다는 것을. 돈을 주면 사람들은 매주 목요일마다 집 청소를 해 주기도 하고, 햇빛의 방향에 따라 파라솔을 조절해 주는 사람도 구할 수 있고, 자전거를 타고 가서 대신 장을 봐 주는 사람을 구할 수도 있다. 돈을 주면 스스로 할 수 있는 일도 다른 사람에게 시킬 수 있는 것이다.

그렇다면 돈을 주고 누군가의 엉덩이를 때릴 수 있는 사람도 얼마든지 구할 수 있지 않을까? 하지만 돈이 없다면 이런 일은 불가능하다.

"옛날에는 문제를 해결하기 위해 일대일로 결투를 했어. 예를 들어, 상대방 때문에 자존심이 상했다면 결투를 신청하곤 했어. 다음날 당사자는 각자 권총을 들고 벌판에서 만났지."

프랑크가 말했다.

"난 그 할머니에게 결투를 신청할 수 없어. 난 파리채를 들고 나가고, 그 할머니는 담요 털이를 들고 나온다고 생각해 봐. 난 틀림없이 또 맞을 게 뻔해. 그건 그렇고, 난 그 할머니가 왜 나를 때렸는지 아직도 이해할 수가 없어."

"흠……."

프랑크가 생각에 잠겼다.

"프랑크, 무슨 생각해?"

"어쩌면 그 할머니는 네가 친절경진대회에서 상금을 탈지도 모른다고 생각했던 것 같아. 그래서 너를 때렸던 건 아닐까?"

데니사가 한쪽 눈썹을 치켜올린 채 프랑크를 바라보았다. 그 애의 입가에는 아이스크림이 묻어 있었다. 데니사는 프랑크의 말에 기분이 좋아졌다. 내색하지 않으려 애를 썼지만 미소에 묻어 나오는 기쁨은 감추기가 쉽지 않았다.

다음날, 학생들은 공짜 사과를 먹을 수 없었다. 오스카는 참 이상하다고 말했다. 이웃집 여인의 사과나무에 벌써 열매가 다 떨어졌을 리는 없었다. 그들은 소피에를 교무실로 보냈다. 소피에는 클립을 가지러 온 척하며 선생님들의 동정을 살폈다. 사과를 먹고 있는 선생님은 아무도 없었다. 프랑크, 오스카, 데니사는 점심시간에 오스카의 이웃집에 가 보기로 했다.

여인은 정원 한가운데에 서서 바닥을 청소하고 있었다. 정원에는 긁어모을 낙엽이라곤 하나도 보이지 않았다. 그녀가 긁어모으는 것은 사과 열매였다. 나뭇가지에 달려 있는 사과는 한 개도 없었고, 모두 땅에 떨어져 있었다. 언뜻 보아도 백 개는 되는 것 같았다. 그녀는 땅에 떨어진 사과를 한데 모았다.

"무슨 일이 있었나요?"

오스카가 소리 높여 물었다.

"어젯밤에는 바람도 많이 불지 않았는데, 정말 이상하구나."

그들은 여인에게 다가갔다. 프랑크는 땅에 떨어져 있던 사과 한 개를 주워 들었다. 한쪽에 움푹 패인 상처가 갈색으로 변해 있었다. 자세히 보니 땅에 떨어진 사과에는 모두 갈색으로 움푹 패인 자국이 있었다. 아무도 그런 사과는 좋아하지 않는다.

"사과가 모두 땅에 떨어졌나요?"

오스카가 다시 물었다.

"글쎄…… 저절로 떨어질 리가 있겠니?"

"좀 더 자세하게 말씀해 주세요!"

데니사가 땅에 떨어져 있던 사과 한 개를 발로 차며 말했다.

"누가 일부러 한 짓 같아. 나무 위에 올라가 가지를 흔들어서 사과를 모두 떨어뜨린 것 같아."

여인이 큰 소리로 대답했다.

그녀는 긁어모은 사과를 손수레에 담느라 소리 높여 말했을 것이다. 아니, 화가 났기 때문에 소리를 쳤던 것일까.

"이 일을 끝낼 사람은 너밖에 없어."

그녀가 프랑크를 바라보며 말했다.

"네? 저밖에 없다고요?"

"그래. 더 나쁜 일이 일어나기 전에 얼른 끝을 내야 해."

그녀는 사과를 정원 뒤편의 덤불 뒤에 쌓아 놓았다. 이제 사과는 그곳에서 썩어 갈 것이다.

프랑크는 그녀의 말에 일리가 있다고 생각했다. 친절경진대회에서 상금을 탈 수 없는 사람은 프랑크뿐이었다. 바로 그 때문에 프랑크가 손을 써야 하는 것이다. 엄마는 손가락 하나도 까딱하지 않을 것이다. 독수리가 사과를 떨어뜨렸다고 할 것이고 그런 일에는 아무도 신경 쓰지 않는다고 말할 것이 분명했다.

하지만 프랑크는 달랐다. 그럼에도 어린 프랑크가 할 수 있는 일은 없었다. 이제 겨우 5학년에 불과한 소년이기 때문이다. 그가 할 수 있었던 것은 비행기 안에서 작은 소녀를 위해 색연필을 쥐고 있던 일밖에 없었다. 마을 전체의 일을 결정한다는 건 상상할 수도 없는 일이었다.

그날 오후 쉬는 시간이 되자, 7학년 여학생의 자전거 바퀴에 펑크가 났다는 소문이 돌기 시작했다. 누군가가 몰래 펑크를 냈다고 했다. 여학생은 손가락을 들어 바퀴 두 개에 긁힌 자국이 얼마나 긴지 보여 주었다. 그처럼 길게 긁힌 자국은 저절로 나지 않는다. 이제 그 여학생은 거동이 불편한 노인들을 대신해 장을 봐 줄 수 없다.

"일이 점점 이상하게 돌아가는 것 같아."

프랑크가 혼잣말처럼 중얼거렸다.

"난 아직도 엉덩이가 아파."

데니사가 말했다.

"그리고 쿱바는 세상을 떠났어."

오스카가 말했다.

프랑크는 땅을 내려다보았다. 신발 끝에 거뭇거뭇한 자국이 묻어 있었다. 마을에는 1백만 크로네의 상금이 나를 잡아 보라며 활개를 치며 돌아다니고 있었다. 그것을 멈출 수 있는 사람은 5학년 학생인 프랑크밖에 없었다.

스위치 내리기

과학 시간이었다. 갑자기 프랑크에게 좋은 생각이 떠올랐다. 프랑크의 반 아이들은 지구에 대한 다큐멘터리 영화를 함께 보고 있었다. 문득, 프랑크는 무엇을 하면 될지 알 수 있을 것 같았다. 영화 때문에 좋은 생각이 떠올랐던 것은 아니었다. 그건 외르겐 때문이었다. 선생님은 외르겐에게 불을 꺼 달라고 부탁했다. 교실 문에 가장 가까이 앉아 있던 학생은 외르겐이었다. 외르겐은 고개를 끄덕이며 자리에서 일어났다.

1, 2학년 때에는 수업 시간에 영화를 보는 날이면 서로 불을 끄겠다고 경쟁적으로 손을 들곤 했다. 불을 끄는 데 선택받지 못한 학생들은 시무룩해 했기에 선생님은 다음에 불을 끌 기회를 주겠다고 달래야만 했다. 소피에는 스위치에 손이 닿지도 않는데 매번 불을 끄겠다고 손을 들었다. 선생님은 소피에에게 나중에 커서 직장을 다닐 때도 불을 끄지 못한다고 시무룩해 있을 거냐고 물었다.

외르겐은 불을 어떻게 끄는지 잘 알고 있었다. 교실 문 옆에 자리한 스위치를 내리기만 하면 되는 일이었다. 그 스위치는 불을 켤 때도 사용하고 불을 끌 때도 사용할 수 있었다. 프랑크는 불을 켜고 끄는 스위치가 같은 것이라는 사실을 깨달았다.

엄마는 마을의 스위치를 올려놓았다. 프랑크는 이제 마을의 스위치를 내려야만 했다. 지금까지는 어떻게 하면 될지 갈피를 잡을 수가 없었지만, 외르겐을 보니 너무나 쉬운 일이라는 생각이 머리를 스쳤다. 프랑크는 지금껏 그것이 어려운 일이라고만 생각해 왔다. 만약 선생님이 프랑크에게 불을 끄라고 시켰더라면, 프랑크는 갖가지 생각으로 일을 복잡하게 만들었을 것이다. 스위치를 찾기 위해 커튼 뒤를 살펴보기도 하고, 교탁의 서랍을 열어 보기도 하며, 소피에의 도시락 속을 뒤지기도 했을 것이다. 아이들은 그런 프랑크를 보며 웃음을 터뜨렸을 것이 분명했다.

"프랑크! 스위치는 저기 있잖아! 저기 문 옆에!"

프랑크는 새 운동화를 사러 갔다. 엄마는 바닷가에서 했던 말을 잊지 않고 있었다. 운동화를 사러 시내에 가기 위해서는 마을을 빠져나와 터널을 지나 작은 산을 넘어야만 했다. 엄마는 좋은 신발을 신어야 허리가 편안하다고 말하며, 프랑크에게 마음에 드는 신발이 있다면 모두 신어 보라고 말했다.

프랑크는 가장 비싼 운동화 한 켤레를 집어 들었다. 흰색과 푸른색에 약간의 주황색이 섞인 운동화였다. 엄마는 그 운동화가 프랑크에게 클 것 같다고 말했다. 신발 가게 주인도 같은 말을 했다. 프랑크는 운동화를 신고 끝부분을 손으로 꾹 눌러 보았다. 엄지발가락은 찾을 수도 없었다. 하지만 프랑크는 곧 발이 크게 자랄 것이기 때문에 큰 신발을 사야 한다고 말했다. 신발이 헐렁하면 두꺼운 양말을 신으면 된다며 그 신발이 아닌 다른 신발은 신기 싫다고 고집을 부렸다.

집으로 돌아오는 길에 프랑크는 머릿속에 있던 생각을 엄마에게 털어놓았다.

"상금을 얼른 나누어 주세요!"

"안 돼. 봄이 오기 전엔 당첨자를 발표하지 않을 생각이란다. 곧 추운 겨울이 다가오면 거동이 불편한 노인들은 더 많은 도움을 필요로 할 거야."

엄마가 대답했다.

"봄이 올 때까지 기다릴 수는 없어요. 이미 때는 늦었다고요. 지금 당장 결론을 내야 해요. 그렇지 않으면 더 나쁜 일이 줄줄이 일어날 거예요."

프랑크는 이웃집 정원의 사과나무 이야기를 엄마에게 해 주었다. 7학년 여학생의 펑크 난 자전거 이야기도 했다.

"지금까지의 일들은 모두 못된 장난에 불과해. 그리고 데니사의 일도 그 할머니가 악의를 가지고 한 일은 아닐 거야."

두 사람이 탄 차가 터널 속으로 진입했다. 프랑크는 터널 속에 있는 동안은 엄마가 말을 끊지 않을 테니 얼마든지 길게 말할 수 있었다. 프랑크는 대시보드의 시계를 바라보았다.

"오늘 오후 다섯 시에 신문 기자가 우리 집에 올 거예요. 저를 인터뷰하기 위해서 오는 거예요. 다섯 시가 되려면 아직 30분 정도 남아 있어요. 제가 신문사에 전화했어요. 저는 제게 필요한 것보다 훨씬 많은 돈을 가지고 있다고 말했어요. 엄마도 낡은 자동차를 계속 타고 다니니 따로 돈을 쓸 데가 없다고 했죠."

엄마는 브레이크를 밟는 대신 속력을 줄이고, 재빨리 프랑크를 곁눈질로 돌아보았다. 맞은편에서 차가 오고 있었다. 엄마는 운전에 집중을 해야만 했다. 프랑크는 계속 말을 이었다.

"저는 신문 기자에게 2백만 크로네를 기부할 거라고 말할 생각이에요. 친절함의 대가가 아니라 평범함의 대가로 상금을 주는 거예요. 상금을 타기 위해 특별히 착한 일을 하지 않아도 돼요. 그냥 평범하게 사는 사람들이라면 이 상금을 탈 자격이 있어요. 즉, 친절경진대회에서 상금을 타기 위해 특별한 노력을 하지 않는 사람들이 상금을 타는 것이죠."

프랑크가 말을 마치고 엄마를 바라보았다. 엄마는 평소보다 조금 더 입을 벌리고 눈을 더 많이 깜박였다.

"필요한 것보다 훨씬 많이 가지고 있으면서 나누지 않는 건

이기적이에요. 생일날 커다란 과자 상자를 선물로 받으면 축하해 주러 온 아이들과 함께 나누어 먹는 게 일반적이에요. 혼자 구석에 앉아 몰래 먹는 건 좋지 않은 일이잖아요."

엄마는 여전히 아무 말도 하지 않았다. 터널을 빠져나가려면 아직 한참 더 가야 했다.

"제가 평범함을 위한 상금을 내걸면 사람들은 서로에게 해가 되는 일을 하지 않을 거예요. 착한 일을 해서 1백만 크로네를 탈 수 있고, 굳이 착한 일을 하지 않고 평범하게 사는 것만으로도 2백만 크로네를 탈 수 있다면, 사람들은 어떤 것을 선택할까요?"

엄마는 터널을 더 빨리 빠져나오기 위해서 속력을 냈다. 마침내 엄마가 말문을 열었다.

"마을 상황이 그 정도로 나쁘다고 생각하니?"

"네. 얼른 결론을 내려야 해요. 엄마가 친절경진대회 상금을 얼른 나눠 줘야 한다고요."

"시작했다고 반드시 결론을 내려야 한다는 법은 없어. 그건 단지 네 생각일 뿐이야. 미신이라 해도 과언이 아닐 정도로 불합리한 생각이지."

엄마가 목소리를 높였다.

프랑크는 잠시 침묵을 지켰다. 엄마는 두 손으로 핸들을 뻣뻣하게 잡고 있었다. 모퉁이를 돌던 차가 몇 번이나 멈출 듯했다. 프랑크는 다시 시간을 확인했다.

"25분 남았어요."

"네가 신문 기자를 불렀다고? 설사 그게 사실이라 하더라도 네가 상금을 나눠 줄 수는 없어. 네가 열여덟 살이 되려면 아직 한참이나 기다려야 해. 그때까지는 네게 한 푼도 없다는 걸 잊었니? 오늘 새 신발을 사 준 사람이 누구야? 설마 그것도 잊고 있었던 건 아니겠지?"

"승자가 결정되면 상금은 제가 열여덟 살이 되는 날 주겠다고 문서를 작성할 거예요. 약속을 꼭 지키겠다고 서명하고 공증을 받으면 돼요."

"네가 신문사에 전화했다니. 믿을 수가 없어. 엄마는 다섯 시가 되어도 누가 우리 집에 찾아올 거라고 생각하지 않아. 넌 네가 그렇게 했으면 좋겠다고 생각하겠지만, 실제로는 아무것도 하지 못해. 바닷가에서 네가 말했던 낙하산 이야기도 기억하니? 만약 내가 선뜻 허락하고 돈을 줬다 하더라도, 넌 하지 못했을 거야. 그런 면에서 넌 나와 너무나 비슷해. 매사에 조심스럽고, 너무 착해!"

프랑크는 숨을 크게 들이쉬고 한숨을 내뱉었다. 가끔은 한숨이 수십 마디의 말을 대신할 수도 있다.

"우리가 지중해 여행을 갔을 때, 제가 엄마 카드에서 3백 유로를 인출했다는 것도 아시나요? 제가 화장실에 간다고 했을 때, 엄마는 제가 화장실에서 너무 오래 머물렀다고 걱정했잖아요.

바로 그날이에요."

엄마는 집에 도착할 때까지 한마디도 하지 않았다.

프랑크는 새로 산 운동화를 현관에 내려놓았다. 엄마는 컴퓨터를 가져왔다. 은행 잔고를 확인해 보기 위해서였을 것이다.

다섯 시가 되었다. 엄마가 미처 은행 잔고를 확인하기도 전에 초인종 소리가 들렸다.

엄마는 신문 기자를 집 안에 들이지도 않고 되돌려 보냈다. 젊은 여인은 대문 밖에서 몇 번이나 '하지만'이라는 말을 되풀이하며 집 안으로 들어오려 했지만, 결국 엄마에게 쫓겨나고 말았다. 집의 주인은 엄마였고, 누가 문턱을 넘어설 수 있을지 결정할 수 있는 사람도 엄마였기 때문에 프랑크가 할 수 있는 일은 없었다. 프랑크는 부엌에서 기다렸다. 자동차 소리가 사라지자 프랑크가 말문을 열었다.

"내일 다시 신문사에 전화를 할 거예요. 모레도…… 아니 제가 원하는 날엔 언제든지 전화를 할 수 있어요."

프랑크는 부엌에 앉아 있었고, 엄마는 아랫입술을 꽉 깨문 채 팔짱을 끼고 거실에 서 있었다. 엄마에겐 생각할 시간이 필요했을 것이다.

"네가 정 이 일을 하겠다면, 엄마가 상금으로 내걸었던 1백만 크로네는 네가 내건 2백만 크로네를 위한 준비운동에 불과해져."

"네, 맞아요. 사람들은 착한 일을 하기 전에 다시 한번 더 생각을 하게 될 거예요. 착한 일을 하면 1백만 크로네를 받을 수 있지만, 2백만 크로네를 포기해야 될지도 모르니까요. 엄마의 상금을 받게 되면 제 상금을 잃게 될 거니까요."

문득, 엄마의 돈과 프랑크의 돈을 구별하는 것이 이상하게 느껴졌다. 1백만과 2백만처럼 큰돈을 이야기하는 것도 이상하기는 마찬가지였다.

두 사람은 각자의 방에 들어가서 창문만 멍하니 바라보았다.

"우리 마을엔 착한 일을 하는 사람이 사라지게 될지도 몰라."

엄마가 말했다.

"그렇지만 나쁜 일도 일어나지 않을 거예요. 결국 균형이 이루어지게 될 거라고요."

프랑크가 대답했다.

엄마가 이마를 세게 긁었다. 마치 이마 속이 말할 수 없이 가려운 것처럼.

"프랑크, 네가 성인이 되면 자동차와 집을 사야 해. 넌 돈이 필요하단 말이야. 이런 식으로 돈을 낭비하면 안 돼. 게다가 엄마가 먼저 상금을 내걸었는데 아들이 반대되는 일을 하다니!"

프랑크는 대답을 하지 않았다.

"이건 사보타주야!"

엄마는 프랑크가 고개를 절레절레 흔드는 모습을 보지 못했다.

"아니에요. 이건 자연스러운 흐름이에요."

노르웨이어 수업 시간에 저 멀리서 교회 종소리가 들려왔다. 쿱바의 장례식을 알리는 소리였다. 사람들은 그녀가 너무 열심히 일했기 때문에 심장에 무리가 온 것이라고 말했다. 교회 종소리가 울리자 선생님도 하던 말을 멈추었다. 오스카는 프랑크가 사슴 팻말을 찾아 두리번거릴 때처럼 등을 곧게 펴고 고개를 빳빳이 들었다. 수업을 마치면 오스카가 쿱바의 관 위에 흙을 덮을 것이다. 오스카의 아버지는 옆에 서서 이렇게 저렇게 하라며 지시를 할 것이다.

학교 운동장에는 조기가 걸렸다. 깃대는 반짝이는 하얀색으로 페인트칠이 되어 있었지만 깃발은 반밖에 올리지 못했다.

프랑크는 손을 들고 화장실에 다녀오겠다고 말했다. 하지만 그는 화장실로 가지 않고, 폴의 교실 앞으로 걸어갔다. 복도에는 폴의 녹색 장화가 놓여 있었다. 교실 안에서는 선생님이 아이들에게 조용히 하라고 말하는 소리가 들려왔다. 프랑크는 폴의 장화를 움켜쥐고 커다란 검정 비닐봉지가 차곡차곡 쌓여 있는 창고 안으로 들어갔다. 비닐봉지를 하나 집은 프랑크는 그 속에 폴의 장화를 집어넣었다.

잠시 후 비품실로 들어간 프랑크는 구석에 숨겨 두었던 봉지 하나를 집어 들었다. 봉지 속에는 흰색, 푸른색, 약간의 주황색이 섞여 있는 새 운동화 한 켤레가 들어 있었다. 운동화에서는 신발 가게에서 맡을 수 있는 새 신발 냄새가 났다. 프랑크는 새 운동화를 폴의 장화가 놓여 있던 그 자리에 내려놓았다. 쉬는 시간이 되어 폴이 교실을 나서게 되면, 장화가 사라졌다는 것을 깨닫게 될 것이다. 폴은 분명 욕을 내뱉고 소리를 지르며 복도를 뛰어다닐 것이다. 하지만 폴의 장화가 어디로 사라졌는지 아는 사람은 한 명도 없을 것이다. 다른 아이들이 모두 건물을 빠져나갈 때가 되면 복도에 남아 있는 것은 새 운동화 한 켤레밖에 없을 것이다.

폴은 쉬는 시간 종이 울리면 항상 가장 먼저 운동장으로 달려나가곤 했다. 그날은 폴이 가장 늦게 운동장에 모습을 드러냈다. 이전에는 단 한 번도 없었던 일이었다. 폴은 매일 장화를 신고 다녔다. 새 운동화를 신은 폴은 물웅덩이를 그냥 지나쳤다. 아이들은 평소 같지 않은 폴의 모습이 이상하다고 여겼다. 폴이 물웅덩이를 그냥 지나치다니! 그건 폴이 돼지 위에 올라타고 복도를 달리는 것만큼이나 낯선 모습이었다. 심지어는 물웅덩이도 고개를 갸우뚱하며 폴을 바라보는 것 같았다.

새 운동화를 신은 폴은 멀리뛰기장으로 발을 옮겼다. 베가르는 오전에는 멀리뛰기 연습을 하지 않았다. 몸이 제대로 풀리지 않으면 근육에 이상이 온다고 믿었기 때문이다. 그럼에도 그는 모래밭에서 놀기 위해 모여드는 조그만 아이들을 내쫓기 위해 그 근처에서 서성거렸다.

폴은 멀리뛰기를 하고 싶다고 말했다. 심지어는 베가르에게 정중히 물어보기까지 했다.

"뛰어 봐!"

베가르가 흔쾌히 말했다.

폴은 여전히 장화를 신고 있는 듯 길고 무겁게 발을 옮겼다. 그리 멀리 뛰지 못했다. 그는 마치 물웅덩이에서 첨벙거리듯 두 발을 모아 착지했다.

"한 번 뛰고 난 다음엔 흩어진 모래를 다시 모아야 돼."

베가르가 말했다.

폴은 모래를 쓸어 담는 데 쓰는 빗자루를 바라보았다. 그는 물웅덩이에서 한 번 첨벙거리고 나면 물이 다시 한곳으로 모이는 모습에 익숙해 있었다. 그는 모래도 마찬가지일 것이라고 생각했다. 폴은 마음만 먹으면 베가르를 때려눕힐 수도 있었다. 베가르는 성냥개비처럼 빼빼 말랐기 때문이다. 하지만 폴은 베가르가 시키는 대로 빗자루를 움켜쥐었다. 학교 운동장은 이상하리만큼 조용했다. 웃는 아이는 아무도 없었다. 모래를 다시 한곳으로 쓸어 모은 폴은 한 번 더 뛰고 싶어 했다.

"이번엔 보폭을 좀 더 짧게 해서 뛰어 봐!"

베가르가 말했다.

"알았어."

폴은 첫 번째보다 훨씬 빨리 달렸다. 새 운동화를 신으니 장화를 신었을 때보다 훨씬 가볍고 빨리 달릴 수 있다는 것을 깨달은 것 같았다. 달리기를 할 때 장화는 방해가 되었지만 운동화는 오히려 도움이 되었다.

"착지할 때 발을 앞으로 내밀어. 달리는 속도 때문에 상체는 다리 뒤에 따라오기 마련이거든."

베가르는 마치 체육 선생님처럼 말했다.

폴이 멀리뛰기를 할 수 있었던 것은 프랑크와 엄마의 돈 때문이었다. 프랑크는 폴에게 운동화를 사 준 것이 정말 잘한 일이라고 생각했다.

폴은 여전히 제대로 속도를 낼 수 없었다. 착지할 때도 엉덩이가 먼저 모래에 닿았다. 모래밭에 폴의 엉덩이 자국이 남았다. 그것은 폴 똥구멍이었다.

"한 번 더 해 볼래?"

베가르가 물었다.

"응!"

폴이 큰 소리로 외쳤다.

우체통에 편지 한 통이 들어 있었다. 봉투에는 손으로 쓴 글자체로 엄마의 이름이 적혀 있었다. 봉투 속에는 돈을 구걸하는 편지가 들어 있을 것이 틀림없었다. 프랑크는 이미 그런 편지를 여러 번 받아 본 적이 있었다. 봉투를 열어 보니 코흘리개 아이들의 사진 한 장이 들어 있었다. 아이들은 모두 여섯 명이었다. 아이들 앞에는 새 자동차 한 대가 서 있었다. 사진 뒷면에는 '감사합니다!'라는 글자가 적혀 있었다.

집에 들어온 프랑크는 편지를 쓰레기통에 던져 넣었다. 엄마에게도 그런 편지가 왔다는 것을 말하지 않았다.

집 안에서 소독약 냄새가 나는 것으로 보아 그날은 목요일이었다. 엄마는 기분이 좋아 보였다. 요양원에 사는 사람들이 다시 이전과 마찬가지로 물건을 어지럽혔기 때문에 엄마에게 할 일이 생겼던 것이다. 엄마는 직장 옆의 음식점에서 일하는 람푼의 첫째 딸이 대학에 입학했다고 말했다. 그 나라에는 돈이 없어 대학에 못 가는 사람들이 많다고 했다. 하지만 람푼이 돈을 벌어 집에 보냈기 때문에 딸이 대학을 갈 수 있었던 것이다. 그녀는 엄마에게 그 이야기를 해 주며 너무나 기쁜 나머지 눈물까지 흘렸다고 한다.

"그렇다고 해서 우리 마을엔 도움이 되지 않아요. 어차피 이미 시작된 일은 멈출 수 없으니까요."

프랑크의 말에 엄마는 한마디 한마디 힘을 주어 대답했다.

"이젠 나도 지겨워! 내가 일을 시작했다고 해서 끝을 맺어야 한다는 법은 없다고!"

"그 말을 쿱바에게도 할 수 있나요? 데니사의 엉덩이에도 그런 말을 할 수 있냐고요!"

프랑크는 그날 하루 종일 엄마와 단 한마디도 하지 않았다. 심지어는 잠자리에 들 때 잘 자라는 인사도 건네지 않았다.

다음날, 두 사람은 꼭 필요한 말만 차갑게 나누었다. 엄마가 화장실에서 나왔을 때 프랑크가 말을 걸었다.

"엄마는 지중해 바닷가에서 음료수를 꽤 많이 마셨죠? 커피, 물⋯⋯."

"응, 그래서?"

"그런데 음료수를 많이 마신 만큼 화장실에 자주 가는 모습은 못 본 것 같아요."

"그래?"

"바닷물 속에서 소변을 보았나요?"

"무슨 뜻으로 그런 말을 하는 거지?"

"엄마는 바닷물 속에서 2분 정도만 있다가 나왔어요. 그리고 금방 다시 들어갔어요. 그때 바닷물 속에서 소변을 보았냐고요."

"도대체 무슨 말을 하는 거니?"

"바닷물은 화장실이 아니에요. 바닷물일 뿐이라고요. 아무리 엄마가 백만장자라 하더라도 아무 데서나 볼일을 보면 안 돼요."

엄마가 거실의 말라비틀어진 식물이 담긴 화분을 치우라고 말했을 때, 프랑크는 다시 말문을 열었다.

"맞아요. 엄마 말이 맞다는 걸 깨달았어요."

"뭐가?"

"언젠가 화분 속의 식물에 대해서 말한 적이 있었잖아요."

"내가 그런 말을 했다고?"

"네. 엄마는 제가 화분 속의 식물 같다고 말했어요."

엄마는 말라비틀어진 식물을 내려다보았다. 최근에 거실의 식물을 제대로 돌보지 않았다. 물을 너무 주지 않은 것이다.

두 사람은 잠자리에 들기 전에 함께 텔레비전을 보았다. 채널을 돌릴 때마다 골프와 테니스를 치는 사람, 포커 게임을 하는 사람, 옥상에 수영장이 딸린 집을 짓는 사람, 놀이동산에서 롤러코스터를 타는 사람들이 화면에 등장했다. 엄마는 신경질적으로 텔레비전을 껐다. 두 사람은 한동안 새까만 화면만 멍하니 바라보았다. 화면에는 소파 양 끝에 앉아 있는 두 사람의 모습이 반사되었다. 엄마가 혼잣말처럼 나직이 말했다.

"난 백만장자 자격이 없는 것 같아. 너도 그렇게 생각하니?"

"네."

프랑크도 엄마처럼 나직이 대답했다.

"더는 이런 식으로 살 수 없어."

"저도 그렇게 생각해요."

"난 악의라곤 하나도 없었는데……."

"저도 그래요."

"넌 돈이 많다고 절대 무례한 아이가 되어선 안 된다."

"걱정 마세요."

"약속할 수 있니?"

"네."

엄마는 한참 동안 벽을 바라보았다.

다시 제자리로

　벽시계의 시곗바늘이 빨간 숫자를 향해 움직이고 있었다. 체육관의 기둥 위에는 커다란 벽시계가 걸려 있었다. 시곗바늘이 0을 가리키기까지는 아직 5분이 남아 있었다. 체육관은 사람들로 가득해 발 디딜 틈도 없을 정도였다. 마을의 가게는 모두 문을 닫았고, 우체부도 잠시 일을 멈추었다. 선생님들은 각자의 학급 학생들을 데리고 체육관으로 들어왔다. 체육관 한가운데에는 경비 아저씨가 서서 사람들이 너무 많다고 소리쳤다. 체육관 안에 들어갈 수 있는 사람의 수는 한정되어 있는 모양이었다. 만약 그곳에 불이 난다면 경비 아저씨가 책임을 져야 한다. 그는 적어도 스무 명 이상은 체육관에서 당장 나가야 한다고 소리쳤다. 그것은 매우 중요한 업무인 듯했다.

　"내가 먼저 왔어요."

　모두들 경비 아저씨에게 이렇게 말했다.

　사람들은 학생들이 체육 수업을 하는 곳에, 밖에서 신는 신발을 신고 들어왔다. 그곳에 들어오려 하지 않는 사람은 괴짜밖에 없었다. 그는 체육관 문턱에 서서 시계를 바라보았다. 바늘이 0을 가리키면 체육관이 폭발할 것이라고 말했다. 그는 텔레비전을 너무 많이 본 것 같았다. 그는 1분 전이 되자 놀이기구 뒤에 몸을 숨기고 양손으로 귀를 막았다.

"적어도 스물다섯 명은 지금 당장 체육관에서 나가 주시기 바랍니다!"

경비 아저씨가 소리쳤다.

모두들 단상 위를 쳐다보았다. 프랑크의 엄마는 무대 뒤에서 살짝 모습을 드러내어 체육관에 모인 사람들을 바라본 후에 다시 몸을 숨겼다. 프랑크는 학급 아이들과 함께 서 있었다. 아이들은 프랑크에게 누가 상금을 탈 것인지 연거푸 물어보았지만 프랑크는 대답할 수가 없었다. 프랑크도 우승자가 누구인지 몰랐기 때문이다.

대부분의 사람들은 마치 파티장에 오는 듯 옷을 잘 차려입고 체육관으로 왔다. 1백만 크로네의 상금을 받을 사람이 자기라고 생각했기 때문일까. 헬게 뮈르는 잔디 깎는 기계의 남아 있던 시동줄을 넥타이처럼 목에 두르고 왔다. 깃대에 페인트칠을 했던 물통과 붓을 닮은 두 여인들은 하얀 셔츠를 입고 왔다. 버스 기사는 스웨덴 국기 색처럼 노란색과 파란색의 옷을 입고 왔다.

한 낯선 남자는 주머니에서 쪽지 한 장을 꺼내 읽어 본 후, 다시 쪽지를 주머니에 찔러 넣었다. 어쩌면 그것은 상금을 탔을 때를 대비해 적어 놓은 감사의 인사말일지도 몰랐다. 데니사는 프랑크의 옆에 서서 아랫입술을 잘근잘근 깨물고 있었다.

아직 2분이나 남아 있었다. 경비원은 마침내 세 명을 체육관 밖으로 몰아낼 수 있었다. 그는 한 남자의 어깨에 손을 얹고 출구로 인도했다. 하지만 그들은 체육관 밖으로 나가자마자 경비원에게서 열쇠 꾸러미를 빼앗아 들고 경비원을 창고에 가두어 버렸다. 청소 용구를 보관해 둔 창고에서는 문을 두드리며 소리를 지르는 경비원이 목소리가 들렸다. 창고 앞에 서 있던 남자세 명은 큰 소리로 웃음을 터뜨렸다. 옆에 서 있던 다른 사람들도 함께 웃었다. 경비원은 얼른 문을 열어 달라고 계속 소리를 질렀다.

"이제 당신은 혼자서 그곳을 차지할 수 있어요. 그곳에는 사람들이 더 모여들지 않을 테니 걱정하지 않아도 된답니다."

괴짜는 시계를 보더니 걱정스러운 표정을 지으며 고개를 세차게 저었다.

1분 전이 되자, 그는 어디론가 급하게 뛰어갔다.

30초 전이 되자, 사람들은 손가락을 입에 가져가며 조용히 하라는 신호를 보냈다. 무대 위에는 엄마의 키에 맞춘 마이크 한개만 자리하고 있을 뿐이었다.

20초 전이 되자, 체육관 안에는 정적이 감돌았다. 창고 문을 두드리는 경비 아저씨의 소리가 희미하게 들려왔다.

10초 전. 경비원은 소리를 만들어내는 사람이 자기뿐이라는 것을 깨닫고 조용해졌다. 누가 1백만 크로네의 상금을 탈 것인지 알기 위해서는 그도 조용히 해야만 했다. 어쩌면 그가 상금을 타게 될지도 모르는 일이다. 그는 사람들을 보살피고 학교 건물을 관리하는 일을 한다. 체육관 앞에 필요 이상으로 많은 사람들이 들어오지 않도록 통제하는 일도 한다.

엄마가 무대 위에 모습을 드러냈다. 천천히 무대 위로 걸어올 수도 있었지만, 엄마는 종종걸음으로 마이크 앞에 다가갔다. 엄마는 미소를 지으려 했지만 마음처럼 잘 되지 않는 것 같았다. 단지 몇 초 동안 어색하게 이를 드러내 보였을 뿐이다.

엄마는 손에 하얀 마분지 한 장을 들고 있었다. 그 마분지는 엄마가 무릎을 꿇고 앉는다면 뒤에 몸을 숨길 수 있을 정도로 컸다. 그것은 일종의 수표였다. 예전에는 돈을 지급하는 수단으로 종종 수표를 이용했다. 이젠 무대 위에서 상금을 나누어 줄 때만 수표를 사용한다. 프랑크는 하얀 마분지 뒷면에 상금을 탈 승자의 이름이 적혀 있을 것이라 짐작했다.

엄마는 수많은 사람들 앞에서 말하는 것에 익숙하지 않았다. 게다가 마이크에 대고 말을 하면, 한마디 한마디가 크고 중요하게 들리기 마련이다.

"네…… 저는 이 상금을 타실 분을 가려내기 위해 봄이 될 때까지 기다리려고 했습니다. 하지만 이미 우리 마을에선 선한 일을 하신 분이 너무나 많이 있다는 것을 깨달았습니다. 그래서 봄이 될 때까지 기다릴 필요가 없다고 생각했습니다."

프랑크는 여태까지 이토록 많은 사람들이 숨소리도 내지 않고 조용히 있는 것을 본 적이 없었다. 자기가 상금을 탈 수 없으리라 생각하는 사람은 프랑크뿐이었다. 모두들 긴장감과 기대감에 넘친 표정을 짓고 있었다. 그들은 작은 일이든, 큰일이든, 심지어는 찬장의 양념통을 알파벳 순서대로 정리했던 일이라 할지라도 상금을 탈 수 있을 만큼 착한 일이라 생각하는 것 같았다.

"많은 분들이 감사하다는 말이 부족할 정도로 이웃을 위해 선한 일을 하셨습니다. 하지만 1백만 크로네의 상금을 탈 수 있는 사람은 한 명밖에 없습니다."

엄마는 상금을 탈 사람의 이름을 부르며, 하얀 마분지 조각을 뒤로 돌렸다.

이름이 불린 사람은 자신이 상금을 탈 것이라고는 생각도 못 했는지 어리둥절한 표정을 지었다. 너무나 갑작스럽게 일어난 일이었다. 그는 엄마가 "승자는⋯⋯"이라고 말하며 한참 뜸을 들일 것이라 짐작했을지도 몰랐다.

"뭔가 이상해. 왠지 너무 찝찝하단 말이야."

데니사가 중얼거렸다.

그들은 체육관을 빠져나가, 상금의 주인공이 차를 세워 둔 곳까지 오기를 기다렸다. 시간이 꽤 걸렸다. 체육관 안에 있던 사람들이 저마다 그에게 다가가 축하한다고 말을 걸었기 때문이다. 베가르의 남동생은 조그마한 깃발을 흔들며 만세를 불렀다. 에델의 어머니는 강아지와 함께 운동장 한가운데에 서 있었다. 강아지는 지나가는 사람들을 향해 쉴 새 없이 짖었다. 여기저기서 시끌벅적한 소리가 들려왔다.

그 와중에 종소리가 울렸다. 수업 시작을 알리는 종소리인지 쉬는 시간이 시작되었다고 알리는 종소리인지 분간을 할 수가 없었다. 아이들은 어리둥절한 표정으로 계속 운동장에 서 있었다. 어른들은 각자 집이나 직장으로 돌아가기 위해 학교를 빠져나갔다. 그들은 "상금을 탈 만한 사람이 탔어."라거나 "아이들을 위해서 그런 일을 했다면 충분히 상금을 탈 만해." 또는 "애인까지 생겼으니 얼마나 좋겠어."라고 중얼거렸다.

"뭐가 이상하다는 거니?"

프랑크가 데니사에게 물었다.

농부 롤프가 한 손에는 커다란 수표를 들고 다른 한 손으로는 애인의 손을 잡고 운동장에 나왔다. 애인의 입술은 립스틱을 발라 빨간색을 띠고 있었다. 롤프의 뺨에는 빨간 입술 자국이 나 있었다. 그의 기쁜 표정은 다른 사람들에게도 전염이 된 것 같았다. 모두들 들떠 있었지만, 데니사는 그렇지 않았다.

"나도 확실히는 말할 수 없지만, 뭔가 이상한 건 사실이야."

앞장 서서 걷던 롤프의 애인이 차의 뒷문을 열었다. 수표가 너무 커서 앞좌석에 넣을 수가 없었기 때문이었다. 1백만 크로네의 상금! 신문기자가 다가와 그들의 사진을 찍었다. 가게 주인은 서둘러 되돌아가 가게 문을 열었다. 롤프가 자신의 가게에 와서 장을 볼지도 모른다고 생각했기 때문일까.

데니사가 곁눈질로 롤프를 바라보았다. 누군가를 곁눈질로 바라본다는 것은 의심을 한다는 뜻이었다.

농부 롤프가 차에 시동을 걸었다. 조수석에 앉아 있던 애인이 마치 유명인사라도 된듯 사람들을 향해 미소를 지으며 손을 흔들었다. 사람들도 손을 흔들어 주었다. 롤프가 차의 경적을 울렸다. 교회 묘지에서 울리는 종소리와는 달리 기분 좋은 소리였다.

사람들은 차가 사라질 때까지 그 자리에 서서 바라보았다. 학교 종소리가 다시 울려 퍼졌다. 아마도 지금 울리는 종소리는 분명히 수업 시작을 알리는 종소리일 것이다.

마을은 다시 조용해졌다. 도랑에서 정신을 잃고 쓰러지는 사람도 없었고, 아스팔트 위에 끔찍한 말을 적는 사람도 없었다. 고양이와 개들도 안심하고 거리를 활보할 수 있게 되었다. 통학 버스가 갑자기 외국으로 가 버리는 일도 없었고, 담요를 청소한다면서 죄 없는 아이의 엉덩이를 때리는 사람도 없었다. 마을에선 한 주 내내 이상한 일이라곤 하나도 일어나지 않았다. 프랑크는 1학년 학생들이 살색 색연필을 사용해 그린 그림을 선물로 받았다. 프랑크는 엄마가 시작했던 일을 마무리했던 것이다. 이제 마을은 이전과 마찬가지로 평온해졌다.

베가르와 폴은 거의 매일 수업을 마치고 함께 멀리뛰기를 했다. 베가르는 무릎까지 올라오는 새 양말을 마련했다. 전에는 하얀 줄무늬가 있는 파란색 양말이었는데, 지금은 파란 줄무늬가 있는 흰색 양말을 신고 있었다. 새로 산 양말을 신은 베가르는 왠지 어른처럼 보였다.

"왜 무릎까지 오는 긴 양말을 신니?"

프랑크가 베가르에게 물어보았다.

"세계 선수권에 출전하는 실력 있는 선수들은 모두 이런 양말을 신어."

베가르가 대답했다.

"무릎까지 오는 긴 양말을 신으면 더 멀리 뛸 수 있니?"

"아니. 그건 아니야."

베가르는 별 멍청한 질문을 다 듣겠다는 듯 프랑크에게 미소를 지어 보였다. 발목까지 오는 짧은 양말을 신은 폴도 함께 미소를 지었다. 그에게 새 운동화를 사 주었던 사람은 프랑크였건만, 그는 아무것도 모른 채 프랑크에게 빈정대는 듯한 미소를 돌려주었다.

"배구 경기를 할 때도 선수들이 무릎까지 오는 긴 양말을 신어. 너도 봤지?"

베가르가 말했다.

"그래?"

"농구를 할 때도 마찬가지야."

"정말? 그건 몰랐는데……."

"높이뛰기 선수들도 마찬가지야."

"그래, 그렇다고 해. 하지만 프랑크는 왜 긴 양말을 신는지 물어보았어."

데니사가 답답하다는 듯 끼어들었다.

베가르는 대답을 하지 않았다. 그는 마치 비밀이라도 되는 양 미소를 지으며 아무 말도 하지 않았다. 노르웨이 멀리뛰기 선수 협회에서 받은 편지 내용을 아무에게도 발설해선 안 되기라도 하는 것처럼.

프랑크와 데니사는 멀리뛰기를 하는 베가르와 폴의 모습을 한동안 지켜보았다. 프랑크는 데니사가 베가르를 우러러 보는 게 아닐까 의심했다. 베가르는 마을에서 유일하게 멀리뛰기를 제대로 할 수 있는 아이였다. 동시에 땅을 박차고 공중에서 몇 초 동안 머무를 수 있는 아이였다. 어쩌면 데니사는 멀리뛰기를 지구를 떠날 수 있는 일종의 비행 방법으로 여기고 있는 건 아닐까.

엄마와 프랑크가 사는 집의 베란다는 꽤 작았다. 베란다에는 담요의 먼지를 겨우 털 수 있을 만큼의 공간이 있었고, 지붕 홈통을 청소하겠다며 사다리를 타고 올라오는 낯선 남자에게 소리를 지를 수 있을 만큼의 공간도 있었다. 작은 접시를 하나 올려둘 수 있을 만큼 조그마한 테이블과, 작은 의자 세 개를 놓을 수 있을 만큼의 공간도 있었다.

테이블 위의 접시에는 따뜻한 계피빵이 담겨 있었다. 데니사는 계피빵을 한 입에 집어넣었다. 그 애는 온 얼굴로 빵을 씹으며 동시에 말을 하려 했다. 엄마는 커피를 마시며 책을 보고 있었다. 프랑크는 양말 한 짝을 벗어 돌돌 말은 후, 의자 다리 밑에 끼워 넣었다.

"프랑크가 열여덟 살이 되려면 한참 기다려야 해요."

데니사가 말문을 열었다.

"시간은 무척 빨리 간단다."

엄마가 말했다. 엄마는 날이 덥지도 않은데 구멍이 숭숭 뚫린 모자를 쓰고 있었다.

"그렇다면 프랑크는 열여덟 살이 될 때까지 평범한 아이로 살아야 하나요?"

"응."

엄마는 단호하게 대답했다.

베란다에서는 마을의 풍경을 한눈에 볼 수 있었다. 하늘에는 남쪽으로 향하는 비행기 한 대가 하얀 꼬리를 그리고 있었다. 선착장에는 고깃배 한 척이 바다 쪽으로 미끄러지듯 움직이고 있었다. 찻길에는 자동차 한 대가 음악 소리를 쿵쿵 울리며 주유소 쪽으로 달리고 있었다. 치즈 소시지를 사러 가는 게 틀림없었다. 마을은 이전과 변함이 없었다. 잔디가 깔린 정원과 집들. 여기저기 보이는 양들. 농부의 집 쪽에서 망치 소리가 들려왔다. 그는 집 건물을 빙 돌아가며 베란다를 지어 올리는 중이었다.

"우리도 더 큰 베란다가 있다면 좋겠어요. 배드민턴을 칠 수 있을 정도로 큰 베란다 말이에요. 손목이 삐끗했다고 말했던 할머니에겐 커다란 베란다가 있어도 쓸모가 없겠지만요."

프랑크가 말했다.

엄마는 커피를 한 모금 마시며 고개를 절레절레 저었다.

"접시엔 계피빵이 가득 담겨 있지? 만약 이 접시가 더 컸다면 반밖에 차지 않았을 거야. 그렇지?"

"네. 그래서요?"

프랑크와 데니사가 이구동성으로 되물었다.

"농부의 새 베란다는 틀림없이 크고 아름다울 거야. 하지만 대부분은 텅 비어 있을 거라고. 크고 텅 빈 베란다는 작고 가득 찬 베란다보다 훨씬 슬프게 보인단다. 너희들은 그렇게 생각하지 않니?"

"어…… 네……. 그렇게 말씀하시니 그런 것 같기도 하네요."

"빵이 식기 전에 얼른 먹어."

엄마가 말했다.

프랑크와 데니사는 계피빵을 먹고 빨간 과일 주스를 마셨다. 데니사는 빨간 과일 주스가 노란 과일 주스보다 훨씬 맛있다고 생각했다. 그들이 말을 하지 않으니 농부의 망치 소리가 훨씬 크게 들렸다.

"그런데 뭔가 찝찝해."

데니사가 학교에서 수표를 쥐고 나왔던 농부를 보며 했던 말을 다시 되풀이했다.

농부는 애인의 도움을 받아 베란다를 지어 올리고 있었다. 데니사는 지금까지 그 두 사람보다 훨씬 많은 파리를 잡았다.

"뭐가?"

프랑크가 다시 물었다.

"우리가 미니 골프장을 짓고 있을 때, 그가 과일 주스를 더 사오겠다고 했던 거 기억나니?"

"응."

"그는 가까운 슈퍼마켓에 가지 않고 두 배나 먼 거리에 있던 주유소 편의점까지 가서 과일 주스 즙을 사 왔어."

"맞아, 주유소 편의점은 슈퍼마켓보다 가격도 두 배나 비싼데 말이야."

"주유소 편의점에선 그 여자가 일을 하고 있었어. 지금 농부의 애인이 된 그 여자 말이야."

"그래서?"

"난 농부가 이미 옛날부터 그 여자를 짝사랑하고 있었다고 생각해. 바로 그것 때문에 주유소 편의점까지 가서 과일 주스 즙을 사 온 거야."

프랑크는 빵을 천천히 씹으며 고개를 끄덕였다.

데니사는 더욱 신이 나서 말을 이었다.

"그런데 농부는 너무나 수줍어서 여자에게 말을 걸지 못했을 거야. 여자는 농부가 자기를 짝사랑하는 줄도 모르고 있었겠지."

"그래서?"

"음…… 그래서 난 농부가 직접 했다고 생각해."

데니사가 주저하며 말했다.

엄마가 책에서 눈을 들었다.

"뭘 했다는 건데?"

프랑크가 데니사에게 물었다.

"미니 골프장에 불을 질렀던 거 말이야! 난 미니 골프장에 석유를 뿌리고 불을 지른 사람이 농부 롤프라고 생각해!"

프랑크가 엄마를 쳐다보았다. 데니사는 프랑크를 빤히 쳐다보았다. 마치 엄마는 그 자리에 없다는 듯.

"그가 왜 그런 짓을 하겠어?"

"그 여자는 일을 마치고 한밤중에 퇴근하잖아. 매일 같은 시간에 퇴근할 거야. 그렇지?"

"응, 그렇겠지."

"그 시간에 깨어 있는 사람은 아무도 없어. 그래서 롤프는 그 시간에 맞추어 정원에 불을 질렀던 거야. 그렇게 하면 여자가 퇴근길에 화재가 난 것을 발견하고 자기를 깨울 거라고 생각했던 거지. 여자와 가까워지기 위해선 그 방법이 최고라고 생각했던 건 아닐까?"

프랑크는 바닷가에서 미니 골프장에 화재가 났다는 문자 메시지를 받을 때처럼 팔에 소름이 쫙 끼쳤다.

"그는 이미 사전에 모든 것을 계획했어. 집에 불이 나면 사람들이 자기를 동정할 거라는 걸 알고 있었지."

데니사가 말했다.

"마을의 아이들을 위해 이토록 좋은 일을 했는데⋯⋯."

프랑크는 농부의 목소리를 흉내 내어 말했다.

"과일 주스도 사 주고 집에만 있는 아이들을 밖으로 내보내 활발하게 움직일 수 있도록 도와주었지. 망치질을 하는 것도 가르쳐 준 대가로 난 상금을 받았어. 동시에 애인도 얻었고 말이야."

프랑크는 엄마를 바라보았다. 데니사는 이미 오래전부터 농부를 의심하고 있었던 게 분명했다. 그녀는 엄마가 곰곰이 생각하며 앞뒤를 짜 맞춘 후에 자리에서 벌떡 일어나 농부에게 달려갈 것이라고 생각했을지도 모른다. 그리고 농부에게 손가락질하며 사실대로 말하라고 소리칠 것이라 믿었을 것이다.

하지만 엄마는 살짝 턱을 들어 농부의 정원 쪽을 바라보며 커피를 한 모금 마신 후, 다시 책으로 눈을 돌렸다.

"증거를 가지고 있니?"

프랑크가 데니사에게 물었다.

"아니, 없어."

"그렇다면 그건 단지 너의 짐작일 뿐이란 말이지?"

"응."

접시 위에는 계피빵이 반만 남아 있었다. 만약 접시가 더 컸더라면 지금쯤 거의 텅 비어 보였을 것이다.

"그렇다면 다른 일들은? 잔디 깎는 기계랑 주차장의 글자들, 그리고 사과나무와 펑크 난 자전거는 어떻게 설명할 수 있지? 넌 그것도 롤프가 한 짓이라고 생각하니?"

프랑크가 물었다.

데니사가 어깨를 으쓱 추켜 보였다.

"엄마는 그게 모두 독수리가 한 짓이라고 생각하셔."

프랑크의 말에 데니사가 콧방귀를 꼈다.

프랑크는 헬게 뮈르의 창고로 들어가 잔디 깎는 기계의 시동 줄을 끊어 놓는 독수리를 상상해 보았다. 엄마는 빈 책장에 이르자 손가락 하나를 마치 책갈피처럼 끼워 넣은 후, 모자를 벗고 마치 일광욕을 하듯 고개를 뒤로 젖혔다.

"난 독수리가 한 짓이라고 생각해."

엄마가 느릿느릿 말했다.

두 사람은 엄마의 손가락이 가리키는 곳으로 시선을 돌렸다. 저 멀리 하늘 위에는 검은 새 한 마리가 날개를 활짝 편 채 날고 있었다. 그 새가 독수리일 필요는 없었다. 단지 한 마리의 커다란 야생 새일 뿐. 독수리는 자주 볼 수 없는 새이다. 갈매기와 달리 바위 위에 음식 찌꺼기가 있어도 땅에 내려오지 않는다. 프랑크와 데니사는 서로를 쳐다본 후, 엄마를 바라보았다.

엄마의 입가에 미소가 번졌다. 엄마는 작은 베란다에서 조그만 아이들 두 명에게 음식을 배불리 먹이고 있는 여자였다.

폴과 베가르는 여전히 방과 후에 함께 멀리뛰기를 했다. 두 사람은 번갈아가며 모래를 쓸어 담았다. 프랑크, 데니사, 오스카, 소피에는 아이들의 무리에 섞여 멀리뛰기를 하는 두 사람을 지켜보았다. 데니사는 더 이상 파리를 잡지 않았다. 그 애는 상금이 농부의 자동차 뒷좌석에 들어간 날부터 파리채에 손도 대지 않았다. 외르겐도 더 이상 찬장 속의 양념통을 알파벳 순서대로 정리하지 않았다. 오스카는 쿱바의 관 위에 흙을 덮어 주었다. 무덤 아래로 고개를 쑥 들이밀고 내려다보는 아이들도 없었다. 아이들에게는 시간이 많았지만, 아무도 그 시간을 제대로 이용하려 하지 않았다.

"이전과 똑같아진 것 같아."

소피에가 말했다.

"이전이라고?"

프랑크가 물었다.

"친절경진대회가 있기 전이랑 말이야."

소피에는 스마일리를 그리는 것을 좋아했지만, 그 애의 얼굴에는 미소가 사라진 지 오래였다. 프랑크는 아이들의 시선을 느낄 수 있었다. 그들은 프랑크의 엄마가 돈을 펑펑 쓰기를 원했지만, 엄마는 꼼짝도 하지 않았다. 엄마는 지금껏 오직 모자 한 개와 손톱가위 하나를 샀을 뿐이다. 프랑크는 엄마가 했던 것처럼 한숨을 푹 내쉬었다.

"우리 집엔 꽤 큰 정원이 있어."

외르겐이 말했다.

모두들 어리둥절한 표정으로 그를 바라보았다.

"정원이라고?"

"응. 게다가 창고를 짓고 남은 자재도 있어. 꽤 긴 판자도 여러 개 있고."

아이들이 외르겐의 말을 이해하기까지는 몇 초가 더 걸렸다.

"난 터널을 만들 파이프를 가져올 수 있어. 우리 집 창고엔 파이프를 이어 붙일 수 있는 특수 접착제도 있어."

나탈리에가 말했다.

"우리 집엔 아직 카펫이 많이 남아 있어."

데니사가 말했다.

"우리 집엔 종이컵이 많아."

낯선 목소리가 들렸다.

모두들 목소리의 주인을 향해 고개를 돌렸다. 미니 골프장에서 최고 기록을 냈던 3학년 학생이었다. 그는 무리의 가장자리에서 있다가 안쪽으로 끼어들었다.

"우리 집엔 검은색 사인펜이 있어."

소피에가 말했다.

"그런데 너희 집엔 최고 기록을 내면 올라가서 구경할 수 있는 높은 나무도 있니?"

6학년 여학생이 질문을 던졌다.

"커다란 자작나무가 한 그루 있어."

외르겐이 대답했다.

"좋아. 사과나무가 제일 좋긴 하지만, 자작나무도 괜찮아."

"우리 집은 고양이 대신 강아지를 키워. 턱 아래를 긁어 주면 굉장히 좋아해."

에델이 말했다.

아이들이 일제히 프랑크를 바라보았다. 그때까지 아무 말도 하지 않았던 사람은 프랑크뿐이었다.

"우리 집엔 파인애플 깡통이 있어."

프랑크가 말했다.

아이들의 얼굴에서 미소가 피어올랐다.

"그리고 지중해에서 구입했던 올리브도 한 통 있어. 안초비를 넣은 올리브!"